风起
毛乌素

亚 东／著

FENGQI MAOWUSU

陕西新华出版

太白文艺出版社·西安

图书在版编目（CIP）数据

　　凤起毛乌素／亚东著. -- 2版. -- 西安：太白文
艺出版社，2019.1（2023.6重印）
　　ISBN 978-7-5513-1495-4

　　Ⅰ．①凤… Ⅱ．①亚… Ⅲ．①长篇小说—中国—当代
Ⅳ．①I247.5

　　中国版本图书馆CIP数据核字(2018)第163646号

凤起毛乌素
FENGQI MAOWUSU

作　者	亚　东
责任编辑	党晓绒　申亚妮
封面设计	风　雪
出版发行	太白文艺出版社
经　销	新华书店
印　刷	三河市同力彩印有限公司
开　本	787mm×1092mm　1/16
字　数	274千字
印　张	17
版　次	2019年1月第2版
印　次	2023年6月第2次印刷
书　号	ISBN 978-7-5513-1495-4
定　价	·52.00元

联系电话：029-81206800
出版社地址：西安市曲江新区登高路1388号（邮编：710061）
营销中心电话：029-87277748　029-87217872

读《风起毛乌素》

莫 伸

认识亚东源自一个很偶然的机会。

偶然的认识，偶然的接触，却在不知不觉中，接触越来越多，关系也越来越好。之所以如此，我想首先是与亚东的品格分不开的——他为人谦虚忠厚。在今天这个浮躁喧嚣的社会环境中，有这样四个字的评价实在不容易。可以说，亚东做人温和得体，这首先就属于我喜欢结交的范围。

但这只是作为朋友而言，和艺术创作无关。

亚东从事文学艺术创作究竟有多少年了？我不清楚。只记得读他的第一部小说时，我不以为然。觉得那虽然是在写生活，也写得很真实，却称不上严格意义上的艺术作品——在我身边的朋友中，有不少人是喜欢并从事着艺术创作的，但是真正能够进入到艺术创作的境界或者真正能够对创作进行艺术把握的，却委实不多。亚东的第一部小说之所以不大成功，原因不在别的，在于他没有跳出生活的束缚。这正像一些人让我阅读他们所写的小说或者影视文学剧本时，我提出了尖锐的意见，他们难以接受。双方争执不下时，对方搬出的最有力的救兵常常是：我写的是生活呀！真实的生活就是这样的！他们往往理直气壮地感到委屈，却没有意识到艺术确实需要表现生活，艺术表现的也必须是生活，但是这绝不等于说生活就是艺术！哪怕再真实再生动再有趣的生活，它仍然不等于艺术！

那时，我对亚东能否成为一名真正的作家不敢妄言。

今年10月，当我捧读完他最新创作的这部《风起毛乌素》时，我才满怀欣慰也顿感释然——这是一部反映煤炭工业生活的长篇小说，整部小说不仅具有流畅的文字，不仅具有严谨的结构，也不仅具有性格鲜明的人物和跌宕起伏的情节，最重要的是，作者具有相当成熟的、对复杂生活恰到好处的艺术处理和艺术把握。至此，我对亚东的不放心才完全解除了。可以说，亚东完成《风起毛乌素》这部作品，不仅奠定了他今后从事文学艺术的牢固基础，更重要的是标志着他在文学艺术创作的道路上又登上了一个崭新的台阶，他可以当之无愧地被称为作家了。

陕西的长篇小说创作中，农村题材历来是强项。其他反映历史的、反映都市生活题材的也不少，且都不乏精彩之作。唯独反映工业题材的作品很少，精彩之作就更是凤毛麟角。

原因何在？

细细探究，除了陕西相当一批作家都从小生活在农村，对农村和农民熟悉之外，另一个重要原因恐怕在于，创作工业题材的小说难度要更大些。

就单纯的艺术属性来说，这似乎没有什么说服力。艺术是写人写生活的。就本质而言，工人和农民不应当有什么区别，至少不应当有多大的区别，何以表现工人就难，表现农民就不难呢？我自己写过各种题材的文学作品，因而也就多少有几分心得。与其他题材的文学创作相比，工业题材的创作必须是在诸多纯粹专业的知识和技术这个平台上进行，这就使得作家们表述这一类生活时常感束缚，无法放开手脚。何况工业环境中人们的生活和工作所受到的纪律和制度的框束远比自由职业要多，因此他们活动的范围、方式、内容，乃至纯粹的空间和个人的兴趣都有着相对的局限。正是这种局限，为描述和表现他们增添了许多障碍。一个最简单的实例是，有许多作家都写出了大自然风光的美，不仅写出了农村风光的美、田野风光的美，而且那些起伏的丘陵、险峻的高山、荒凉的沙丘、茵绿的草原、蜿蜒的河流……可以说笔锋所至，无处不美。这些"美"是那么飘然浮现，触手可摸，又是那么丰盈绰约，韵流律动，令人一读而心领，一读而神动。而真正把工厂的形貌和工厂的风光写出美来的作家有几位呢？

不敢说绝对没有，但至少可以说不多。

把话说回来，具体到《风起毛乌素》这部小说，它的难度在哪里呢？

《风起毛乌素》是写煤矿的。煤矿是企业，也是专业，既然写煤矿，作者笔下的人物就必须围绕着煤矿来转。而煤矿生活是什么？除过地底深处的矿井，再就是地面上的机关大楼。尽管可以让人物的生活跳出这个封闭的圈子，跳到省城，跳到家庭，跳到田园风光和灯红酒绿之中，但万变不离其宗，它的根系始终都在煤矿。如果笔墨不围绕着这个基本根系铺陈，就无法完成对故事的构置和人物的塑造。

我们常常说艺术创作难，难在何处？一个人在舞场里跳舞并不难，难的是让你在一张方圆不过尺余的桌子上跳舞；一个人在宽阔的大路上骑自行车并不难，难的是让你在钢丝绳上骑。其实艺术创作之道，千难万难，最难就是你必须在局限中完成，必须在局限中突破！在一个普普通通的煤矿里，干部们是怎样在工作，怎样在生活，又是怎样在奋发努力或者钩心斗角；职工们又是怎样在劳动，怎样在拼搏，怎样在千篇一律和日复一日的平凡中感受生活的希望和寻找精神的依附。并且所有这一切都必须搅拌在引人入胜的情节里，必须融渗进波澜起伏的冲突中，必须让生活丰富多彩，人物灵动鲜活。这一切都对作家形成了严峻的挑战和考验。

亚东接受了这场挑战，也经受住了这场考验。

艺术创作是一门太浩瀚太复杂太奥妙的工作，因此，我不想用太具体的分析来评价亚东这部小说。我坚信所有这部书的阅读者都会触类旁通地伸展自己的想象，也见仁见智地发表自己的感慨。我只想说，当我读完亚东这部长篇小说后，我为这部书稿的成功感到一种由衷的兴奋，但是为了保证我的感觉不失误，我所做的第一件事是将这部书稿慎重地交给其他几位朋友——他们全都是具有相当文学功底的行家里手。我请他们阅读，请他们谈出自己的意见。当他们终于将阅读意见告诉我，并且大家阅读的结果竟惊人的一致时，我才长长地出了口气。

再下来，我专门抽出时间和亚东见面。见面后，我第一句话说的是：祝贺！

这两个字，我是非常认真，甚至非常庄严地说出的。

2011 年 12 月 6 日晨

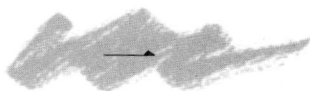

初春的毛乌素沙漠，天高云淡，残雪铺满了如馒头状起伏的沙墚。

放眼望去，沙漠与天空相连处，一簇簇枯萎的沙柳伞一样撑起巨大的天空。

蓝天、白云、积雪、黄沙，还有那乌褐色的沙柳的枯枝，编织成毛乌素地区一幅独特的大漠风景。

不远处的运煤专线上，一缕寒冷的风裹挟着粉末状的白色雪粒和黑色的煤灰，蚯蚓一样盘旋穿行在沙漠公路边沿。

倏忽间，风力加大，白色雪粒和黑色煤灰中卷进来黄色的沙尘，像无数条青色、黄色的长蛇紧贴着地面，在宽敞的柏油路上毫无顾忌地蛇行着向前方奔窜。

紧随着一阵大风吹来，在路旁歇息的大车司机们纷纷躲进驾驶室里摇起窗玻璃，他们嘴里咀嚼着细微的沙粒，耳朵里听到的是那沙尘在风的裹挟下击打窗玻璃的噼啪声响。

抬眼望过去，一辆辆拉煤车依次排起一字长蛇阵，在阳光的照耀下折射出一条黑色光带来……

三月十四日下午一点四十分，在毛乌素沙漠蜿蜒盘旋的一级公路上，一辆墨绿色的越野车闪着警灯响着刺耳的警笛，后面紧随着两辆红白相间的依维柯矿山救援车，风驰般向沙漠的尽头驶去。

沿途，如长龙般一辆紧挨着一辆的拉煤车纷纷避让，有的大车司机干脆把车停靠在路边，目送它们由远而近、又由近而远呼啸着飞驰而过。司机们聚在一起互相打探，从他们惊慌的眼神中，可以看出他们毫不掩饰的猜测：前方发生了矿难……

跑在前面的那辆墨绿色越野车是矿山救援指挥车，车上副驾驶座坐着的是黑瘦精干的矿山救援队大队长，他正手持小灵通手机与矿方联系，了解矿难的具体情况。后面两辆拉满矿山救援队员的车里，救援队员们正在紧张有序地穿上防护服，检查着他们身上必备的各种工具。每一队的小组长——仔细地把队员的装备检查一遍后，向中队长大声汇报：第一小组准备完毕！第二小组准备完毕……

队员们的神情严肃镇定，中队长一边系着腰带一边满意地看着腕上的手表，转过身来做了个 OK 的手势。

从接警到上车，十八名救援队员仅用了一分钟；从上车到全部装备好，队员们也仅用了三分钟。可以看出这是一支训练有素的矿山救援队伍。

与此同时，四十公里外发生矿难的沙枣树煤矿井口一片混乱。家属们围在矿井口一片哭号声，有人哭叫着就要向井下冲，保安队员们一个挨着一个手拉着手形成人墙，正吃力地把矿井口和人群隔开。

安全生产矿长李成带着掘进队长高进才和瓦斯检查员吴尧尧挤过人群来到矿井口，李成转身对哭喊的人群吼道："哭、哭、哭，哭什么哭，还不知道下面情况咋样呢，干号个屁！"

哭声被李副矿长的气势压下去了一些，家属们一个个眼巴巴地望着他，仿佛李副矿长就是他们此刻救命的最后一根稻草。此时的李副矿长拿着小灵通一遍遍地拨打着电话，他试图与井下取得联系，然而没有任何回音。看着围在井口的家属们，原本就脾气暴躁的李副矿长心头涌起一团火，井下都是他朝夕相处的同事啊！于是，他用手拉了一把身边的高进才队长和瓦斯检查员吴尧尧说："你们两个随我下井去，咱们先摸一下井下的情况。"

说着他抬头望了一眼湖蓝色的天空和淡淡的白云，又回过头看了一眼那些眼含泪水正焦急地瞅着他的矿工家属们，他的眼神是那么沉着镇定，以至于许多年后，那一瞥眼神仍然像一枚不锈钢钉一样深深扎在了沙枣树煤矿所有职工家属们的内心深处，成为沙枣树煤矿永远的痛和抹不去的伤痕。说完，他大步流星向井口走去，高进才队长和瓦斯检查员吴尧尧尾随

其后快步走进了黑洞洞的井口。

二十三分钟后，矿山救援指挥车拉着山响的警笛一路颠簸着冲到了透出神秘与死亡气息的矿井口前。那震颤人心的刺耳的警笛声，从围观家属的耳膜一直硬硬地扎进每一个人的心底，让这一刻的疼痛记忆成为永恒。两辆红白相间的矿山救援车紧跟着也一前一后停在了指挥车的左边和右边，救援队员们迅速下车编队，整整齐齐地站在黑洞洞的矿井口前，望着那散发出烟尘与死亡气息的矿井口，救援队员们心急如焚，他们一个个焦急地等待着，等待着大队长发出最后一道命令。

眼下，救援队大队长、中队长正和矿方的生产技术人员摊开井下作业图纸，一处一处紧急标注着事故点和救援路线。大队长一边标注一边还不停地用左手拍着中队长的肩膀，叮咛他应该注意的路线和事故点，中队长弯腰看着图纸不停地点头。这时就有家属在旁边吵吵嚷嚷着要救援队员马上下井解救他们的亲人，大队长皱起眉头，他很能理解矿工家属们的心情，转身对保安队长喊："让家属再远离井口一些，不要干扰我们工作！"保安们在保安队长的指挥下把人墙向后推，可哪儿推得动啊！家属们退下去又跟着挤上来，挤上来又被保安推后一些，紧跟着又挤上来。

三分钟后，第一套救援方案出来了，大队长在井口坐镇指挥，中队长带领三个小组的成员共九人作为第一梯队上了左边那辆矿山救援车。看着一个个穿着橘黄色矿山救援服的队员们上了车，关上车门，随着发动机的轰鸣声响过井口，救援车一头扎进黑洞洞的井口，家属们的心总算开始有了着落和期盼。而此时此刻，矿山救援队大队长的心却提到了嗓子眼儿。他手持电话时刻与车上保持着密切联系，要求他们所有人保持通信畅通，同时让第二梯队的队员们随时做好营救准备。

时间一分一秒地过去，家属们刚才稍稍放下的心现在又开始渐渐骚动起来。

此时，沙枣树煤矿总调度室里，矿党委书记兼矿长郜新闻瞪圆双目正在死死盯着眼前那个大大的显示屏，显示屏上显示的正是主工作面，也就是事故现场的情形。其实主工作面烟雾弥漫，根本就看不清任何情况，旁边的一排小显示屏还能看到辅运巷道和其他监视点的情况。在场的矿领导班子成员除了到现场指挥的人员外，都在这儿焦急地默默等待着。矿长郜新闻一支接着一支地抽烟，他的大脑在急速飞转，目前事故情况不明，是否立刻向矿业总公司和当地政府报告，他一时也拿不定主意。调度室下井记录上明白记录着今天下井的人数以及工作岗位，仅工作面就有二十五人，再加上下井的检修人员和运输人员，一共三十三人啊！如果都闷到了里面那可是震惊世界的特大矿难啊！一缕缕烟雾在郜新闻的头顶上盘旋，仿佛把他也置身在了井下的工作面上。一旁的副职们看到他痛苦沉思的表情，面面相觑，谁也不敢发出声响。

终于矿山救援车到了。看到矿山救援车停在了井口，郜新闻矿长的心稍稍沉下去了一些，紧跟着看到矿山救援车载着救援队员驶进了雾沉沉的巷道，他的心又一次提到了嗓子眼儿。

井下。

载着三个救援小组共九人的矿山救援车缓慢地在巷道里行进着。

"一百米，一百五十米……"

随着救援车的一步步深入，中队长一边报告着前进的里程，一边报告着井下看到的情况。

"联络巷口发现两人，已昏厥，有中毒体征。"

"已安排第一小组下车救援……发现有生命体征……请立即派车下来。"

"一百八十米处发现一人，已无生命体征，确认死亡。"

"已进入井下三百米处，经测量这里的 CO 气体已达到致命浓度，人呼吸几口就会立即死亡。"

"已到达井下五百米处，烟雾很大，能见度仅零点五米。"

"全体指战员共六人已弃车，我们徒步进行搜救。"

"我们已到工作面，发现四名遇险人员，两名有微弱脉搏，另外两名已确定死亡，我们立刻安排人员组织抬运，请求地面接应。"

中队长不时向井上报告着井下的情况。

"主工作面发现九名遇险人员，全部无呼吸、无脉搏，瞳孔已扩散放大，脸色潮红，有 CO 中毒特征。"

"报告大队长，主工作面搜救完毕，我们现在撤离，向其他巷道延展搜救，请指示。"

"你们已用时一小时二十七分钟，考虑安全因素，第一梯队迅速撤回，安排第二梯队下井继续搜救。"扩音喇叭里传来大队长的命令。

"第一梯队明白。"中队长回答。

目前已确定十二人死亡，四人获救，根据井口信息站和调度室记录显示，还有十七人在井下生死未卜。看来事故重大，瞒是瞒不住了。郜新闻矿长把抽了半支的烟头狠狠摁在烟灰缸中，在场的人们全都凝视着烟灰缸中那一缕青烟盘旋着升腾起来，又看到郜新闻矿长忧郁地抬起头，他的眼睛中有一片迷茫的水雾一闪而过。他用低沉的语调一字一顿地对调度室主任说："向毛乌素市安监局汇报，沙枣树煤矿发生重大矿难事故。"郜新闻矿长深知，向地方煤炭安监局报告矿难事故，就等于告诉全国的新闻媒体毛乌素市沙枣树煤矿发生重大矿难事故了，他得迅速安排人员接待蜂拥而至的记者们。在煤矿工作了几十年的郜新闻矿长深知，发生矿难后有些记者无处不钻，甚至连你没有的花边新闻也要和矿难挂上钩，以吸引公众的眼球达到新闻轰动效应。可这也是没有办法的事情，只好兵来将挡，水来土掩。想到这里，他便安排副矿长陆虔准备应对那些刁钻的记者们。副矿长陆虔虽然年轻，却有很好的政治背景，是空降干部，人也活络，让他来处理记者们的事情，要比矿上那些从基层上来言语杠杠的煤矿干部让他放心些。

交代完毕他随即站起身来，从兜里掏出大显屏手机，走到调度室一角，拨通了直属上级矿业总公司总经理陆光明的手提电话，副职们在一旁看到郜新闻矿长的脸色惨白得有些发黄，拿手机的大手在不停地颤抖着。"对不起，陆总，我们矿今天中午发生了矿难，目前确定已有十二人死亡，还有十七人情况不明。"放下电话，郜新闻矿长稍稍平了平心绪，又接着拨通了总公司董事长张海清的手提电话："对不起张董，我们矿今天中午发生了矿难，目前确定已有十二人死亡，还有十七……十七人情况不明。"

站在一旁的副矿长陆虔注意到了一个细节，郜新闻矿长先打电话告诉的是总公司的总经理陆光明，然后才又打电话告诉总公司的董事长张海清。

下午四点零五分，第二救援梯队一行九人在副中队长的带领下，继续下井开始搜救行动。距离事故发生近四个小时了，随着井下通风系统的恢复和持续排风，井下的能见度比前些时间要好些，搜救行动进展顺利，这也让在井口指挥的矿山救援队大队长的心稍稍安稳了一点儿。

然而井口的家属们还是很不满意，他们觉得救援人员行动迟缓，还有十七人在井下已经四个小时了，生还的希望越来越渺茫。如果是 CO 中毒，当然是越快抢救上来希望越大，有家属已经耐不住性子在那里开始辱骂起来。而此时，心急火燎的大队长却更加沉着了，他同情家属们此时此刻的境遇，同时他也明白，第二次搜救不比第一次危险，却要更加细心。如果说第一次搜救是救火，那么第二次搜救就是救水。水是无处不在的，所以任何细微的疏忽都可能与遇险者擦肩而过，失去拯救他们生命的最佳时机。他在电话中不断要求第二梯队带队的副中队长："看着井下的地形图纸，不要放过任何一处死角，因为任何地方都可能有生命存在。"

时间在一分一秒地过去。

时间在一分一秒地过去。

井上的人也越聚越多。毛乌素市的市长和书记来了，总公司的董事长、总经理也来了，他们身边前呼后拥地跟着秘书及相关的局长、处长们。远处闪光灯不停地闪烁着，那是记者们在抢新闻。邰新闻矿长站在一旁不停地搓着他宽大的手指关节，他能听到自己手指的骨节在啪啪作响。

一小时后，井下传来令人振奋的好消息，搜救队员在另一条巷道里成功寻找到了十五个人，他们的身体状况尚好，都有生命体征。地面上迅速安排人员准备抢救，闪着生命蓝光的120急救车在井口停了一排。当第一个遇险人员被抬出井口后，人们开始鼓掌，有人禁不住喊起了"好！"而一些按捺不住性子的矿工家属不顾一切地冲上前去，寻找着自己的亲人。找到亲人的家属哭着也笑着，没有看到亲人的家属哭声震天。

六点三十三分，第二批搜救人员上井。

副中队长汇报搜救情况："目前确认已有十五人死亡，失踪两人，我们继续安排第三批搜救人员下井实施救援。"邰新闻矿长心中明白，那两个矿工八成是没有生还希望了，但只要是没有见到人，还是要做出有最后一线希望的努力。

天空开始渐渐暗淡下来，薄薄的云层中偶尔能见到一两点星光一闪而过。远处，没有消融的雪渗透着冬天的寒意，井口处依然是灯火通明，车灯、路灯、照相机的闪光灯汇成光的湖泊，给人虚幻缥缈的感觉。

毛乌素市市长张远和矿业总公司的董事长张海清正站在井口不远处相互交换着意见，沙枣树煤矿副矿长陆虔稍稍向两人走近，趁着夜色，他来到刚能听到两个人说话的位置便停了下来，然后假装打电话竖起耳朵听两个人交谈的内容。

张远市长说："明天早上的飞机，国家安监总局来一个副司长，最好连

夜把事故报告赶出来。"

张海清董事长问："是哪位副司长来知道吗？"

"还不清楚。"张远市长回答。

两个人正交谈着，井下传来消息，最后两名遇险矿工找到了。邰新闻矿长小跑过来哭丧着脸说："张市长、张董事长，那两个人找到了，已确定死亡。"

看来死亡人数已锁定在十七个人。

这时矿业总公司陆光明总经理走过来和张远市长握了一下手，又交代邰新闻矿长说："死难者遗体暂时不要拉上来，安排好医院后，到后半夜拉上来直接送到医院去，不要再节外生枝惹出什么乱子来。"

邰新闻矿长诺诺地点着头。

大家临走时，张海清董事长对张远市长说："还得麻烦您张市长，晚上还是请公安局安排干警站岗，死难者遗体上井后怕家属们闹事。"

张远市长点点头回答："我来安排。"

一

报社记者王天顺是傍晚时分才从山西那边驱车穿过黄河大桥赶到沙枣树煤矿的。

路上堵车，车子又抛锚，仅二百公里的跨省级公路让他整整走了四个多小时，当他赶到沙枣树煤矿时已是晚上八点钟了。他开车沿着宽敞的矿内道路顺着长长的运煤栈桥进入矿区，看到占地宽阔的矿区里，规模宏大、成群峙立的井上建筑巍峨高耸，而整个矿区却了无人迹，只有豪华气派的办公楼里灯火通明。一切迹象都透露出这个千万吨级现代化国有大型煤矿在矿难面前的气定神闲。

如果不是看到矿井口拉起的长长警戒线和全副武装荷枪实弹的警察们，王天顺怎么也不会把这里和几小时前刚刚发生的大型矿难联系起来。他把车停到矿办公大楼旁的停车区后下了车，虽然已是春天，但三月的毛乌素地区依然寒气逼人，天气预报上说，今晚毛乌素地区最低气温在零下十六摄氏度。王天顺抬头仰望天空，静谧的苍穹笼着淡淡的云雾，偶尔看到一两颗星从薄薄的云层钻出来，悄悄地窥视一眼苍茫大地，又迅速躲得不见了踪影。

王天顺刚一走进办公大楼那全自动双开玻璃大门，一股暖流便扑面而来，镜片上立刻蒙起一团雾气，他摘下眼镜，看着镜片上的雾气在一楼大厅的热气烘烤下又迅速消散。到底是产煤大矿，暖气供应充足，王天顺在

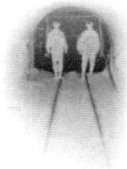

心中暗自感叹。当他重新戴上眼镜后，看到两名保安已经站到了他的面前，一个个子矮小的保安用警惕的眼光瞅着他，另一个高大的保安站在个子矮小的保安后面盯着他，看上去倒像是矮个子保安的保镖。不等他们开口问，王天顺赶忙掏出记者证，证明自己的身份。矮个儿保安显然是经人打过招呼的，迅速拔出腰间的对讲机，沉着地呼叫："又来一名记者，又来一名记者。"然后他便招手示意王天顺稍等一下，说："请您到这边的休息台坐一下，陆副矿长马上就下来接您。"王天顺回头看到休息台的沙发上还坐着几个人，便走过去一问，都是刚到的记者在这里等着上楼了解最新情况的。

大约有一袋烟的工夫，一个身着黑色西装，扎一条深蓝色领带，脚穿黑色锃亮皮鞋，干部模样的年轻人从一楼的电梯间走了过来，记者们纷纷站起来和他握手。来人自我介绍："我叫陆虔，是沙枣梁煤矿的副矿长，负责接待大家。"王天顺注目，这陆副矿长看上去也就三十岁上下，个子不高，一米七〇左右，说话鼻音较重，一头自来卷发梳理得顺顺溜溜，讲话的时候，眼睛眨动的频率很高，面部表情生动，仿佛一张嘴说话脸上的每一块肌肉都在飞动，这让他的脸部看上去有些滑稽。等记者们一一自我介绍完毕，陆副矿长带领大家乘电梯来到十一楼顶层会议室。一进会议室的大门，只见这里灯光明亮、人声嘈杂，早已挤满了报社和电台的记者，摄像机、照相机、手提电脑到处可见。陆副矿长向他们做了个"请"的手势，然后就消失在会议室的人群中了。

记者们都在这里等待着矿难的最新消息。

时间一分一秒地过去。王天顺看看表，已是九点四十分，自己还没有吃晚饭，肚子已经咕咕着提意见了。看看满屋子的记者，他心想，这儿能有甚新闻可采，便一个人悄悄走出会议室，乘电梯来到楼下，向大门口走去。高个子保安走过来挡在门前语气生硬地问："你去哪儿?"王天顺抬头看着他，自己一米七六的个头，在这个保安面前却显得矮了一头多，看来他的个子足足在一米八五以上。

王天顺回答："我还没有吃饭呢！看看外面有甚吃的。"

高个子保安说："外面甚吃的也没有，最近的餐馆也在五公里以外的国道边上。"

王天顺一边"哦哦"着，一边走出了那扇自动玻璃大门。他没有回头看那个保安，怕他跟着自己出来纠缠。站在大楼前看着寂静宽大的广场，广场中间那个看不出模样的雕塑瞅上去是个黑乎乎的庞然大物。他点燃一支烟，深深地吸了一口，憋了几秒钟后又缓缓地吐出来，看着吐出的烟雾和自己哈出来的热气迅速消失在冬日的寒风中，刚才在大楼里面的燥热便少了几分。保安并没有跟着他出来，这让他的心情稍稍放松了一些。想起自己的车上还有一罐八宝粥，便转身向车前走去。

矿井口，救援队员和矿方的自救人员正在忙碌着，在警察的严密保护下，井口已没有了闲杂人等。零点过后，第一批死难者的遗体被抬出来迅速送上120急救车，遗体都装在白色带拉链的袋子里，看来在井下已经做了处理。矿方人员为每一具遗体都扎上了一条黑带子，并放上一朵白色的纸花以示哀悼。

王天顺头戴矿工帽、身穿矿工服来到了井口，他是在吃了八宝粥后突然灵机一动，想到井口来看看，或许能找到什么新闻线索。于是，他从后备厢翻出来早已准备好的工装和矿帽，套在身上大摇大摆地向井口走去，警察们以为是矿方的救援人员，所以并没有盘问就让他轻松地穿过了警戒线。

救援队员正在运送死难者的遗体。王天顺站在井口前，看到一个身穿橘黄色服装的救援人员在那里指挥，认定这是一个领导，便走上前去打问："现在运送上来多少遗体了？"被问的救援人员正是救援队的副中队长，他警惕地看了看王天顺，随口答道："已经上来十一个了。"

"井下还有多少具遗体？"王天顺问道。

副中队长没有回答。

"你能给我留个你的手机号吗？"王天顺不失时机地向对方索要联系方式。

"对不起，不能。"副中队长口气生硬地说。

看看在这里套不出什么有价值的东西，王天顺便转到了井口的左边，又有几具死难者的遗体被抬了上来，王天顺悄悄拿出照相机，打开镜头盖，对好焦距，"咔嚓"拍了一张。他没有考虑到相机的闪光灯没有关闭，灯光一闪，被几个矿方的人员发现了，他们迅速围拢过来，一个黑黑胖胖的矿方人员一把抓过王天顺的照相机，将他刚才拍的照片迅速删除掉，另外两个人一边一个架着他就走。王天顺吼叫着："我是记者，我有这个权利。"没有人理会他记者的身份，那两个架着他走的矿方人员力气蛮大，不容他

反抗。看看没有什么机会了，王天顺又吼："我的相机，把相机还给我。"在警戒线外，那个黑黑胖胖的家伙把相机扔还给他，口气中带有威胁："这次算是客气的，下次小心你的胳膊腿。"

王天顺悻悻地接过相机，打开来看，相机里所有的照片都被删除一空。沿着矿区的水泥路面，他开始往回走，一阵阴冷的北风从后面刮过来，吹进他的脖颈，他感觉好像有人在推着他向前走。王天顺回头看，黑魆魆的储煤罐庞然大物般静默在那里，路边的残雪在远处灯光的掩映下也是奇形怪状，四周静得出奇。风中夹杂着几颗雪粒打在他的脸上，也不知什么时候天空就飘起了雪粒，毛乌素的天说变就变了。

回到车上，看看表已是十一点钟了，他条件反射地打了个哈欠，觉得有些困乏。突然一个念头在大脑中一闪：跟踪 120 车。对！跟踪车辆，看他们把遗体拉到哪家医院 在这里找不到有价值的新闻，可以到医院去找啊！这个大胆的想法又让他一下子精神了许多。

几分钟后，王天顺把车开出矿区，停在出矿车辆必经的那条公路旁，接下来就是耐心等待。

公路上的拉煤车渐渐少了下来，偶尔过来一辆大车，呼啸着从他的眼前飞驰而过，那车速足足有一百二十迈。

"野蛮开车！"王天顺嘴里咕哝着。

半夜一点钟左右，王天顺看到一辆救护车闪着蓝色旋转灯从矿区公路上开了过来，他随即把车子打着火，悄悄地跟了上去。

车子上了陕蒙高速向内蒙古方向疾驶而去。

大约走了一个小时，救护车来到了一家医院大门前，没有停留直接开进了大门。王天顺把车停在医院大门前，心说：就是这家医院了，明天一早就到医院了解情况，看来今晚只好在车上过夜了。

三

第二天一早，天气放晴，太阳升起来了。

沙枣树煤矿党委书记兼矿长郜新闻早早来到了毛乌素市政府门前，不一会儿矿业总公司的董事长张海清、总经理陆光明、党委书记安山也相继到来，他们是来迎接国家安全生产监督管理总局前来处理这起矿难事故的大员的。郜新闻上前和领导们一一握手，领导们是单手，他是双手，当然郜新闻在矿上与属下握手时伸出的也是单手。在与陆总经理握手时，郜新闻小声问："陆总，北京来的人是什么头衔？"

陆光明回答："是国家安全生产监督管理总局的一位副司长，叫石铁。"

郜新闻的脑袋"嗡"的一声，他知道这个叫石铁的副司长，在国内的几起矿难事故处理中都是以大刀阔斧、手腕强硬而闻名。

看来他这次的坎是很难闯过去喽！

看到市委书记和市长从大楼里走了出来，陆光明便丢开郜新闻那双肉肉的大手，与张海清董事长、安山书记迎了上去。大家握手寒暄，张远市长看看腕上的手表说："时候不早了，大家上车到机场迎接石司长吧。"

警车在前面拉响了警笛，车辆一辆跟着一辆从市政府大院鱼贯而出，驶进沙漠高速公路，向机场方向奔去。

郜新闻矿长的车是最后一辆驶离政府大院的，在官场上职位决定次序，开道车后面第一辆车是市委书记的车，跟着是市长张远的车，下面依次是

张海清董事长的车、陆光明总经理的车、安山书记的车，最后才是他郜新闻矿长的车。别看这个小小的细节，谁要是把它搞乱了，就会被一些小肚鸡肠的领导抓住小九九不放，他会认为你没有把他放在眼里，对他大不敬，或者是你想篡他的权，这就是官场的尊卑之分，郜新闻矿长在心里兀自感叹。想到这里，他回过头去看看自己的车后面，自己的黑色奥迪车后面紧随的是一辆红色小奥拓车，它被国人戏称是奥迪车的弟弟。那是一辆跟着沾光想跑得快点儿的民用廉价车。他心想，看来在官场上你郜新闻这个七品小芝麻官和平民也没有什么两样啊！

上午十点钟，一架东航的 A320 小型飞机缓缓降落在毛乌素机场，当国家安全生产监督管理总局石铁副司长略微显胖的身材出现在机舱门口时，机场站着的人们很快各自站到了自己应该站的位置上，等待着石铁副司长走下飞机和大家一一握手并介绍。石铁副司长走下登机台，并没有像国家领导人那样一一和大家亲切握手，他只是挥了挥手，干脆地说："外面这么冷，大家都别站着了，到了地方再介绍吧。"说着和市委书记拉了一下手，又和市长张远点头示意，看买他俩早就认识，然后便上了一辆黑色的奥迪车。市委书记看他上了车，向大家挥挥手，意思是走吧。

车队从机场驶了出来，浩浩荡荡上了沙漠高速公路，郜新闻矿长在车上得到通知，石副司长不去宾馆休息，先到沙枣树煤矿看现场。

挂断电话，郜新闻矿长急忙给副矿长陆虔打电话，让他安排石副司长到矿上的议程。

陆虔问："咋安排呢？"

郜新闻矿长说："先到顶层会议室。把记者们安排好，别让他们乱说乱动。"挂上电话郜新闻心说，陆虔一个毛孩子也没有见到过什么大阵仗，唉！空降干部，有什么办法呢？他就在车上又一一向矿上其他领导做了安排，还是要做到百密不疏的，也许今天就能决定他郜新闻一生的仕途。

沙枣树煤矿顶层会议室里，巨大的椭圆形枣红色会议桌摆在正中间，大家依次而坐，听郜新闻矿长汇报矿难事故发生和救援的整个过程："这起矿难的直接原因是在通风系统不畅的情况下，主工作面大面积放顶，火药硝烟聚集不能很快排出，造成正在开采和检修的三十三名工人 CO 中毒。经矿山救援队员和矿方的积极抢救，目前已有十六人脱离危险，十七人遇难……"

听完矿方的简单介绍，石副司长说："那就到井口去看看吧。"一行人下楼，看到记者们早已围在广场上等候了。

有记者就挤上前来问："石副司长，你对这起矿难事故怎么看？"

石铁副司长没有正面答复记者的问询，只是说："目前事故调查正在进行中，请大家耐心等待。"

四

　　王天顺在车上窝了一夜，醒来时天已经放亮。

　　他开门下车伸个懒腰，活动了几下筋骨。看到东方已泛起了鱼肚白，医院门前的公路上零星的行人和晨练的人们三三两两地从车前经过，有几个中学生背着书包走来，他推测时间大概在七点钟左右。于是，他从车的后备厢拿出洗漱用品，向医院大门口走去。在医院的水房里，他洗漱完毕，感觉整个人都精神了许多，这才感觉到肚子还饿着，从昨天下午到现在仅仅吃了一罐八宝粥。在医院门前他四处张望，看到不远处有一家卖羊杂碎的小店，便走了过去。

　　杂碎店的老板娘是个高高大大的蒙古族女人，穿着长长的深蓝色蒙古袍，头上绾着一方蓝手帕，脸色红润，有着蒙古女人健壮的身板。再看那个老板，白白瘦瘦的，倒像个上海小男人，一看就是个精细干净的主儿。在狼吞虎咽地吃下去两碗羊杂碎后，王天顺的腰直了起来，看来人是铁饭是钢，这话一点儿没错。付钱的时候王天顺和老板拉了几句话，他了解到面前的这家医院是一所三甲医院，医院的院长姓刁。老板娘马上撇着浓浓的蒙古口音插话道："有甚事情你去门房找老李头，那可是个好人，乐于助人。年前有个病人晕倒在门房，还是老李头热心帮他挂号看病，钱都是老李头出的哩。"说着老板娘用围裙擦了一把油乎乎的双手："你去找他，就说对面卖羊杂碎的老贡家婆姨让你去的，不管是甚事他都会帮助你的，那

15

可是个好人哩。"

老板在一旁不高兴地看着自己婆姨小声咕哝："就好揽事情，少说一句看把你憋死喽！"

王天顺笑了笑走出了杂碎店，身后还能听到婆姨汉子两个人在那里吵嘴。

走到医院大门前，一个环卫工人正在用一把大扫帚扫着垃圾纸屑。医院还没有到上班时间，王天顺从车里拿出一盒中华烟向门房走去，一进门，就看到一个瘦瘦的中等个头的老汉正坐在椅子上看报。那是一张今天早晨的最新报纸，王天顺眼尖，一眼就看到了头版头条沙枣树煤矿发生矿难的新闻报道，于是便对老李头说："又发生矿难了？"

老李头侧过头来，看到王天顺戴着眼镜，文文弱弱的模样，这才答了话："就是就是，医院的急救车后半夜才回来。"

"拉人了吗？"王天顺问。

"拉了，不知道几个人。"老李头回答。

看到王天顺有些失望的表情，老李头接着刚才的话头又说："一会儿到后面太平间问问王老师就知晓了。"

"王老师是谁？"王天顺说着从兜里掏出中华烟，给老李头递过去一支，自己也点上一支顺便坐在了一旁的连椅上。老李头点上冒了一口烟便打开了话匣子："王老师原来是市里一家中学的教师，退休后没事干，常到我这儿来闲转，后来我给他介绍到医院来看太平间，在这儿一干就是五年，是个本分人。"

说到这里老李头把话锋一转问道："你是做甚工作的？"

王天顺腼腆地笑笑："我也是老师。"他很少说谎，感觉自己的脸有些发烫。

"你在哪所学校教书？这市里头的中学我认识很多教师。"老李头像遇到了知音一般追问。

"在市一中教语文。"王天顺感到自己的脸更红了，他想哪个市都应该有一中的，又怕露出破绽，不等老李头提及那里的老师名姓便岔开话题，"早上请了假过来看病。"老李头似乎并不在意这些，只要有人和他说话就行，看来真是个热肠子人。两个人天南地北地聊了一会儿，王天顺又给老李头递上一支烟，便起身向医院后面走去，他要去找他的一家子，那个看

太平间的王老师。

正是清晨刚刚上班的时间，医院里人来人往，王天顺好不容易才在后院的一角找到了太平间。整个医院也只有这里还算清静，阴阴的冷风沿着墙脚吹过来，直灌进他的脚脖和衣领里，他把衬衫上最后一颗纽扣也系上了。为了让心情平静下来，他点燃了一支香烟。随着一缕青烟在头顶缭绕，王天顺从一个小门的缝隙处挤进了太平间所在的那座小院。小院看上去很干净，正北方摆放着一个铸铁的方形大鼎，那鼎足有一米二高、一米五长，鼎上插有香，鼎里还有没完全燃烧的麻纸，这儿是供死者家属祭奠亡灵的地方。小院里青砖铺地，围着院墙种了一圈冬青和低矮的松柏树，给人庄严肃穆之感，也给人灵魂出窍的感觉。

"有人吗?"王天顺怯怯地喊。

"啊嚏!"一声喷嚏从头顶上传来，把王天顺吓了一跳，脖子上起了一层鸡皮疙瘩。他赶忙抬头向上看去，这是一幢两层的小红楼，一楼的大开间被双扇黑漆大门牢牢锁着，外观看上去像一个小车库。王天顺猜测里面可能就是传说中的太平间。二楼上有三间房，房门前是一个通廊，那通廊没有扶手，从左到右一上一下拉了两根细铁丝，就算是围栏了。铁丝早已生锈，透着铁锈红的颜色，铁丝的后面站着一个老者，脸庞白皙，一头银白色的发丝稀稀疏疏地在风中飘动，这让王天顺想起了阴曹地府中黑白无常里的白无常。王天顺仰脸看，太阳的光芒刺得他半眯起双眼。

"是王老师吧?"王天顺仰着脸问。

"是我，有事就上来说话吧。"楼上的人说。

王天顺四下看了看，没有上楼的楼梯："王老师我从哪儿上呢?"

"侧面有个铁梯子，你就攀着上来吧，小伙子嘛，我这老汉还攀着上呢。"那个声音又从头顶上传来，这让王天顺感觉极不舒服，有虚无缥缈抓不住方向的感觉。

王天顺绕到侧面，果然找到了那个扶梯，抓着冰冷的铁扶梯上到二层楼上，感觉两手冰冰凉凉木木麻麻的。他使劲儿搓了几下冻得麻木的双手后，这才伸出右手和王老师相握，随后又下意识地掏出烟来递给王老师一支，王老师用手挡着说："我不抽烟。"

王天顺就说："咱们是一家子，我也姓王，是门房的老李头让我找你的。"

王老师中等个头，说起话来依然有站在讲台上给学生讲课的风范："老李可是个好人，一辈子烧香念佛做好事。"走廊上摆放着两只小木凳子，王老师坐下来示意王天顺也坐下，想到楼下就是太平间，里面存放的都是死人，自己坐下来就离他们更近了些，王天顺的左腿有一点儿发抖。

"你到这儿来是打听昨天那个矿难的事吧？"王老师开门见山地问。

"咦！一家子神算呀，咋知道我是为这事来的？"王天顺故作惊讶地问道。

"嗨，明摆着，昨天晚上就有记者来过了。"王老师既得意又不以为然地回答。

"哦！"王天顺没有再说什么。

"你想知道些个甚事情？"王老师倒是很随意地问他。

"昨天咱们医院一共拉来了多少死难者？"王天顺小心翼翼地问。

"傍晚拉来两个，昨天黑半夜又拉来了八个，一共十个。"王老师干脆地回答他。

"我看今早的报纸上说一共死了十七个人呢！"王天顺疑惑地问。

"那也许是拉到别的医院去了。"王老师道。

王老师似乎又想起了什么，接着说："昨天傍晚还送来两个活着的，现在还在前院病房里呢，刚才听主治医师赵大夫说情况良好，已经能吃饭了。"

无意间找到了一条重要新闻线索，这让王天顺激动不已，他谢过王老师，准备起身到病房去查找那两个矿难的幸存者。王老师也没有再多说什么，便起身和他告别。

在病房里，王天顺提着一个花篮和一兜水果见到了掘进队长高进才和瓦斯检查员吴尧尧。两人的精神状态已经恢复得差不多了，王天顺进来时，他们还在那儿和看护人员相互交谈着。高进才的爱人也是昨晚听说沙枣树矿发生矿难，连夜从外地赶过来的，看来他的爱人刚刚哭过，王天顺进来时，她的眼睛还红红的，眼仁里还挂着几缕血丝，一看就是昨晚没有休息好。吴尧尧的家里人还不知道消息，没有赶来。王天顺揣摩这吴尧尧年纪也就在二十七八岁的样子，看人时眼神中还有几分学生般的羞涩。一问才知道，吴尧尧是去年刚分来的大学生，参加工作仅有半年时间，没想到就赶上这样大的矿难，说到这儿，吴尧尧眼里噙着泪花，他庆幸自己在鬼门

关前走了一遭又回来了。

当王天顺向两个人提及昨天发生的矿难时，高进才用了一个词：惊心动魄。

当矿难发生时，高进才正和李成副矿长在调度室里值班，井下打电话汇报说："主工作面准备放顶。"

李副矿长说："听到了。"

一会儿通风工打电话汇报："巷道里有一台风机因停电不能正常运转，正在全力组织抢修。"

李副矿长认为，这并不影响主工作面放顶作业，因为另一台风机还在正常运转。事后才知道那台风机因井下水大淹进了水旦，十五分钟前已停止了工作，这是谁也没有想到的事情。

高进才说道："当我们在调度室里看到烟尘升起，跟着什么也看不见了时，听到工作面带班的班长喊：'瓦斯突出，赶快……'跟着就没有了声音。李副矿长和我没有多想，迅速组织人员准备下井进行自救，因为当时谁也没有想到事态会发展到这么严重的程度。我们在路上又遇到了瓦检员吴尧尧，让他带上检测设备一起下井查看情况。消息传得很快，当我们到井口时，前后也就不到二十分钟时间，已经有很多矿工家属在那里了。这些家属都是外地来的，他们就在矿井附近搭建的临时房中居住，所以过来得很快。李副矿长是个急脾气，看到家属们哭哭啼啼的样子就不冷静了，拉上我和吴尧尧就往井下钻。他走得快，我和吴尧尧稍稍和他能拉开二三十步的距离，在井下一百五十米到二百米处，我亲眼看到李副矿长一头栽倒在地上，就要上前去抢救他，吴尧尧一把拉住了我说：'高队长，不行啊！'他举起手中的瓦斯检测仪，红灯在不停地闪烁，发出嘶嘶的报警声。当时我已经完全没有了理智，我和李副矿长是同乡啊，前年招工也是他把我招来的，我在原来的老矿一年收入三万元，来到毛乌素市后一年收入在六万元，家庭生活改善多了，何况这儿井下地质条件又好，这都多亏李副矿长呀，我怎能见死不救呢？是小吴死死抱住我硬是把我拉着趴到了地上，贴着地面，我开始恢复理智，才想到瓦斯突出时，瓦斯气体是浮在空气上面的。我们俩伏在地面上向井口匍匐了十几米我就失去了知觉，算是小吴救了我一命。"说到这里，高进才队长感激地看了一眼对面床上的吴尧尧，高队长的爱人也冲着吴尧尧一笑，也是一脸的感激之情，吴尧尧腼腆地笑

19

笑没有言语。

王天顺看到高队长的眼里噙着泪花，不知是感激吴尧尧，还是庆幸自己还活着。

高进才接着讲："我后悔当时没有拦住李副矿长，更后悔当时没有冲上去把李副矿长拉回来，看到他一头栽倒在那儿，我的心痛呀！"说到这里高进才眼中的泪花流了下来。他的妻子在一旁也跟着抹泪，哽咽道："我和李副矿长的爱人高中在一个中学，这让刘苹以后的日子咋过呀，还带着一个不到三岁的孩子。"吴尧尧向王天顺解释："刘苹是李副矿长的爱人，现在是矿上的财务部部长。"

一场矿难让多少家庭支离破碎，让多少人终生背负起了沉重的包袱！王天顺感慨，一屋子的人也都唏嘘不已，他们为别人的不幸叹息，也为生命的无常和脆弱感叹……

五

　　此时的沙枣树煤矿，事故调查正在紧锣密鼓地进行着。

　　国家安全生产监督管理总局石铁副司长带领来自全国各地的专家组成员来到井下。他一边走一边向昨天的救援人员了解当时的现场情况。宽敞的巷道里，一切都已恢复以往的井然有序，风机的呜呜声，遮住了人们说话的声音，脚下潮湿的路面上不时有水珠滴下来，水珠落在人们的安全帽上，发出"嗒嗒"的声响。

　　石铁和专家们来到昨天那台被水淹没的风机旁，那儿是个洼地，不停地有井下的积水淤积起来，很快又被水泵抽走。专家们在一旁观察那台水泵，水泵的抽水管道在风机的左边，有人说道："看来首先是水泵出了问题，造成水流动不畅积在这片洼地后把风机淹没了。"石铁认为很有可能，于是便俯下身去看那台水泵的型号，型号配置没有问题，他说："查一下记录，昨天上午是不是有停电发生，引起水泵停止作业造成的积水流动不畅？"

　　郜新闻矿长在一旁说："昨天动力上没反映过有停电发生。"

　　石铁副司长听了后心里就有了不快：不做具体调查，只是坐在上面听下面人汇报，这样能把工作做细致吗？于是，他安排一旁的一名专家组成员："郑工，你去井下配电室把记录查一下，上井后再到地面配电室了解一下情况。"

郑工回答："好的。"

来到事故工作面，这里一切都恢复了平静，仿佛正在为昨天的死难者默默哀悼。高大沉重的采煤机组和液压支架整齐地摆放成一排，脚下那些还没有来得及清理的煤块，在人们的胶鞋下面发出咯吱咯吱被踩碎的声音。救援队第一个到事发现场的中队长向石铁副司长汇报昨天他们进来时看到的情形："这儿躺着九个人，都在机组的下面，其中有两个矿工已经穿上了防护服，可惜都还没有来得及打开氧气开关就失去了知觉。"

石铁副司长默默地低下头，为死难的矿工兄弟致哀！

从井口步行到工作面约四十分钟路程，他们回来时有防爆车下来接，十几分钟就回到了地面上。从阴冷潮湿的井下来到阳光明媚的地面，所有人都感觉到阳光的宝贵和地面上的安全，石副司长听到有人在背后长长地舒了口气，仿佛经过了一次艰辛的跋涉。他笑着回头对大家说："我在煤矿上工作了近二十年，走遍全国，像沙枣树煤矿这样好的井下地质条件都是不多见的，出了这样的安全事故真是不应该的。看来安全这根弦在任何地方任何时候都不能放松啊！"

郜新闻矿长在后面站着听了后，内心便有了一种悻悻的感觉，说："领导说的对，是我们忽视了安全。"

石副司长不满地看了一眼这个方脸盘身材微胖的矿长，没有言语。

第二天下午，事故原因分析报告很快出来了。当天的分析会上，专家组认为，造成这次矿难事故的原因有三：一是配电室临时停电，在通知调度室主要值班领导后，没有引起重视，导致水泵停止运转，引起风机被水淹没，造成通风不畅；二是在通风条件不具备的情况下，工作面大面积强制放炮放顶时，没有及时撤离人员，造成 CO 中毒事故；三是矿方在自救过程中，缺乏经验，自救过程混乱，毫无章法，造成了后续不必要的人员伤亡。

经过调查和入井信息显示：本次矿难发生时，井下共有三十三名矿工，经抢救有十六人安全升井，其中四人受伤，现正在医院接受治疗，目前已脱离生命危险，有十七人罹难。

消息经媒体报道后，记者王天顺感到事故调查太草率：十七名矿工就这样尸埋黄沙，责任由谁来负？当晚他就把他了解的情况在网上发了帖子，要求严惩责任人，给死难矿工和家属一个交代。信息化时代，网络的号召

力胜过任何媒体宣传。一夜间，全国的网站都在转发王天顺的帖子，网民们也是热血沸腾，纷纷发表评论进行声援。当矿方得知这起矿难在网上被炒作已是第二天下午了，郜新闻矿长指示陆虔副矿长迅速处理，陆虔副矿长急忙寻找到一些网络高手，出重金在网上删帖子，然而此举已是无济于事。

石铁副司长在网上看了帖子后，嘴角露出一丝苦笑：事故原因从技术层面找到了，责任很明显，也公之于众了，人事方面的事情还是由地方上来处理，自己也不能把手伸得太长，能做的工作也只是督促地方上尽快做出人事处理意见，给公众一个公平公正的交代。于是他拿起电话打给张远市长，要求市上和市煤炭安监局、矿业总公司尽快拿出人事处理意见，该刑拘的刑拘，该降职的降职，决不手软。

晚上，调查组就要乘飞机离开毛乌素市回北京了，郜新闻认为这是他的最后一次机会了。于是也坚持用自己的黑色奥迪车送石副司长到机场，目的就是想在车上和石副司长通融通融，他心里明白，保住官位、保住自身是他眼下最大的政治任务。

车子驶出市区，石铁和郜新闻坐在后排座位上。石铁看着车窗外偶尔闪过的零星灯光说："郜矿长在沙枣树矿工作几年了？"郜新闻忙道："这个矿是三年前开始建的，一建矿我就在这儿。我以前在黄城煤矿工作，现在总公司的陆光明总经理就是我的老领导。"

石铁"嗯"了一声，没有再说话。短暂的沉默过后，郜新闻接着说："我在煤矿上工作三十多年了，从二十来岁到五十多岁。"

"你今年有五十岁了？"石铁副司长问。

"五十五岁喽！"郜新闻不无感慨地回答，口气让人听起来像是在自言自语，自说自话。

又是一阵短暂的沉默。

"石司长今年高寿？"郜新闻再次打破沉默问。

"谈不上高寿啊，我还没有你年纪大呢，我今年五十二岁。"石铁副司长应付道。

"看不出来，一点儿也看不出来，石司长看上去像是四十岁。"郜新闻故作惊讶地说。

石铁副司长内心感觉好笑，你一会儿问我高寿，好像我看上去七老八十了，这会儿又说我像四十岁，真是颠三倒四。

经过两个人这么扯了几句闲谝，郜新闻感觉气氛融洽了些，便打开了话匣子，说自己从小是个放羊娃，自打 20 世纪 70 年代末招工走进煤矿，从最基层的一名掘进工做起，那时的煤矿和现在的沙枣树矿比简直就是两重天。那时的煤矿建设起点低，先生产后生活，上面压的生产任务又重，都是边建设边完善，所以安全设施不到位，井下生产设备简陋，主要是靠人挖煤，每天下井脑袋都是提在手上的。

石铁副司长心想，怪不得你对安全的理解这么粗线条，在你这个矿长的潜意识里，安全理念就首先不过关。

郜新闻讲到自己在井下几次从危险中是如何死里逃生，又是如何一步步从一名矿工走上领导岗位，如何白天下井晚上又在夜大进修，如何一门一门功课艰难过关，讲到辛酸处免不了两眼含满泪水。石铁副司长听着听着，不禁从嘴里发出一声叹息，想到每个人的一生都不易，人们只是看到他人光彩照人的一面，却很少有人看到这光鲜背后的艰辛与煎熬。

看看时机成熟，郜新闻收起辛酸的话头，说："我这一生七上八下，坎坎坷坷总算熬到了这把年纪，眼看就快要到站了，本想平平安安地走过这最后一段路程，谁想会出这样的矿难，也是我命运多舛，自认倒霉。"

石铁副司长本想说几句安慰他的话，可又无从说起，只好沉默着。想想郜新闻矿长这话又感觉不对，什么叫自认倒霉，出了矿难事故，那么多矿工兄弟死在了井下，你不从自身管理上找原因，好好吸取教训，分析问题，什么叫自认倒霉呀！好像这事是摊到你这个矿长头上了，换了别人矿难照样也会发生，你郜新闻矿长不过是运气不好而已。这么一想，刚才心生的一些感慨也就荡然无存了，这是个什么样的领导干部啊，这不是拿矿工兄弟的生命做事业赌注吗？

看到石副司长不再说话，郜新闻认为自己述说的一番身世经历打动了对方，于是便从包里拿出一方田黄印章来，说道："石司长，我们初次相见，也没有什么好礼物给你，送你一方印，聊表我的一番心意。"

石副司长多年来走遍大江南北，处理过大大小小多起矿难事故，什么阵仗没有遇过，什么世面没有见过？他借着车里微弱的灯光伸手拿过那方印，沉甸甸的，触手温润，是一方上好的田黄印，少说也在十万元人民币以上。他抬头看看窗外，一轮皎洁的月亮正从远处的地平线上升起，把苍

24

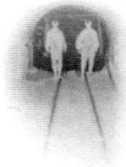

茫的毛乌素沙漠映照得雪一样白。他叫司机把车停下，司机以为石副司长要解手，迅速把车停在路边一处较为宽敞、前后看不到灯光的地方。郜新闻觉得石副司长是当着司机的面不好意思收下礼物，心想：有甚的，这些个当了领导干部的京官们，做起这事来这么磨不开脸面，立着牌坊其实还是婊子。

车子完全停了下来，石铁副司长摆手让郜新闻矿长下车，郜新闻矿长急忙拉开车门走了下去，恭恭敬敬拿着那方田黄印站在路边等着石铁副司长下车。石铁副司长等郜新闻下车后，一把关上车门，对司机说："开车。"

司机犹豫了一下，石铁副司长吼道："开车。"

黑色奥迪车发动起来缓缓向前滑去，等到木愣在路边的郜新闻反应过来时，只看见属于自己的那辆黑色奥迪车的红色尾灯闪了几闪后，便消失在茫茫毛乌素沙漠的高速公路上……

六

沙枣树煤矿建设设计的标准很高，就目前来说，在世界上也是第一流的现代化大型煤矿企业。

驱车沿着高速公路从标志着沙枣树煤矿蓝字黄底指示牌的路段下来，绕过匝道，穿过一片沙漠风景观光区，眼前就是赫然在目的沙枣树煤矿。

沿途是长长的有近五公里路程、蓝白相间的栈桥横空跨过山峁，接着是宽敞整齐的办公区，浅灰色高大宏伟的梯形办公楼巍峨矗立，楼前绿地上各类花木争奇斗艳，公路两旁一蓬蓬低矮的沙柳树连接成一条长长的林荫大道。走进矿区，一排巨大的白底蓝条的储煤筒仓，像一个个工业巨人般屹立在运煤专线的尽头。筒仓下，一辆挨着一辆的运煤车排成几公里长的车队，犹如一条工业巨龙盘卧在起伏的沙墚中。筒仓后面是一个接着一个斜拉成三十度角横亘在半空中的选煤楼子，它们接力般一个挨着一个一直通到四个巨型圆顶状的建筑物前，那是从井下运送上来的原煤，经过这四个巨无霸的圆形建筑，进行筛选，形成精煤和末煤，输送到不同的煤场和筒仓，再装上火车或者汽车运出毛乌素地区。

在矿上的干部食堂吃罢早饭，副矿长陆虔便驱车出了矿区上了高速公路向毛乌素市驶去。望着冉冉从东边升起来的朝阳把沙地照得明亮而清晰，陆虔的胸中涌起一股豪气来："俱往矣，数风流人物，还看今朝！"

陆虔今年虚岁三十，他的实际年龄按周岁计是二十八岁，毛乌素人计

算人的年龄虚岁要比周岁大两岁，或许是传统风俗认为这样计算年龄人能成长得快些吧。陆虔虽然年龄不大，但在沙枣树煤矿来说，算是个人物。他二十三岁大学毕业后，通过他父亲的关系分配到省城一家外贸企业工作，无所事事了两年。三年前矿业总公司筹建沙枣树煤矿，他又利用父亲的权力和关系，跨行业调到了沙枣树煤矿筹建处。平心而论，对于煤矿行业来说他是个门外汉，而在外贸上那几年他学会了应酬，也就是说他走向社会学的第一堂课是应酬学。通过父亲的关系，他负责建矿手续的办理，在省城、北京上蹿下跳，一道道难过的关，一个个难办的手续竟然让他都闯过来了，在总公司，他被公认为是"能人"。什么是能人，就是别人不敢办的事情，别人办不了的事情，他敢办，他能办。所以筹建结束，成立矿领导班子，在他父亲的极大推荐下，他也就理所当然地坐上了沙枣树煤矿副矿长的位子。这也正应了那句话：老子英雄儿好汉。

想到这里，陆虔的嘴角泛起一丝得意的笑意，少年老成让他的笑也给人与他的年龄不相符的感觉。三年的"卧薪尝胆"——这是他几天来一直在脑海中闪现频率最高的一个汉语成语，老祖先用词的深邃和精练，让他打心底佩服不已——终于让他等来了这次机会。矿难，这个听起来让人极不舒服的词汇，在陆虔听来就成了悦耳的口哨，当然这样想也显得自己很不人道。想到这里他的内心泛起一缕游丝般的羞愧。可他又想，机会对于每一个人都是公平的，而且机会对于每一个人来说，或许这一生又都是只有一次的，失去了一次机会，也许你在人生的道路上将会次次赶不上末班车。这次矿难让他看到了郜新闻矿长的末路，更让他看到了自己所拥有的得天独厚的竞争条件：一是年轻；二是他的位置是排在郜新闻矿长之后的常务副矿长，是沙枣树煤矿名副其实的第二把手；三是颇具实力的政治背景；四当然还是年轻，年轻就是本钱，年轻就是资本哪！

陆虔一边开车一边自我陶醉着。车子在行进当中，他略微打了一下方向盘，点了一脚油门，让他驾驶的黑色奥迪车超过了前面那辆飞速疾驶的白色别克小轿车。前方已经可以看到零零落落的高楼大厦了，他意识到毛乌素市到了。

于是他脚底下松了松油门，放慢车速，让那辆刚刚被他超过的白色别克车又超了过去，这才缓缓把车开进了匝道。

矿业总公司总部是一座有着银灰色外墙和宝石蓝玻璃幕墙建筑的高楼

大厦，它矗立在毛乌素市繁华的中心街道上。十年前这里还是一片沙地，人流和车流稀少，十年后这里成了毛乌素市最繁华的中心地带；原来一亩几百元的沙土地，现在成了一平方米几千元的黄金地段，就是当年的深圳速度也不过如此。陆虔停好车走进矿业总公司大楼大厅，保安显然是认识他的，向他敬了个很不标准的军礼，咧开嘴冲他微笑着，陆虔嘴里咕哝了一句："好。"也不知道对方听到了没有，便大步向电梯间走去。

十八层楼电梯门对面就是矿业总公司陆光明总经理宽大的办公室，陆虔轻轻敲了三下门，听到里面轻咳了一声，传来陆光明总经理略带沙哑的声音："请进。"

陆虔推门走进去，陆光明总经理正在办公桌前审阅文件，他戴着花镜，一手拿着文件，一手拿着一支红蓝铅笔，正认真地在文件上面批阅着。陆虔走到他面前，看到陆光明总经理微微抬了一下上眼皮，花白的头发轻轻颤动，便张口叫了一声："爸。"

陆光明没有抬头，只是翻着眼珠子从镜片上面看到了陆虔，他眼角的鱼尾纹跳跃了一下，用慈祥的目光凝视着自己年轻有为的独生儿子，说："快坐下说话。"对于母爱来说，更多的话语体现出心疼和溺爱；对于父爱来说，更少的话语方显出深沉与呵护。陆光明放下手中的文件和红蓝铅笔，摘下老花镜，看着儿子坐下来，没有立刻说话，眼神中仿佛在欣赏一件自己的杰出作品，久久不愿把目光移开。

"爸，最近身体还好吧？我妈的身体也好吧？矿上事情多，有半个多月都没有回来看你们了。"儿子陆虔抱歉地说道。

陆光明没有立刻张口，几秒钟后，仿佛刚刚从欣赏艺术品的沉静中缓过神来。"呵呵，都好，矿上工作忙也不用常回来，打个电话问候一下就是了。"陆光明说道。

"这起矿难对您不会有什么影响吧？"陆虔胆怯地小声问。

"这倒不会。"陆光明看着懂事的儿子回答。

"这就好，这就好。我还担心责任会追究到您这儿呢！那这次看来部叔叔是不是会……"陆虔又问道。

"嗯。"陆光明心里在骂部新闻：这个不争气的家伙，当年是我极力在班子会上举荐他到公司最大的煤矿来当矿长，本想让他给老子增光添彩，不承想惹下这么个大乱子来。

看到父亲没有就这件事多做评论，陆虔接着说："我们矿上的领导班子是不是要动动了？"

陆光明"噢"了一声，目光狐疑地瞅着儿子。知子莫若父，看儿子的神情，他明白了，这是要筹划着取郜新闻而代之，便说道："可以考虑。"陆光明知道在儿子面前不能说得太多，怕儿子乳口白牙不小心漏了口风，传出去对今后的工作不利也对外界的影响不好。自从沙枣树煤矿出事后，各方力量都在积极活动，这看似平静的水面，其实下面的暗流涌动不亚于惊涛骇浪。想到这里，陆光明把话锋一转："既然来了，你去看看安山书记吧，和你安叔叔多聊聊，他是负责干部考察这一块的。"陆虔走向社会的第一堂课学的就是应酬学，在察言观色方面可谓冰雪机灵。他马上明白了父亲的良苦用心，这是引导也学着走通关节，又不把话说得那么直白，想起昨天晚上看电视，电视里一个极力推崇弗洛伊德的心理专家说的话："好父亲不是管教孩子，而是在影响孩子。"当时自己对那句话就非常认可，现在看来简直就是真理！陆虔站起来，看到父亲从抽屉里拿出一盒中华烟抽出一支来点上，便说："您也少抽点儿烟。我不抽烟，来时也没有带烟，安叔叔抽烟，把烟给我吧。"

陆光明递过手中的那盒烟问："够不够？"

陆虔道："够了，我又不抽。"

从父亲的办公室走出来，陆虔便从安全通道向楼下走去，安山书记的办公室在十七层，他现在所处的位置是十八层，他想是没有必要乘电梯的，何况电梯上杂人多，碰上谁给你想当然地在领导跟前臆测些话语，徒增麻烦。陆虔在父亲多年的影响下，心思缜密这一招学得是有板有眼。

来到安山书记的办公室门前，陆虔略微停顿了一下，他在想进门时叫安书记好还是叫安叔叔好。他觉得如果办公室里有人就叫安书记，免得被人看出自己是来拉关系、套近乎的；如果没有人就叫安叔叔，那样显得亲切，也让安书记从心里对自己多些亲近感。安山书记和父亲在一起共事多年，他们之间矛盾重重也是可以想得到的，决不能让他们之间的矛盾成为自己仕途上的绊脚石。当然对于父亲和安山书记来说，没有永远利益上的朋友，也不会有永远利益上的敌人，这一点至关重要。他想到初中课本上毛主席的那篇传世名作中说的：谁是我们的敌人，谁是我们的朋友，这个问题是革命的首要问题。这个问题是得搞清楚，不然吃了亏还不知道绊倒自己的绳子是哪一根。伟大领袖就是伟大领袖，他的每一句话都是语录，都可以让你活学活用一辈子，终身受益，受益终身啊！

安山书记办公室的门敞开着，陆虔走到门口，瞅见安山书记正和秘书在说着什么，秘书手里拿着一摞文件，看样子正准备向外走，陆虔恭敬地敲了一下门，笔直地站立在门口叫了声："安书记。"

安山书记看到了他，大声道："进来吧，陆矿长。"口气里既有开玩笑的成分又显示出对他的重视程度。这让陆虔感到有些羞赧，女人般略带扭捏地走进办公室和秘书打了个照面，安山书记在桌子后面对秘书说："小王，这就是我常和你提起的沙枣树煤矿的陆虔，年轻有为的陆副矿长。"那个被安山书记叫作小王的秘书赶忙从抱着的文件下面腾出一只手来同陆虔相握，陆虔急忙伸出两只手连握带拉地说："安书记太夸奖我了，我哪里有那么好呀。"王秘书道："陆副矿长您好，久闻大名，我才从基层上来，对好多领导都不是很熟悉，您原谅啊！"

陆虔回道："原谅谈不上，我们以后多来往、多来往。"

秘书走了出去，小心地关上了办公室的大门。陆虔来到桌前，安山书记便伸出一只手与他握手，握完手后，陆虔赶忙从兜里掏出中华烟来抽出一支递了过去，说："安叔叔，您抽烟。"安山书记接过烟来示意他坐在对面，笑着说："你不抽烟兜里还装着一盒中华烟，一定是没有带火吧？"陆虔下意识地摸了摸兜，不好意思地说："让您说着了，真还没有带火。"

"不会是从你爸那里顺手牵羊拿到我这里来的吧？"安山书记调侃道。像是在大庭广众之下洗澡突然发现被人观摩似的，陆虔的脸一红，紧跟着又一直红到了脖子根儿，老老实实地说："您说对了安叔叔，就是刚才从楼上拿了一盒下来的。"

安山书记"呵呵"笑着点燃了那支烟，吐出一口烟雾后既关心又郑重地问道："矿上职工们的情绪怎么样，没有因为这次矿难受到太大的影响吧？"这个话题也正是陆虔想要的，于是便显出一脸担忧的样子："矿工的稳定工作还做得到位，就是干部队伍中一些人的思想有些波动。"

安山书记看着陆虔脸部的肌肉飞动着，好似每一块小肌肉都在向下坠着担忧，他没有言语，等待对方接着往下说。

"一些干部担忧这次事故会造成矿领导班子的调整，还有部分负有生产安全责任的干部情绪低沉，怕这次事故会影响到自己的前程。"陆虔眼睛一

眨一眨地看着安山书记，小心翼翼地说道。

"责任当然是要追究的，我们得对矿工家属、对社会各界有个合理交代，你说是不是这个道理？"安山书记说。

"是的，是的，应该是这个道理。我个人认为这次事故矿领导班子是有过失……"陆虔说到这儿有意把话停住不再继续说下去，他在看安山书记的表情。安山书记轻轻抽了一口香烟，沉吟了一下说："老郜是沙枣树煤矿的法人代表，说到责任当然他是首当其冲。不过具体的责任认定还要等市煤炭安监局和总公司派人去做进一步的调查。这段时间你们要做好干部职工的思想稳定工作。"讲到这里有人敲门，安山书记对着门口道："进来。"

看来这次谈话也就到这里了，陆虔说："我们一定做好大家的思想稳定工作，安叔您这儿来人了，我就不打扰您了。"

安山书记伸出手与他相握，又语重心长地说："小阮你还年轻，把心思多用在工作和业务上，要多学习专业知识，小伙子会很有前途的。"陆虔谦虚地点头走了出去，安山书记看着他的背影心想：这是来刺探我的态度来了。他没来得及再细想便和进来的人寒暄起来。

七

　　夜幕降临，市中心街道两旁霓虹灯闪烁，一幅幅巨型广告牌在走马灯似的忽明忽暗之间拼命地循环奔跑着，宽敞的道路上车来车往形成一条灯的长龙，与路两旁的走马灯遥相呼应。毛乌素市区的天空被光的海洋抹得五马六道，让原来皎洁的月亮和星星们都黯然失去了它们本真的光泽。郜新闻矿长的黑色奥迪车穿过市中心的街道，向左一拐驶入一条僻静的小巷子，巷子两边茂密的白杨树哨兵般站在那里，向过往的人们和车辆默默地行着注目礼。前面那个小区大院里第一栋楼房就是陆光明家所在的家属楼，他让司机把车停在大院外面，自己下车徒步向那幢家属楼走去。

　　郜新闻这几天可谓度日如年，好像度日如年这个汉语词汇等了几千年就是单为他创造的。今天他整整一天都把自己关在那个带三个套间的大办公室里，所有乐观和悲观的结局他都想到了。然而郜矿长考虑最多的与陆虔副矿长想的是同一个问题：在自己的政治命运走到生死存亡的关键时刻，谁是我们的敌人，谁是我们的朋友？他甚至还想到了敌人的敌人就是我们的朋友，这就像下象棋，谁能超前考虑一步棋，谁就多一分胜算。第一步，他在桌子上铺开一张白纸，然后用红蓝铅笔开始由近到远、自上而下记录出他认为属于自己的朋友和敌人的人，红色代表朋友，蓝色代表敌人。第二步，根据关系远近、职务大小用 B2 铅笔记录出可能的敌人和可能的朋友。第三步，画一个框框，把矿难中逝去人员的名单一个个标注出来，再

派自己的亲信代表矿上去安抚一下他们的家属，目的是摸一摸家属们的底细，这一步也是至关紧要的，如果不是自己亲近的人出面和遇难者家属沟通，很有可能会在见到遇难人员家属后被人挑起事端，让事情变得复杂化，进而发展到不可收拾的境地。做完这些他就坐在那里一支一支地抽烟，对面前被他涂鸦般画在白纸上的每一个人的关系网进行思考，抓住主要矛盾，带动次要矛盾，从内因开始逐步扩大到外因。学了一辈子辩证唯物主义，他今天才算是真正为自己活学活用了一回。

吃完午饭，他打电话上办公室通知矿领导班子到他办公室开会，会议开得很简短也很独裁。会上，他要求矿党委副书记和工会主席各带一队人马，组成罹难家属慰问团。不管家在哪里，明天晚上必须赶到，把每户三万元的慰问金送到家属手中，并且向家属承诺一个月内把赔偿金打到家属提供的账户上。然后他又把自己关在房间里思考起来，很快两盒烟见了底，他经过深思熟虑又反复斟酌后，最终做出决定，今晚就去陆总经理家中寻求第一个能帮助他的人。

郜新闻矿长在陆光明总经理家的楼下徘徊了一阵，想既然事情已然这样了，丑媳妇总是要见公婆的，他横下心来拿起电话拨通了陆光明家的座机电话。"喂，哪位？"电话那头传来陆光明中气十足又略带沙哑的声音。看来陆总经理是刚吃过饭，在一起共事了二十多年，郜新闻能听出来陆总经理的底气十足，他对这位老领导的脾气秉性是再了解不过了。

"陆总，是我，新闻，我在您家楼下。"郜新闻用简洁的词语表白，他知道陆总经理这位老领导的脾性，不喜欢说话拖泥带水，尤其是在这个时候，他在等陆总经理的回答，因为他可以从声音中听出来陆总经理的心情。这种功夫是官场上必备的，如果领导本来烦着呢，可你又在电话这头滔滔不绝地向他诉说，那会对事态起到适得其反的效果。短暂的沉默过后，听筒里传来陆光明总经理不紧不慢的声音："哦！哦！既然都来了，那就上来吧。"还是沙沙哑哑的嗓音，这让郜新闻矿长的心稍稍放下了一点儿。郜新闻乘电梯来到十八层，走下电梯径直向陆光明家走去，门是虚掩着的，看来是在等他才打开的。他轻轻敲了两下，便推门走了进去，看到陆光明总经理和妻子顾小菊正坐在沙发上看电视，陆光明总经理招呼他过来坐，顾小菊便起身为他倒了一杯茶水，对郜新闻矿长说："郜矿长，你们坐，我到里屋去了。"

郜新闻急忙站起道:"嫂子打扰你了。"

"看你兄弟说的。"顾小菊一边说着话一边转身向里屋走去。目送着顾小菊走进里屋关上了的红漆房门,郜新闻才又坐下来,两眼望着老领导,他真是无言以对。

陆光明从桌上拿起中华烟递给他一支,用打火机点燃后,浅浅地抽了一口,开口道:"老郜呀,怎么说你好呢,三年前你找我谈心,说一定要到这个总公司最大的煤矿当一把手,我费了多大的力气才说服常委们,本想着你去了给你老哥哥争些脸面,让大家看看我举荐的人干得还不错。"讲到这里陆光明深吸一口烟,浓浓的香烟味让他呛了一下,轻轻咳嗽了几声。他喝了口茶水后接着讲:"你在老矿那么些年,地质条件那么差都没有出过大的矿难事故,这里的条件这么好却出了这么大的矿难,我看你是老毛病又犯了啊!记得一九八六年我在双鸡矿当生产矿长时,你是生产科副科长,那晚是你值班,碰上同事结婚,你是下午喝完酒去调度室上班的,刚好遇上我去查岗,看到你那样子,我训了你几句,让你回去睡觉,那一晚是我替你值的班。对于我们干煤矿的人来说,安全问题就是一条谁也碰不得的高压线,任何时候都不可掉以轻心。"

郜新闻接过他的话茬儿说道:"是呀,多亏陆总了,那天晚上井下透水,死了两个人,要不是您替我当班,我早就进班房了,我记忆犹新,记忆犹新啊,那是一九八六年五月一号晚上的事情。"说到这里郜新闻矿长的眼里噙着泪花,他狠狠地抽了一口烟说道:"我真对不起陆总的提拔。"

陆光明把话锋一转,说:"眼下既然事情已经出了,那就处理好善后的事,你得有个思想准备,看来这一次你这个矿长的职位是难保住了。不过你可以做做你老部下的工作,陆虔是副矿长,虽然年轻了些。"话说到这里,陆光明总经理就不再言语。混迹官场多年的郜新闻当然明白陆光明总经理话里的含义,这是要丢车保卒,又想,即使是这样,自己也还是有异地赴任的可能,那时还得仰仗眼前这个人为自己说话。想到这儿,他便说:"小虔我看行,很有能力,我会尽力支持他的工作的,请老领导放一百个心在肚子里。"看看谈得差不多了,郜新闻准备起身告辞,他从随手带的小包里拿出一方田黄印说:"来看你也没有甚好拿的,这是朋友从外地带回来送给我的一方印章,做个工艺品摆放在家里的博古架上,图个好看。"陆光明总经理看了看那方印章,造型敦厚,朴拙可爱,感觉很好,他不懂这些,

以为只是一个小小的工艺品，也是郜新闻表表心意而已，于是笑着说："你也给我来这一套，下不为列。'

郜新闻一边说着对、对，下不为例，一边把那方田黄印章放到了电视机旁的博古架上，这才如释重负地舒了口气，对里屋说道："嫂子，走了。"顾小菊听到便走了出来："不再坐会儿了？"郜新闻说："不打扰了，你们留步。"说着话自己快速打开房门，不等主人送出来便拉上了那道沉沉的防盗门。

听到"叮咚"一声，郜新闻上了电梯，陆光明夫妇二人回到沙发上坐了下来，继续看着电视，顾小菊问："那个谁，看来郜矿长这次是不是要丢官了？咱们虔虔能上去是最好不过了。"

陆光明坐在双人沙发的一角，鼻子里"哼"了一声，没有言语。顾小菊也就不再说话，起身拿起刚才郜新闻用过的水杯向厨房走去。

八

　　第二天一早，郜新闻矿长便来到了矿业总公司，他是来向张海清董事长汇报工作的。说是汇报工作，其实也是想探探公司"一把手"对自己的真实态度。张海清董事长热情地握着郜新闻矿长肉敦敦的手掌拉他坐下，又给他倒了一杯茶水说："老郜啊，矿上职工们的情绪如何？罹难矿工家属安置得怎样了？"郜新闻就一五一十地把矿上和自己这两天来所做的工作，包括派人到异地探望家属的安排做了汇报。听完汇报，张海清董事长说："你们矿上的工作做得很到位，继续处理好善后事宜，迅速恢复生产，今年你们矿上的任务很重啊！一千六百万吨原煤产量，在老矿务局这可是一个局，甚至几个局加起来的年产量哟，现在你们一个矿就做到了。当然你们还要吸取教训啊！生产条件好不是忽视安全的理由。对了，今天下午市煤炭安监局和总公司组成的事故责任调查小组就要进驻沙枣树煤矿了，你赶快回去做好准备工作，配合调查组弄清事实真相，该承担的责任决不推脱，不该承担的责任一定要实事求是对待。我虽刚来总公司不到两年，听下面同志反映，你的工作还是有成绩的，还是一个识大体、顾大局的基层领导干部，不要有什么思想包袱，要勇于承担责任，同时认真吸取教训，做到在短时间内轻装上阵。"一席话说得郜新闻热血沸腾，几天来他第一次对自己恢复了自信，说："感谢张董事长的鼓励，我马上回去迎接调查组成员，积极配合他们工作，组织人力物力迅速恢复生产。"

张海清董事长加重语气道："这就对了，我们煤矿工人就是一支特别能吃苦、特别能战斗的队伍。"

从张海清董事长的办公室出来，郜新闻显然是来了精神，他要立刻乘车赶回矿上，为迎接调查组的到来和迅速恢复生产做好准备工作。

下午，地方煤炭安监局张副局长和矿业总公司安山书记带领的调查组一行九人来到了沙枣树煤矿。

安山书记一下车就对郜新闻说："这次事故调查组只有两天半的时间，你们矿方要积极配合张副局长和调查组人员，把谈话人员安排好，时间紧任务重，咱们今天晚上就开始工作。"

郜新闻矿长回答："请安书记放心，我们一定积极配合。"

谈话从晚上七点钟吃罢晚饭开始。安山书记这一组首先找到陆虔副矿长进行谈话，陆虔说："出事那天我正在办公室里看文件，调度室通知我立刻到调度室去，我过去时看到郜矿长和总工都在那儿，才知道井下出事了，那时李成副矿长已经下井。后来听说当时强制放顶前，李副矿长向郜矿长汇报过，像这样违反操作规程大面积强制放顶，一般是要经过矿长或总工同意后才可以的。"

"出事前总工在哪里你知道吗？"调查人员问道。

"不知道。"陆虔回答。

张副局长一组找郜新闻谈话，郜新闻陈述了事故发生时的经过："出事时我正在办公室里向办公室主任安排本周的工作要点，八点钟的调度会我没有参加，是李成副矿长主持的。像这样强制放顶作业在我们矿上是常有的事情，一般生产矿长或总工都可以决定。"

"在强制放顶前出现局部停电故障你知道吗？"调查人员问。

"不知道。"郜新闻回答。

……

谈话一直进行到凌晨两点多钟，第二天上午九点继续。高进才队长向调查组谈了当时的情况："刚开完调度会，大约九点钟，配电室打来电话说线路故障造成局部停电，他们正在紧急抢修。李副矿长就问：'是哪条线路出现故障？'回答说：'是斜井工作面。'当时李副矿长看了监控，认为不会影响到主工作面作业。谁知道停电会造成水泵熄火，后来又影响到风机运转。"

"配电室汇报停电时，李副矿长是不是打电话向郜矿长做了汇报？"调查人员问。

"这个我不太清楚，我不能胡说，当时虽然我在现场，李副矿长倒是用座机打过一个电话，至于打给谁的，什么内容，因为我当时离得远，不清楚。"高进才回答。

看来责任的主要点就在这个电话上，也就是说当时在停电的情况下，李副矿长是否打电话请示过郜新闻矿长，这成为事故责任认定的关键。立即查这个电话是打到哪里的！两个小时后另一组调查人员回来了，他们查了电信局那天上午八点到十点矿上所有电话记录，因为当时李副矿长是用座机打的，打的又是内部电话，在电信局那里没有电话记录。

看来这个电话的去踪成为焦点。安山书记想，陆虔是听别人说的，还是主观臆断？他怎么就能断定李成的那个电话是打给郜新闻的？进一步的调查似乎矿上的人都听说了那个电话的事，可是又没有人站出来说听见或者看到了那个电话就是李副矿长向郜矿长请示的。看来是有人在背后故意要把水搅浑，那他们的目的是什么？他们想浑水摸到什么大鱼呢？当然，如果没有一个直接证人站出来说话，这个证据是站不住脚的，是不能成立的。

事故调查小组九个人连轴转，中午让把盒饭送到会议室，吃完饭下午继续工作，终于在第二天晚上八点钟谈话部分结束。

第三天上午九点整，在顶层会议室召开了沙枣树煤矿"三一四"矿难事故责任分析会。

会上认定：这次事故应负主要责任的人是生产副矿长李成。作为当天矿上的值班领导李成，在接到配电室打来电话汇报因线路故障风机不能正常运转的情况时，并没有引起重视，忽视安全法规，继续指示主工作面强制放顶，进而造成"三一四"重大矿难事故；同时矿法人代表、矿长郜新闻，总工程师潘晓，调度室当班主任也负有不可推卸的间接责任……

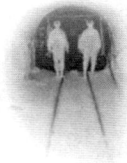

九

安山书记一回到公司就被张海清董事长打电话叫到了他的办公室。两个人坐下来仔细分析了事故原因，最后张海清董事长说："其他没有疑点，继续查找这个电话的去向和内容。"他接着把话题一转，道："是不是应该考虑一下沙枣树煤矿的班子问题，你对郜新闻这个人怎么看？"

安山书记这几天也一直在思考这个矿的人事问题。出了这么大的事故，领导班子不调整看来是不行的。对于郜新闻他有所了解，虽然他们以前没有在同一个矿务局工作过，但是煤炭系统之间却是常来常往的。郜新闻这个人给他的印象是：工作上倒没有什么突出的业绩和作为，处理起问题来优柔了一些，遇事不够果断；优点是人缘好，有广泛的社交才能，当然他最大的优点就是有大局意识，善于从意识形态方面看问题，掌握全盘工作还是可以维持现状的。可张海清董事长这么直接地向他提到郜新闻，还是让他感到有些突兀，想到这里，他沉吟着没有立即表态。

看到安山书记没有言语，张海清董事长也就开门见山地说："昨天老陆找我谈了，问我是不是可以考虑陆虔。安书记呀，我是这样想的，陆虔工作经验不足，恐挑不了这个重担，何况他又不是学采煤专业的，对煤矿工作还不能全面了解。可是老陆说，可以让陆虔在干中学嘛！你的意见呢？"

张海清董事长的话让安山书记对他的想法倒是有了几分底儿，"在干中学"，很冠冕堂皇的理由，国家几十个亿的资金投入进去是让人练手的吗？

看来矿上的怪事还是事出有因的，这样的小把戏也未免太不高明了，小聪明而已。想到这里，安山书记说："我同意你的看法，把这么一个国内一流的矿井交给没有管理经验的人来练手，这代价也未免太大了些吧？"

张海清董事长表示有同感，他原本是不打算马上就动郜新闻矿长的位子的，他的想法是先稳住阵脚，不能说风就是雨。可是陆光明总经理的意见是必须大刀阔斧，快刀斩乱麻，陆光明甚至还提到了那个神秘电话的去向问题，意思是虽然那个电话的具体内容还不知道，但是，一旦证实当时李成副矿长确实向郜新闻矿长做了汇报，而又是郜新闻矿长下令强制放顶的，那我们怎样向上级部门和社会、媒体交代，让一个死去的人为活着的人背这个黑锅，怎么能叫死者入土为安？我们的良心又何以堪？这岂不成了公众口中的话柄？

"看来郜新闻是必须要动了。如果沙枣树煤矿班子要动，我可以推荐一个人，或许更适合管理这个大型现代化煤矿企业。"安山书记说。

"你的意思是从其他地方调干部过来？"张海清董事长问。

"可以这么说，我们需要一个有实际工作经验，又具备大型现代化煤矿企业管理理念的人来管理它，只有选拔这样的干部你我才能放下心来睡安稳觉。"安山书记说。

"那你推荐谁？"张海清董事长饶有兴趣地问。他的大脑在飞速地旋转，想极力从自己的人才库里寻找到这个人。他在想，看是不是我们两个想到一块儿了。

"方政。"安山书记说。

"正合我意，看来英雄所见略同嘛！"张海清董事长诙谐地说，两个人相视而笑。

方政，中国矿业大学本科毕业，现任矿业总公司尾子沟煤矿矿长。此人在生产一线从事采煤工作近二十年，当矿长也有五年了，在这五年里，他把一个全公司最不起眼的矿建设成了全公司最耀眼的一颗新星。他上任后，大胆采用综合采煤技术，投巨资引进国外先进采煤设备，让尾子沟煤矿的原煤产量翻番增长，又把职工收入从全公司最低提升到最高。此人思维超前，敢想敢干，人送外号"方二杆子"，其实二杆子是说他工作起来有股子拼了命的劲头，而这个人在几年前还是一个在矿业总公司颇具争议的人物。

安山书记说："小方子是我看着成长起来的基层干部，具有很大的挖掘潜力。他表面看上去说话耿直，有着煤矿工人粗豪的本性，其实是粗中有细。"

"行，我看行，那就再推荐上两个人选，从中挑个将军出来。"张海清董事长兴致勃勃地说。

"那老陆那边……"安山书记不无忧虑地问。

"我找他谈，还是要顾全大局的。"张海清董事长胸有成竹地回答。

然而矿业总公司在确定沙枣树煤矿干部人选上的第一次人事会议就开得很不成功，张海清董事长的意见是调任新的矿长接替郜新闻党委书记兼矿长的职务，陆光明总经理表示反对，他倒不是反对矿长由谁来干，他是打算让党委书记和矿长分别由两个人来担任，说这样可以互相有个监督。陆光明想，既然陆虔当不了矿长，那么就保留郜新闻的党委书记一职，矿长可以从全公司范围内选拔。毕竟郜新闻是他一手提拔起来的人，他还是念旧情的。

会议结束后，张海清董事长找到安山书记，征求他的意见。安山认为，郜新闻这个人还是有他的优点的，识大体，在意识形态上也有自己独到的管理经验，可以考虑和方政搭班子，两个人一张一弛，一柔一刚，还是可以在一起共事的人选。

按照矿业总公司的管理章程规定，再一次的人事会议要到下个月举行，这中间有近一个月的时间，张海清董事长对安山书记说："这期间可以展开干部考查程序，对重点候选人和候选人进行谈话，也好让他们在思想上有个准备。"

安山书记笑着说："我们又想到一块儿了，还是英雄所见略同。"

和方政的谈话是由安山书记和公司组织部部长一起谈的，对于这次谈话方政是有所准备的，虽说提拔任用干部有着严密的组织纪律和保密性，但是多年来这个所谓的保密已是形同虚设，班子会前面开完，会议内容就会在一个小时内被四处秘密传播，甚至连某某在会上说了谁、说了什么话、什么事情、什么表情、什么语气全公司的人都一清二楚，搞得大家在会上越来越一团和气，在会下越来越剑拔弩张，所以公司的班子会被大家形象地戏称为"公开的秘密"。这样的风气也让刚到任没有两年的张海清董事长深恶痛绝又头痛不已。

对于方政来说，离开自己苦心经营了多年的尾子沟煤矿，离开仅有四十分钟车程就能到达繁华的省城都市的尾子沟煤矿，抛妻别子远离家庭、远离家乡，到一个人生地不熟又地处偏远的沙漠中的企业去，心中着实有一缕割舍不开的故土情结；然而有一失也有一得，能够到世界上一流的现代化矿井，能够到矿业总公司乃至全世界产量最大的一流矿井去做一把手，实现自己的治矿理念和远大抱负，这是他方政做梦都不敢想的差事啊！因此，这次谈话让他陷入了深深的思想斗争中。还是安山书记理解他，说："小方子，你不要着急表态，回去和你爱人商量商量，先稳住后院不要失火再考虑前院的事情。"对于方政的行事风格和作风，安山书记是再了解不过了，这是一个敢作敢为、做事情喜欢雷厉风行的少壮派人物。

安山书记的激将法果然起到了明显效果，方政把脖子一梗道："我去，不用和谁商量。我要做不了我的主，这么多年的矿长不是白干了？"方政自说自话，他骨子里的那股子"二杆子"劲儿被激发出来。

安山书记和组织部部长两个人相视而笑，组织部部长向安山书记伸出大拇指，意思是：高，实在是高！

一周后的一天上午，安山书记来到张海清董事长的办公室，不无忧虑地说："老张啊，我看人事会议得提前召开了。"张海清董事长一脸狐疑地望着他，安山书记接着说："我得到信息，下面已经有人开始上蹿下跳，四处活动着想到沙枣树煤矿做矿长了，据说还有人已经把关系托到省上领导跟前了。像这样以投机取巧的方式削尖了脑袋钻营的人当了矿长，还不把这么大一个企业给毁了？"张海清董事长仰起头把脸冲着天花板斟酌着字句道："我也有耳闻，我看这样吧，你去老陆那里沟通一下，下午就召开紧急会议，研究沙枣树煤矿的人事安排问题，咱们把生米给他做成熟饭。"

安山书记想了想："我看可以，越快阻力越小，麻烦事也越少。"

陆光明总经理最近一周哪里也没有去，他一直待在办公室里，每次人事调动前，他都是稳坐在这里，看似平静的他其实是在运筹帷幄，只有运筹帷幄才能决胜千里之外，这个再浅显不过的哲学思想，被陆光明应用得淋漓尽致。前两天陆虞回到家里，气哼哼地向他诉苦："沙枣树煤矿前期各项证照都是我一手经办的，利用了多少私人关系，欠下多少人情债，这些人情债以后都是要还的。这么难办的手续我上至北京下到省上跑了无数趟，大禹治水三过家门而不入也不过如此。我在基层锻炼了三年，可以说也基

本掌握了生产一线的工作流程和业务，为什么矿长的候选人中就没有我？"

顾小菊也在一边唠叨："那个谁，咱们家虔虔这几年可是没少吃苦，那么难办的建矿手续你们总公司谁能办呀，还不是咱们虔虔到处走关系花钱应酬才办下来的？你也知道，咱们自己的钱都贴进去了不少，连个候选都轮不上。吃水还得感谢挖井人呢，辛苦一整让别人来摘桃子，那个谁你也帮帮你儿子呀！"她和陆光明多年夫妻，这么多年来她一直称呼他"那个谁"。

陆光明心里着实窝着一股子邪火又没处发去："组织上的事情是我一个人能说了算的？你们都是木头脑子，再说虔虔也还是不成熟，这么一点点挫折回到家里就怨天怨地，没有一点儿城府。我听省上领导的秘书说，有人把关系都找到省级领导那里去了，越过直接上级部门上蹿下跳是不会有好结果的。"他郑重警告陆虔，不要四处活动，要以静制动；没有成为候选人应该从自身找找原因，比如工作经验、工作能力、人缘关系等等；古人云：天将降大任于斯人也，必先苦其心志，劳其筋骨，饿其体肤……

顾小菊在一旁不耐烦地说："那个谁，你别讲那么多政治大话来搪塞我们，天天听你讲耳朵眼儿里早磨出茧子了。"

清官难断家务事啊！陆光明也只好无奈地摇头。

陆光明正坐在办公桌前想着心事，安山书记敲门走了进来。两人寒暄了几句，安山书记就把刚才和张海清董事长沟通的意见向他说了，陆光明总经理从抽屉里取出一盒中华烟打开，递给安山书记一支，然后拿出打火机给对方点上，自己也点燃一支抽了一口。在这片刻的工夫，他的大脑飞速转动——有利和不利因素，事态的走向，反对和赞成的胜算——经过一番紧张思考后，陆光明认为所有的结果已成定局。想到这里，他用干脆的语气表态："我同意老张和你的意见，下午就召开紧急人事会议。"

十

    第二天早晨还不到八点，方政矿长刚刚走进他宽敞明亮的办公室，办公桌上的座机就山响了一样叫起来，矿企业管理科科长乔迎春打来电话："领导，祝贺你荣升大矿矿长。"乔迎春原来在基层区队做劳资科科长，是方政一手培养提拔起来到矿部工作的，他在企业管理的思路上很符合方政矿长的管理理念，是方政矿长管理理念的忠实执行者，也是方政矿长手下的得力干将之一。两人年龄相差不多，有着共同的成长环境，很能谈得来，平时私交也不错，所以在上下级之间像他这么与方政矿长说话随便的在矿上没有几个人。

    方政也是半开玩笑半认真地说："老乔，还没有正式任命，七天的公示期才开始第一天，还是夹起尾巴好些，你别到处散播小道消息扰乱矿上的军心。"正说着他的手机响了起来，方政说："好了，没事我挂了，进来电话了。"他拿起手机一看是他矿大的同学，现在省内一家报社当记者的王天顺，随即接起电话："王天顺，你又从哪儿钻出来了？"

    对方打着哈哈："呵呵！恭喜老同学，贺喜老同学！"

    "喜从何来？"方政故作不解。

    "荣升了呀！应当请客。"王天顺在电话那边直截了当地讲。

    "别胡说，红头文件还没有下来呢，不算数。你这家伙消息蛮灵通嘛，听说现在的小灵通马上就要下架了，你还敢出来到处招摇，小心被电信局

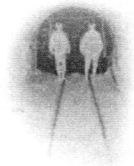

的人收拾喽！说实话，你现在到底在哪儿?"方政调侃着说。

"我在省府，中午去你那儿叨扰一杯酒吧?"王天顺在电话里大声嚷嚷着。他是山西人，家乡口音很重，方政从电话里就能感觉到浓浓的老陈醋味道。

"别过来了，你的记者身份太招摇，现在是非常时期，矿上又是个是非之地。我看这样吧，今天我不值班，晚上下了班我到省城见你吧，七点钟见面，不见不散。好了，就这样定下了。进来电话了，挂了。"方政矿长说完，不等对方回答就挂断了电话。

电话是办公室打来的，通知他去开调度会议。

方政拿着笔记本挂门快步走进会议室，一眼瞅见生产副矿长老耿，老耿急忙把正在抽的烟放到了桌子下面。老耿是个烟民，一天最少三包烟，自从方政下令在会议室开会期间禁止吸烟后，老耿就再没有在开会时吸过烟，有时会议时间开得长，他会悄悄溜出去过上几口烟瘾赶快再溜回来。五十六岁的人了，方政尽管以治矿严厉而闻名，但是对老耿还是网开一面的。当然老耿也很自觉，同时也怕方政，因为方政不是那种只说不练的主，他是要动真格的，是真下得去硬茬的。据说一次开会，老耿正在抽烟，方政推门走了进来，老耿急忙把烟头攥在手里，用他那满是老茧的左手硬是把烟头在右手掌上摁灭，然而还是让方政看到了，令行禁止，他让耿副矿长当场从兜里掏出一百元钱交到财务上去，大家就都在会议室等着他去财务上交钱。如果在平时，老耿恐怕又要到财务上交钱去了，可是今天方政装着没有看见。他走到椭圆形会议桌的顶头，那是他的固定位置，平时没有人敢坐，即使他不在，别人宁愿挤在一起也没有人愿意去那个位置上坐。他坐下来，听到矿党委副书记和工会主席两个人正在小声讨论欢送他的规模的事儿，就笑着开玩笑："怎么，撵我走呀?"两个人互相看看笑了。工会主席说："咋可能呢，留你还来不及！我俩商量全矿职工该咋样欢送你。"方政笑道："你们可不要大张旗鼓哟，我还惦念着时不时回来看看大家的，搞得太隆重我可咋好意思回来哟!"两个人赶忙说："欢迎方矿长随时回来视察。"

生产副矿长老耿看看表八点整，说："会议开始，区队有什么事情就说吧。"

……

晚上七点来钟，在霓虹灯的映照下，方政矿长的黑色奥迪车来到省城一家大酒店门前，在保安的指引下车子停到了酒店的停车带上。方政下车对司机说："一会儿你就在酒店点俩菜自己吃吧，把账记到808包间。"司机说："方矿长你就甭操心我了，我吃罢饭就在车上等你。"方政来到包间门前，早有模特一般身材的漂亮服务员小姐站在门前为客人打开红绒布装饰起来的双扇大门，王天顺等一帮子同学正在那里吆五喝六地相互劝酒，看到方政进来，王天顺叫道："方矿长来了，欢迎欢迎！来握握手吧，让我也沾点儿喜气。"方政和老同学们一一握手，调侃道："我是从五十公里外的矿上闻着山西老陈醋味找来的。"王天顺哈哈笑着也开起了玩笑："什么时候公安厅的警犬基地搬到你们尾子沟煤矿了？"接着就有人嚷嚷："煤老板来了，先罚三杯入场酒才有发言权。"

方政的座位在主席，也就是上席的正中间，方政推让身边一个白白胖胖戴着眼镜圆圆脸的人说："王处长，你是我们煤炭局的领导，你应该坐在这里。"那个被叫作王处长的人说："你不要推托了，刚才大家一致推荐你坐这个位子，还是你来坐。"方政又要推辞，一个瘦高个子长着刀条形脸的同学凑了过来抢着说："打土豪分田地，你是煤老板，这个位子是买单的位子，打死王胖子他也不会坐的。"方政就说："王大记者，还是你来坐这里吧！"刀条形脸的同学又说："让九毛九买单，那不是要他的命么！"大家伙儿哄堂大笑。

方政笑道："那就恭敬不如从命了！看来今天这单我买定了，大家想吃什么尽管点啊！"

酒过三巡菜过五味，在热热闹闹、乱哄哄的劝酒声中，突然大门打开，走进来几个身穿亮丽旗袍、光鲜照人、身材苗条的服务小姐，她们在领班的带领下，每人手中拿着一个玻璃酒杯来到了坐在首席的方政矿长面前。

领班说："王处，你给介绍一下吧！"

王处长站起来说："这位是方矿长。"

领班马上恭维说："是煤老板呀！"她的话音刚落，那几个靓丽小姐便异口同声地说起了祝酒词："穿西装，打领带，一看水平就不赖；激动的心，颤抖的手，我给领导端杯酒，领导不喝我不走，领导喝了我还有。"

大家哄笑起来。

方政刚喝下去一杯，领班又给他斟上一满杯，几个小姐张嘴又开始了："情人的泪，一滴就醉；多情的心，一揉就碎；我们这杯酒，谁喝都心醉，

请领导再喝下这杯贴心的酒。"

大家再一次哄笑起来。

方政只得又喝下去一杯酒，之后赶忙说："好了好了，不能再喝了。"哪知领班又过来给他把酒倒上，小姐们又道："领导不喝酒前途就没有，领导不沾酒小秘全跑走，领导九两酒升官又发财，领导一斤酒省长是朋友。"

有同学在一旁起哄："方矿长喝吧，不然官没了，女人也跑光了。"说完大家又一次哄笑起来。

等方政一连喝下去三大杯白酒后，小姐们又端着酒杯走到了王处长面前继续她们的祝酒词："激动的心，颤抖的手，我给领导倒杯酒，领导不喝嫌我丑。"

王处长喝下去一杯，小姐们跟着又说道："领导不喝酒，活得像条狗，领导不抽烟，活得像太监，领导在上我在下，请您再喝一杯酒。"

……

十一

　　方政走马上任的第一天，是安山书记亲自送他去的沙枣树煤矿。后来方政回忆：星期五上午十一点，安山书记在全体中层干部会议上宣布了对他的任命，接下来讲了几句勉励的话，然后是矿党委书记郜新闻站起来讲话，对他的到来表示欢迎，并一一给他介绍各部门的负责人。方政在和他们一一握手后，做了简洁明了的表态发言，接着就乘车前往十几公里外的一家大酒店，喝了一场矿上为他安排的接风酒。

　　那场酒对于方政来说，喝得是昏天黑地。

　　一张二十人台面的大酒桌坐满了矿上的中层干部。首先是安山书记站起来跟大家共同碰杯。陆虔插话："安书记，今天这么多你的部下，一杯恐怕不行吧?"中干们起哄，争着抢着要一人给安书记敬三杯酒，安山书记笑呵呵地说："你们今天跟着陆副矿长都犯了方向性的错误，把目标搞错了，应该先敬你们的新领导，我就和大家集体喝一杯，咱们团结就是力量，有酒大家喝，有肉大家吃，有钱大家挣，好不好?"安山书记一番话指引了大家共同的方向，于是从郜新闻书记开始，按照毛乌素当地的风俗习惯，十几个中干排着长队站在新矿长方政身后，每人"三个蛋"（注：向客人敬三杯酒，又叫"三个蛋"，这是当地待客的最高礼节）依次向新矿长方政敬酒。这下子可忙坏了方政，菜上来了他没有工夫吃，豆浆上来了他也没有工夫喝。一口气喝下去几十杯酒，头开始发蒙，再看见桌上的美味佳肴就没有了胃口。后来他还依稀记得，有一个身穿蒙古族服装，头戴蒙古族

毡帽的女歌手站在他面前为他唱敬酒歌：

羊来肚子手巾哟三道道蓝，咱们见个面面容易哎哟拉话话难。一个在那山上哟一个在那沟，咱们拉不上那话话儿哎哟招一招手。我瞭个见那村村哟瞭不见呀人，我泪个蛋蛋抛在哎哟沙蒿蒿林。

歌声悠长，那女子的嗓音极高，绝对是原生态。可是方政早已没有了欣赏民歌的兴趣，只记得他从那女歌手的手中接过小银碗一饮而尽，惹得大家鼓起了巴掌，豪爽又豪放的人在毛乌素地区受到人们普遍的尊敬。

紧跟着音乐声一转，唱歌的女子又接着唱道：

上河里的鸭子下河里的鹅，一对对毛眼眼照哥哥，煮了"钱钱"下了米，大路上搂柴瞭一瞭你。清水水的玻璃隔着窗子照，满口口白牙对着哥哥笑，双扇扇的门来单扇扇开，叫一声哥哥你快回来……

第二碗酒又端到了他的面前，没有办法方政只得勉强又喝下去第二杯。

这时安山书记走过来说："方矿长喝的不少了，让他歇会儿。"

陆虔副矿长乐呵呵地走过来说："安书记我们不带这样的，按照当地敬酒风俗，歌声不断酒不断，音乐还没有停下，方矿长就把酒喝完了，还得再喝。"音乐声再次响了起来，那女歌手接着唱道：

上一道坡坡，下一道梁，想起了那个小妹妹哎，好心慌。你不去掏菜菜，崖畔上站，把我们年轻人的心扰乱。你在山上，我在沟，看不见小亲亲，好伤心……

第三碗酒端到了方政矿长的面前，他眼前已经出现了幻影，感觉一个酒碗变成了两个酒碗，两个酒碗又变成了三个酒碗。隐隐约约听到安山书记说："小方子不能再喝了，已经醉了。"好像是郜新闻答话："方矿长这碗酒我替他喝……"

再后来就是第二天黎明，在矿招待所醒来后，口干舌燥的方政矿长一口气喝下去两瓶矿泉水，那感觉像是在饮甘露，甚至比琼浆玉液都好喝。喝下两瓶矿泉水后，他才想起自己从昨天下午喝完酒一直睡到现在，算算时间竟足足睡了十六个小时。

重新躺在床上辗转了一会儿，思想昨天那场昏天黑地的酒就有些后怕，仔细回忆起自己在酒场上没有说过多的话，更没有过激的言辞，他的内心这才稍稍安稳了一些。

迷迷糊糊又睡了会儿，听到有人敲门，看看表已七点半，他起来打开门，认得是矿上主管后勤服务的办公室副主任张胖娃，正站在门外请他到一楼的餐厅去吃早餐。方政昨天对这个办公室副主任的印象很深，首先是他的体形超胖，更出奇的是脑袋又大又圆，不用化装就可以上台扮演民国大总统袁世凯；肚子滚圆像吹起来的帆布口袋，说起话来却是女声女气给人小里小气的感觉。张胖娃站在门口恭敬地说："郜书记和陆矿长请您去吃早饭。"

"好的，我洗漱一下就过去。"方政干脆地说道。洗漱完毕方政走出房门，看到张胖娃依然恭恭敬敬地站在门外，便说："让你久等了。"张胖娃伸出胖乎乎的左手忸怩地抻了下自己皱起的衣角，小声小气地说："应该的，以后方矿长有什么事情尽管吩咐一声。"方政从鼻子里"嗯"了一声，两个人一前一后向楼下走去。方政打心里不太中意这个看上去五大三粗，实际上说话女里女气的办公室副主任，好像昨天郜书记介绍张胖娃时说他人不仅豪爽而且是粗中有细，可在方政矿长看来其实是徒有外表，于是方政一路上也没有和他搭腔。

人和人之间第一印象很重要，喜欢谁不喜欢谁、想亲近谁不想亲近谁也在一念之间，这种先入为主的感觉应该说是有大脑思维的人类所共有的东西。

来到一楼装修精美的弧形餐厅，宽大的外立面玻璃窗让自然光线很充足地透射进来，给人心旷神怡的感觉。

看到大家都在等他吃饭，方政环视了一下大家后抱歉道："让大家久等了，咋不见安书记过来吃早餐？"

郜新闻说："安书记昨天晚上乘七点的飞机到省上开会去了。"

陆虔笑说："刚才和郜书记还在说你昨天喝了有一斤半的白酒，方矿长真是有煤矿人的豪爽劲儿。"

方政笑："哪里哪里，我昨天是屎壳郎支起铁桌子——硬撑都还撑不住啊！"

看到新来的矿长说话风趣一点儿架子也没有，在座的几个人咧开嘴直乐。

早餐很丰盛，小菜制作精美，稀饭熬得很到位。这是方政对这餐早饭的评价，看来这张胖娃还真是粗中有细的主儿。

十二

周一上午八点整，方政矿长在调度会议室主持了他上任后的第一次矿长办公会。

在安排完当天的生产工作后，他请大家各抒己见，谈谈对矿上当前工作的看法，借机了解一些情况。

郜新闻书记首先开口，说他原来是矿长，现在是书记，所以有责任向新矿长说明矿上目前的工作现状。

他认为，眼下的首要任务是加大生产，提高原煤产量，这场事故把矿上全年的生产计划迟滞了二十三天，如果不加大每个作业班组的原煤产量，上半年的任务恐怕就要受到影响，建议矿上重新调整下个月的产煤计划，把失去的产量抢夺回来。

陆虔副矿长接过话头，他是负责经营和外联的副矿长，他的意见与郜书记相同。他说这次矿难，影响了上半年合同的执行，电厂和其他签订合同的单位天天打电话催着要煤，如果不能按照合同执行，违约金的赔付是必然的了。最后他还加重语气说："我是主管经营的副矿长，希望矿上着重考虑我们履行合同的重要性，当然我们矿出了灾祸，如果在这种情况下我们还能如期供货，那在客户的心中我们矿的信誉度会大大提高的。"

陆虔每次公开讲话都喜欢把自己的官帽子挂在嘴上，好像总怕别人忘记了他是副矿长似的。对此，郜新闻书记总结他是内心不自信的对外表现。

在他们两人讲话的同时，方政的目光始终都在注意着一个人，他就是矿总工程师潘晓。他看到潘晓脸部的表情平静，好像这一切都不关他的事似的。他偶尔端起他的玻璃杯无声地呷上一口茶水，眼镜片后面的眼珠子漫无目的地瞅着前方，目光中看不出任何可以猜测的信息。

方政了解过，潘晓今年五十岁，作风正派，工作踏实敬业，平时少言寡语，具有技术人员的共性，那就是工作认真，几乎认真到了钻牛角尖的地步。以往经常因工作上的事情与郜新闻意见不合，让郜新闻觉得这个人总是喜欢和他唱反调，不太待见他，所以他在矿上总是被人排挤，属于不得志一派的领袖人物。

他原本想点名让潘晓也谈谈看法的，但看到他无意在会上发言的表情，也就隐忍着没有说出口，心想还是下来和他单独聊吧。想到这里，方政就刚才郜新闻书记和陆虔副矿长的意见，谈了自己的看法，他说他刚来还不太了解矿上的具体情况，就迟滞的原煤生产产量问题，按矿上已经制定好的计划执行，他今天暂不表态。

说完就宣布散会，潘晓听到方政说散会，也就慢条斯理地收拾起他的笔记本和茶杯，等大家先走了，这才站起身准备往外走。

方政叫住了他，说："潘工，你陪我到井下去看看生产情况吧，我想了解一下目前矿上一线的具体情况，咱们可以边走边谈。"他没有给对方迟疑或者推托的机会，这是方政一贯的工作作风，也是方政对潘总工程师一副漠不关心的态度的不满，所以他的口气中带有命令的成分在里面。潘晓抬眼看了看这个新来的顶头上司，见他一脸真诚，两眼炯炯有神地注视着他，便点点头说："行。"

两个人一左一右并排走出办公大楼，向生产区走去，背后办公楼上的窗玻璃后面，有好几双眼睛盯视着他们的背影，其中就有一双是陆虔的。等两个人走远了，陆虔便出门来到郜书记的办公室。"郜叔，方矿长和老潘到井口去了，你没有看到？"郜新闻从鼻孔里"嗯"了一声，岔开话题和陆虔聊起了下个月准备搞的"大干三十天"的工作方案。

陆虔显然对这个话题不感兴趣，应付了一阵就悻悻地返回自己的办公室。

方政和潘晓来到干部更衣室，看到更衣室里空空荡荡，便问道："干部们没有人跟班下井吗？"

潘晓说："不下。"

"那井下如果有问题需要解决怎么办？"方政追问道。

"有了问题等井下打电话，再下去解决。"方政听出来潘晓的口气中带着怨气，看来在矿井管理上他是和郜新闻有着不同的看法，方政没有再问什么。

对于任何事情在需要表态之前，最好还是先了解情况的来龙去脉，然后再做出分析判断，否则就会说冒失话、办冒失事，进而成为矿工们茶余饭后的笑柄。没有调查就没有发言权，这是方政一贯的工作作风。一个好的工作作风不是一朝一夕就能养成的，它是通过日积月累，用多少工夫、甚至失败的教训总结出来的。他又想到潘晓对目前矿上的管理方式的态度，可以判断出建矿三年来，这个矿还没有进入正常的良性循环阶段。这当然也让他感觉到了身上担子的压力，不说是千钧重担，恐怕也会是重任在肩。如果一个企业在组建时期的基础没有打好，这就好比建设一幢高楼大厦，基础不稳，那大厦建起来早晚也是会坍塌的。

看到方政一个人不言不语只是在那里穿工作服、扎腰带、穿胶鞋，最后又试起了矿灯和急救器，潘晓道："方矿长，你虽然刚来，但你是多年在煤矿上摸爬滚打出来的，咱们矿上的管理缺陷在哪里，我想你是不难看出来的。"

方政点点头："倒是看出来了些，还没有更深入下去。是不是桩基没有打好？"

"方矿长你看得很准。清朝的八旗子弟打下了大清的江山，其实也不过是占据了个北京城，是很容易被反对者推翻的。建国二十年后，到了康乾在位，又花了十多年的工夫，等于把整个江山又重新打理了一遍，这才奠定下了大清朝'康乾盛世'的稳固基础。"潘晓一副书生气地咬文嚼字又借古说典，这让方政感觉他的样子很可笑也很可爱，细细想来也是这么个理儿。

穿好工作衣，配好装备，两个人走出更衣室，一辆柴油防爆皮卡车早停在了外面，等待他们上车。方政转身对走在后面的潘晓说道："我看就不用乘车了，咱们还是走着下去看细些，走马观花是看不到真实情况的。"

潘晓说："行，那咱俩就从斜井下去吧。"随即向司机挥手说："你先回去吧，一会儿叫你再过来。"司机发动车子，按了一下喇叭掉转车头开走了。

两个人沿着斜井的皮带溜子走进了主运巷道，他们一边走，一边观察托辊的运行情况，过来一个皮带工手里拿着一把扳手，边走边敲敲打打地校正着正在运行的托辊。潘晓上前拍打着那个工人的肩膀给方政介绍："这是机运一队三班的班长小田。小田，这是咱们矿新来的方矿长。"

方政向小田点点头算是打了招呼。

巨大的噪音让他们互相之间说话很费劲儿，好在方政早已习惯了这种说话方式，工人们戏称这种扯着嗓门的说话方式像广东人吵架。

半小时后，两个人来到了综采工作面，工人们正在割当班的第二刀煤。随着轰隆隆的巨响，原煤被成片成片地采下来又随着刮板机组进入主运输巷道，再经皮带运出井下。

开采工作面煤尘扬起，在灯光下闪着亮晶晶的光芒。看到工人们都不戴防尘口罩，方政大声问一名工人："你的防尘口罩呢?"

工人回答："从来就没有发过。"说完继续干他的活。

方政摇了摇头，叹道："这就是一线工人得职业病的隐患……"

十三

一场倒春寒让毛乌素地区的气温骤降，西北风卷起沙尘把天空笼罩在漫天黄沙中，太阳看上去像一张失去了血色的苍白的扁平脸，无精打采地贴在高空中。

有人早上起来开始翻出棉衣穿在身上，陆虔坐在他温暖的大办公室里，手里玩弄着一支香烟。他从不吸烟，但他经常在心情烦躁时，会不自觉地从烟盒里掏出一支香烟来，在手里不停地揉捏。

自从方政当了沙枣树煤矿的矿长以后，他尽管在表面看上去还是和以往一样乐乐呵呵，但是他自己最明白，他的心绪一直不高，总也打不起精神来。以往郜新闻当矿长时，很重视经营和销售，每次会议上都把他分管的这块作为重中之重，提了又提，要求各部门配合他完成经营销售任务，这也让他在矿上成为众人瞩目的焦点人物，让大家觉得他始终是一个举足轻重的角色，见了面对他的尊敬程度不亚于对待一把手郜新闻。

可是方政自从来到矿上后，就一头扎在井下，似乎忘记了他的存在。他甚至能感觉到矿上的中层干部对待他的态度都和过去有所不同，这细微的差别对于毛细血管发达的陆虔副矿长来说是极为敏感的。

从上一周起方政又玩出了新花样，要求生产部门和人力资源部门制定领导带班制度，排出领导跟班下井作业表，甚至连科室的科员也要跟班下井。

在井下一待就是八个小时呀！陆虔从到矿上工作三年来，下井的时间总共加起来也不到八个小时。以往他都是乘车直接到工作面走马观花地看看东再看看西，然后就又乘车上井，每次下井的时间前后加起来也就二三十分钟。虽说矿业总公司对一线和二线的领导干部每月下井次数是有规定的，可那都是走个过场，工作忙了让人去井口信息站签个到就是了。现在可好，这方政要求跟班作业，在井口信息站要签到，上井后还要到调度室签到，把跟班作业情况写进调度记录。这不是在为难人嘛！他一个负责经营销售的矿长，整天钻到井底下去能把煤卖出去呀？可是方政却不这么认为，他说一个在煤矿从事矿井管理的干部，不管是人事、财务还是行政干部，不懂得一线的煤是怎样被工人们流汗甚至是流血采出来的，那他对一线工人能有多深的感情？总之，方政的管理思想就是一切必须围绕着矿井转。这番话让陆虔听着就是针对他说的。尤其让他不能接受的是那个总工程师潘晓，以前整天耷拉着个脑袋，好像谁欠他钱不还似的，现在一下子焕发了第二次青春，整天扬眉吐气、趾高气扬的样子，小人得志，小人得志呀！

今天下午四点的中班又是他带班下井，每次下井听到那巨大的采煤机组的轰鸣声，再看着那整个巷道里扬起来的煤尘，他全身的鸡皮疙瘩都立了起来，还得戴上那个让人喘不过气来的防尘口罩。他有时看到飞扬的煤尘就想，会不会爆炸？为这他专门问过瓦检员吴尧尧，大学毕业不久的吴尧尧告诉他说，一般情况下不会的，井下有专门的检测仪器，超过安全指标检测仪器就会报警。于是他每次下井后首先就会跑到安装在那里的固定检测仪前看看，井下那八个小时对陆虔副矿长来说可谓是"度时如年"。

为这他曾经去找过郜书记，想让郜叔叔在方政面前提一提，说他是分管经营销售的副矿长，带班下井作业不合适，应该常出去跑跑外联什么的。郜新闻书记把双手一摊："我也没有办法，书记怎么能干扰矿长的管理工作呢，这不是让书记和矿长之间闹矛盾吗？"

老滑头，人真的是越老越滑头。

办公室主管后勤的副主任张胖娃敲门走了进来："陆矿，今天中班是你带班，机关是我和生产部的小王随你下井。"

陆虔"哼"了一声，张胖娃以为陆矿长是对自己不满，伸出右手摸着他又大又圆的后脑袋瓜子，站在那里不知所措地看着他。

陆虔还没有完全从沉思的情绪中醒过来。他抬眼望着张胖娃，看到对方一脸的忐忑和疑惑，他随即用右手拍了拍额头，把那一支被他揉捏得变了形的香烟从左手食指和中指的指缝间夹着撂到了桌子上，看着张胖娃苦笑道："那就下么。"

张胖娃的下井工作服是特制的，就连他的矿帽也是在劳保库房挑了又挑才找到一顶合适的。在更衣室里，陆虔看到畸形发展的张胖娃，咧嘴笑了，调侃道："胖娃娃，你管后勤是不是把好吃的咥多了，营养过剩喽？"张胖娃腆着大肚反苦着脸说："没有办法，喝凉水都长膘哩！"惹得更衣室里的几个人哈哈大笑。

总工程师潘晓正在掘进工作面与掘进队长高进才比画着，他们正在调试激光射线的位置，掘进巷道要是偏离了测量的方向，这个工作面就得报废，因此两个人正在对照作业图纸调试着方位。看到陆虔几个人嘻嘻哈哈地走过来，他板起面孔大声道："作业规程规定，两人成排三人成行，你们没有学过规程吗？"看到陆虔也在人群中，便没有再说话。陆虔知道潘晓这已经算是给了他面子，脸上一阵发热，好在井下光线暗淡，脸上又沾着一层煤尘，谁也看不到他脸红了。

张胖娃向其他人吐了吐舌头，急忙站到了陆副矿长身后，其他人也都依次站成了一队。高进才转身看到陆副矿长尴尬地站在那里，便委婉地说："陆矿，你来得正好，看看线直不直。"陆虔看了看也看不出个所以然来，听到高进才说："让他们把脚底下的泥清理清理。"然后又喊叫其他的掘进队员都过来把巷道里的泥和水清理了。陆虔低头看，自己的胶鞋踩在泥里，走起路来发出咕叽咕叽的声音，便让大家去找铁锹过来铲泥。

潘晓和高进才把准星定好后，转身向综采工作面走去。

总工潘晓近来心情舒畅，看到井下的各项安全工作有序展开，心里直夸：这就对了，工作就应该有秩序，不是谁想怎么干就怎么干，我们做任何事情不都应该有个章法吗？何况是井下的生产安全。看来方政还真是一个实干的领导，不像某些人把矿井作为自己向上爬的阶梯。谁当官我潘晓都没有意见，可是拿一线工人的生命去沽名钓誉，也太不人道了吧？

与方政交流中，潘晓提到在井下建安全太空舱的事情，方政很感兴趣。安全太空舱，是目前世界上先进矿井普遍采用的一种井下安全措施，一旦发生矿难，矿工们可以迅速躲到安全太空舱里，那是一个类似航天飞机一样完全封闭的生存空间，可以供矿工们在里面生存十五天。以前他曾经向郜新闻矿长谈过，还做了一套实施方案，郜新闻矿长认为没有必要。郜新闻矿长说："毛乌素地区的井田是世界上八大优良井田之一，井下地质条件好，钱要用在刀刃上，花钱去建那些个形象工程是哗众取宠。"于是，他的方案被全盘否定了。经过这次矿难，现在看来建几个安全太空舱是多么多么的必要啊！就这次矿难来说，一个小小的安全太空舱能营救多少鲜活的生命啊，难道这钱花得不值吗？

路上看到吴尧尧正提着瓦斯检测仪沿着巷道迎面走来，两个人在一个小联络巷口相遇。潘晓弯腰拿过他手中的移动瓦斯检测仪看了看，没有言语又递还过去，仰起头看到联络巷口处挂着的固定瓦斯报警仪大着嗓门问："这些都定期检查了吗?"吴尧尧梗着脖子道："一天检查两次，你规定的。"潘晓还想说什么，看到吴尧尧挂好移动瓦斯检测仪径自向前走去，嘴里咕噜了一句："这小子最近吃枪药了。"

十四

　　吴尧尧近来就是吃了枪药了，年轻人有了烦心事都写在脸上、表现在行动上了。

　　结婚，这个听起来既动听又让人向往的词儿，在吴尧尧这里简直就成了过不去的鬼门关。

　　事情是这样的。

　　吴尧尧的女朋友叫李雯，与吴尧尧同龄，是他的大学同学。当年两个人毕业后一起留在省城，"蜗居"在城中村里，租了一间二十平方米的房子，成为名副其实的"城漂"一族。女朋友皮肤白皙，模样儿姣美，应聘到一家化妆品公司，在城市之心商场做促销员；吴尧尧学的是计算机维修专业，到处给人打短工，靠维修计算机挣钱。吴尧尧这个人心性木讷，做起事情来也木讷，所以总在一个地方干不了多长时间，不是被人欺负自己不干了，就是老板看不上他被炒了鱿鱼。去年初，家里人花钱托人走后门总算是把他招工到了沙枣村煤矿，虽然是在井下作业，也还是有了一个长期的稳定职业，作为长期"城漂"一族，他和女朋友李雯都很满足。为此，他们俩还专门把经常走动的好朋友们召集在一起吃了一顿饭，算是为他告别"城漂"一族留个纪念。

　　今年初回家过年时，女朋友对他说："尧，我们谈恋爱在一起八年了。我今年都快三十岁了，在我们家乡已经都成老姑娘了，家里人不断地催我们把事办了，我弟弟还等着在我俩之后结婚呢。"想到自己长年不在她身边，时间久了感情是会慢慢淡化的，自己现在不管怎么说也是有稳定职业的人了，吴尧尧便和家里人商量，父母亲表示同意。趁着过年的机会，吴尧尧又到未来的老丈人家里去提亲，未来老丈人没有说什么，认为他们都老大不小了，是该结婚了；可丈母娘插话说，结婚可以，她没有意见，说尧尧现在刚参加工作经济上不富裕可以理解，车就暂时不用考虑了，可是房子得有吧？她可不愿意看到女儿一结婚就成了房奴。最近各电视台正在热播电视连续剧《蜗居》，看到海清饰演的海萍婚后因为没有房子住所遭的罪，她就想到自己女儿的将来。

吴尧尧默然，自己刚参加工作不到一年，全年的收入加起来也就五六万元，现在省城一套一百平方米的房子，至少也得八十万元，就是自己不吃不喝要买下一套房也得十五年光景。别说十五年，就是三年后都不敢保证相爱了八年的雯雯还会再等着他，也许那时她早已投进别人的怀抱成为人家的贤妻良母了。

想到三年前刚毕业那会儿，他意气风发信誓旦旦地向雯雯说的豪言壮语：我会成为有钱人的，也一定会让你过上比你的同学都要好的日子的！钱是王八蛋，他心里酸酸的。那时的他拼了命地工作，奋力打拼，几年过来，"钱是王八蛋"这句口头禅虽然还时常挂在嘴边。可每次他在雯雯跟前说起的时候，雯雯都是对他很开心很信任地灿烂一笑，仿佛她永远相信这一切早晚都会实现的一样。

可是现在呢，钱还是个王八蛋，可他的心性却变了，说这句话的底气也不足了，因为自己兜里的"王八蛋"真的是太少了，说起来简直是少得可怜。就目前来说，他和雯雯两个人的积蓄加起来不过是一套房子的八十分之一，就是双方父母都给赞助些，自己再四处借点，八十万对刚参加工作、年薪少得可怜的吴尧尧来说也简直是个天文数字啊，他还要考虑借下的钱就凭自己每年那么一点点工资收入怎么还上呢！

就在几天前，雯雯打电话拖着哭腔对他说，她母亲天天打电话催她，问她房子的事情有没有眉目，说她们家里也只能拿出十万元钱给她买房，剩下的就让他自己想办法筹集。昨天雯雯又打来电话，说她母亲给她下了最后通牒，她弟弟已经定在今年十月一日结婚，让她必须在这个"五一"节结婚。现在离"五一"节还有不到一个月的时间。她母亲说啦，如果

"五一"不能结婚家里就要给她安排相亲的事情。

雯雯哭哭啼啼地在电话里和他说了一个多小时。

吴尧尧彻底崩溃了。父亲东拼西凑为他筹集到了二十万元，加上雯雯家的十万元，离八十万元的天价还差五十万元。几天来吴尧尧苦闷不已，他想干脆这婚不结了，男子汉大丈夫拿得起来就应该放得下去；可又想到雯雯和他好了八年，从二十岁一个青涩少女，到二十八岁整整八年的时间，都一心一意跟着他度过了那段贫穷得几乎潦倒的"蜗居"生涯，也着实不易。自己二十八岁倒没有什么，女孩子这个年龄是不能再拖下去了；再想想雯雯和他这么多年的感情，他又如何能放得下？八年的朝夕相处，他对雯雯的性格还是了解的。雯雯家中还有个弟弟，她打小就对弟弟呵护备至，这也让她养成了善解人意的性格。既然弟弟定在十月一日结婚，那她"五一"节是必须要把自己嫁出去的。他知道雯雯性格绵柔，从来都没有违背过父母亲的意愿，在终身大事上她更是不会这样去做的，也就是说她决不会死心塌地地跟他走。

焦虑归焦虑，可现实摆在面前，他是没有任何办法了。前天晚上在和同事喝了一瓶酒后，他不胜酒力，醉倒在床铺上算是暂时和痛苦告别了几个小时。

抽刀断水水更流，借酒浇愁愁更愁。

早晨醒来依然是痛苦不已，后来还是同事给他想了个办法：冷处理。

看来这也是吴尧尧唯一的办法了。

天阴了又晴了，沙尘暴来了又走了。

看看离"五一"国际劳动节的日子越来越近，雯雯的电话也是越来越频繁地打来，后来实在是受不了了，他选择了逃避，干脆把手机关掉。

英国著名作家查尔斯·狄更斯在他的传世作品《大卫·科波菲尔》里有一句经典名言："逃避现实是没有用的，那只不过是把困难推迟罢了。"然而对于吴尧尧来说，困难是没有办法推迟的，就像一根绷到极限的绳子，在"五一"国际劳动节那天断了。

五月一日下午三点钟，吴尧尧正在参加单位工会举办的庆"五一"象棋比赛，一个平时要好的同学从省城打来了电话说："尧尧啊，你要挺住！"

吴尧尧说："有话快说，我正在参加象棋比赛呢，马上就要拿下这一局了。"

同学说："你小子还真有心情呀，那我就长话短说了。"

吴尧尧说："快说，别瞎耽误工夫。"

同学说："李雯结婚了，我刚参加完她的婚礼，没想到新郎不是你，她和一个大学教师结婚了。"

五雷轰顶。

吴尧尧的脑袋瓜里仅仅闪过这么一个词，一股无名火腾地一下蹿上了他的百会穴，他一手拿着电话，一手顺势掀翻了棋盘，喊道："不下啦，还下个屎！"

后来他就什么也不知道了。

当他再有了知觉醒来时已是晚上，他看到队长高进才和两个同宿舍的舍友坐在床前，自己躺在卫生院的白色床单上。高进才看他醒来了，就骂："你小子今天是中啥邪了，一惊一乍的？你记住了，男人一生是没有过不去的坎的。"

看着平时和他无话不说的高进才队长和朝夕相处的舍友，吴尧尧哭了，他哭得是那样哀伤，哭得是那样沉痛，哭得是那样悲壮，哭得是那样痛快淋漓。在哭出了一身大汗之后，他坐起来对高进才队长说："你说得对，男人一生没有过不去的坎。"说完下床穿鞋说："走，我请你们仨喝酒去！"

十五

　　刮了一夜的沙尘暴，空气中到处弥漫着沙土的腥味儿，黎明时分，又下起了一场小雨，这才感觉到混浊的空气湿润了许多。

　　早晨起来，方政拉开窗帘，一缕阳光从沙漠尽头跳进了他的眼帘，"渭城朝雨浥轻尘"——方政的脑海里突然跳出一句唐诗来。他抬头看了看办公大楼前那一排垂柳，发现柳枝上不知道什么时候已吐出鹅黄色的柳芽来了，再看路边一蓬蓬如伞状的沙柳，也已抽出了青绿色的线条。放眼望过去，远处真就有了"草色遥看近却无"的大自然美景。

　　毛乌素沙漠的春天姗姗来迟。

　　自上任以来，整天忙着下井、开会，开会、下井，他还是第一次感觉自己有心情注意到粗犷的毛乌素沙漠苍茫的大漠风光。他下楼来到广场上，呼吸了一口清新的空气，甜甜的，青草的香味儿到处荡漾，抬头看，不远处巨大的、蓝白色相间的储煤仓格外醒目，一辆辆运煤车排成一条长长的巨龙，这一切都展示出这座现代化煤矿繁荣的景象。

　　看到郜新闻从广场的另一边晨练回来，方政笑着迎了上去："郜书记真好兴致！"

　　看到方政双手扩胸走来，郜新闻笑着说道："近来身体欠佳，上次回去给老婆说，现在的身体是一年不如一年了，你猜老婆咋说？"不等方政开口，郜新闻就接着道："老婆说，老头子呀，你可不敢现在就死呀，你现在可是咱们家的摇钱树啊！"

方政大笑，这几年煤炭市场行情好，职工的收入也是年年涨。想到职工收入，方政突然想起他前两天看了矿上职工去年的收入情况，正打算找矿人力资源部宁子宁谈今年职工收入增长的事情，便又抻了两下胳膊腿后对郜新闻说："我上楼去了，摇钱树，你就再锻炼一会儿吧。"说完两个人都哈哈大笑。

一回到办公室，方政便抓起桌上的固定电话拨通了宁子宁的手机号码："宁部长，你到我办公室来一下。"

方政一来就了解到，这宁子宁是三年前跟随郜新闻从老单位调过来的，他跟随郜新闻已经有七八年了，用总工潘晓的话说，此人能力平平，做起事情来比较犟，认死理，属于郜新闻书记的铁杆。方政刚来矿上，倒不在意谁是谁的铁杆，只要能按照他的思路工作，那也就是方政矿长的铁杆。方政是这样想的，他当然也需要这么去做。工作多年，混迹官场多年，方政深知传统文化熏陶下的国人对所谓的"朋党"是既爱又恨。爱的是你只要有人脉有没有能力都可以平步青云，恨的是即使你俯首甘为孺子牛，没有人脉就永远没有翻身的机会。所以，方政在他的工作中总结出了一套实用哲学：两者相悖取其同，只要能找到彼此的共同点和平相处就行。

宁子宁手里拿着一摞工资表敲门走了进来。方政做了个请的手势，让他坐在了对面，然后拿过来去年的职工收入台账，翻了翻说道："子宁啊，去年咱们矿的职工收入偏低，我仔细看了，职工真正拿到手的钱，一线工人平均一年六万元，干部平均一年也才八万元，地面工就更少。和毛乌素地区其他矿比，我们的收入属于中等偏下。我想听听你怎么看。"

宁子宁沉吟了会儿，不紧不慢地回答："方矿长，是这样的，职工收入这一块你没有来之前，郜矿长召集我们开过专题会议，大家一致认为，企业要发展就得存有后劲儿，也就是以丰补歉。我觉得这样的收入已经不错了，和老矿比几乎都要翻一倍了。方矿长，人心是没有满足的时候的，按照职代会的精神，今年咱们矿职工的收入要比去年提高百分之五呢！"

方政打断了他的话，说："我认为职工收入低了，不能纵向去比收入，要横向看。作为世界一流的大型煤矿，我们的矿工们拿到手的却是二流甚至三流煤矿的收入，他们创造的效益不能和他们的收入成正比，如何能提高矿工们的工作积极性？我看这样吧，你回去重新做一份工资套改方案，

要求是把职工平均收入提高到现在的三到四倍，参考毛乌素地区煤矿职工收入情况，拿出工资方案来，并且要略高于其他煤矿的职工收入，以彰显我们大矿的优势。子宁啊，要把心态摆正，不要总是怕矿工们多拿钱，要看到矿工们为我们创造的效益，让他们的收入和他们创造的效益挂起钩来，这样他们才有积极性和工作热情。下一步我在考虑成立企业绩效考核机构，把考核与绩效挂起钩来，让能干的多拿钱嘛，这也符合多劳多得的分配原则不是？"

宁子宁一边点头一边说："方矿长您说的很有道理，可是咱们矿今年职工收入总额已经报到矿业总公司了，一下子让收入高出这么多，审计那方面怎样应对？"

宁子宁是那种按部就班型的干部，在工作中没有创新精神，这一点方政矿长是了解的，可是如此呆板的官僚作风是方政没有想到的。他想到前两天找高进才队长谈话时，听高进才说，宁子宁的身世也很可怜，他从小就是一个孤儿，父母亲双亡于一次车祸。打小没有人疼爱的成长史，让他养成了做事狷狭的个性，既爱认死理又见不得别人比他好。高进才认为宁子宁就是这么样一个人。

于是，方政还是和颜悦色地说道："工资计划可以在半年的调整计划中调整，不是什么大问题。我把政策给你了，你想办法。"

在方政的内心里有了一种感觉，这样的人是不适宜做部门一把手的，当个按部就班的部门副职领导已经是顶了天了。

方政的不快和不满宁子宁看出来了，而方政并没有认真考虑他的意见就草率表态，他的心中也是添着堵。方矿长做事武断他是早有耳闻，今天算是领教了，根本不给你解释理由的机会嘛！不是我不让职工多拿钱，是政策上的限制，我又有什么办法呢！宁子宁今年三十八岁，他是打小一直穷过来的，放不开思维也是可以理解的。当然在这方面宁子宁也还是有私心的，他的私心左右了他的心态：如果职工收入高了，大家都有钱了，那谁还再来为收入找劳资部门计较？没有人愿意计较了，谁还巴结他？没有人巴结他，那他这个部门不就失去被人巴结的意义了吗？部门没人巴结了，那他不就没有人巴结了吗？缜密促狭的思维逻辑让宁子宁的大脑钻进了牛角尖。

看着两个人话谈得不投机，宁子宁便说："好吧，我回去先拿套方案出来，方矿长你看……"

"好吧，你也是做了多年劳资工作的人，给你一周时间，我想应该可以了吧？"方政下了命令，没有给他再多耽搁拖延时间的机会。

从方矿长办公室出来，宁子宁感觉额头沁出了一层薄薄的汗水，他伸手抹了一把，想到这两天又得加班熬夜做方案了，无奈地叹了口气。他转身上楼敲开了郜新闻办公室的门。

看到宁子宁一脸晦气地走进来，郜新闻起身给他倒了一杯茶水："又遇上什么不愉快的事情了？"因为工资问题，人力资源部经常会遇上被人胡搅蛮缠的事情。宁子宁平时做事呆板，时不时喜欢显示自己的权力，常常为一些鸡毛蒜皮的小事情卡东卡西，说起话来意气用事容易得罪人，在矿上的人缘比较差，这一点郜新闻也是知道的。为此郜新闻不止一次地开导批评过他，后来看是这个人的性格使然，江山易改本性难移，也就不再多说什么了。

宁子宁喝了一口热茶，神经质地撇了一下左边的嘴角，这一从小养成的坏习气，因为没有人校正，长大后就不自觉地成了习惯。郜新闻当然了解他的这一习惯性动作，这样的动作一般都是在宁子宁心理活动激烈时频繁出现。宁子宁把他刚才和方矿长的谈话一五一十地告诉了郜书记，郜新闻讪讪地笑道："这是刘备摔孩子开始收买人心了，提高职工收入当然是好事情呀！子宁，你也要把握住分寸，不能在年终审计时把你给装进去喽。现在总公司对毛乌素地区职工的收入很敏感，一定要做到有理有据，否则到时候做了替罪羊，有苦也说不出来的。"

宁子宁点头，认为郜书记真是自己的老领导，考虑问题滴水不漏，看来生姜还是老的辣，以后还得向老领导多多请教多多学习。

在郜新闻下意识里当然有他的算盘，他在任上三年，虽然在职工收入上不是那么尽如人意，可他心里比谁都清楚，他是从老煤矿过来的人，20世纪90年代，煤矿上穷得就差组织矿工出去要饭了，为什么？不就是因为没有钱嘛。以前是计划经济，计划得矿上几乎没有任何的积蓄，一旦遇上市场不景气，只好大眼瞪小眼，最后是干瞪眼。

现在市场刚刚开始好转，沙枣树矿又是个新建的大型煤矿，得为煤矿和矿上近千人的未来考虑。没有点儿积蓄，像以前那样吃光喝净，再碰到个经济上的风吹草动，难不成还让矿工家属到市场上捡拾菜叶子度日吗？

看来郜新闻是被以往的穷日子过怕了！

下午三点半，掘进队高进才队长在井下上完早班到矿灯房送了矿灯，在澡池里泡了半个小时，冲了淋浴来到休息室，向在那里闲着的按摩工说："小伙子，过来给我捏一捏胳膊腿。"

小伙子像老式洗澡堂子里的跑堂一样高声喊道："得哩，来了一位。"

这儿的搓澡工和按摩工都是矿上特意请来的，说好每月给一千元的底薪，其他的是有偿消费，比如搓澡每人每次三元钱，按摩每人每次五元钱，生意很是火爆。听着搓澡工在自己的背上噼里啪啦有节奏地拍打，高进才队长就想起了最近一直纠结在失恋痛苦中的吴尧尧来。

吴尧尧近来给人感觉神神道道的，他突然间就爱上了易经八卦，整天下了班后一个人钻到宿舍里捣鼓一些有关风水学的书籍。前天晚上高进才没事去找他下象棋，看到吴尧尧手里拿着一张白纸，白纸上鬼画符般写满了密密麻麻的小字。吴尧尧看到高进才队长进门来，就神秘兮兮地告诉他，说自己正在推自己的生辰八字，看看今年的运势如何。床头上还摆放着一个罗盘，高进才过去看那罗盘，上面也是星星点点密密匝匝地写满了甲乙丙丁、子丑寅卯，还有丙辰辛酉、天干地支、尾十八、箕九半……他是越看越迷糊。吴尧尧抬起头眼神茫然地看着他："高队长，把你的生辰八字说一下，我这两天正学如何推周易呢！"

高进才随手翻看桌上的一本万年历，看到五行属相、金木水火土，心想看来得给这小子介绍个对象，不然他真要走火入魔了，要是那样就把小伙子的一生彻底毁掉了。想到"走火入魔"这四个字，高进才的脑海中就有了金庸小说中那些异人们奇形怪状的举动，这让他的后背一阵发凉。

一回到宿舍高进才就给他老婆打电话，说尧尧失恋了，又把尧尧失恋的经过添油加醋地夸大了一番，让老婆在家乡无论如何给吴尧尧介绍个对象。他说尧尧是个老实娃，人模样长得也还端正，工资一个月能开四五千，这对家乡那个不算太大的中等城市来说，算得上高收入人群；除了离家远点儿、工作辛苦点儿，其他再没有什么可以挑剔的。还说尧尧救过他一命，让老婆不管咋样给小伙子介绍个对象。

听了高进才的陈述，老婆被他形象生动夸张的语言所感动，便同情起吴尧尧来，在电话那头感动得是稀里哗啦。她说听高进才这么一念叨，真就想起自己还有个姨妈家的小表妹叫玉珍，长得是小巧玲珑，皮肤白白的，还有一双会说话的大眼睛，性格温顺，和尧尧一定配得上。

老婆这个小表妹高进才曾经见过一面，就说："好是好，也不知道她有对象没有？"老婆说："她前两年才大专毕业，二十五周岁，比尧尧小三岁，年龄上也合适。今年过年时见面问起还说没有对象呢，她妈还发愁说让我给介绍一个有稳定收入的对象。这事你不用管了，我明天就过去说。"

高进才道："时下是 21 世纪，男孩子女孩子都早熟，大学里那些年轻女孩哪个还能剩下？不要说你那漂亮温顺的小表妹了，就是歪瓜裂枣的也都有了主了。"

老婆在电话那头说了句："越说越不靠谱！长途电话费很贵的，没别的事我挂了。"

说完就不再理会他，挂断了电话。

十六

进入夏季，连着下了几天雨，让常年干燥的毛乌素沙漠的蓝天上飘浮着朵朵白云，往日让人感觉刺目的阳光今天也显得格外柔和了，有了湿湿润润的感觉。

到了周日这一天，天气突然就放晴了。陆虔睡到九点钟起来，看到一缕阳光从落地窗的缝隙处钻了进来，照在打蜡的地板上反射出柔媚的光亮，便拉开窗帘，向远处看过去，顿觉一片绿意盎然。

天气晴好，陆虔的心情也跟着好转了许多。想到前一阵子因为跟班下井，每周都要钻到那个黑窟窿里，早没了出去游玩的心情，后来慢慢适应了井下作业的环境，可这几天下雨也是懒得动弹。陆虔打开窗，站在那里呼吸了几大口清新的空气。整天折腾在井下煤尘和人事纷争中，让他感到身心疲惫，多么想和大自然做一次亲密接触啊，于是脑海中就有了让自己的生命出去享受一下大自然美景的冲动。

想到前两天张胖娃到他这儿来闲聊时，说起最近在离这儿不远处的黄河边，出了一位"神人"，不仅能预测人的未来，还能睁开"天眼"看到你的身前身后事。那天两个人在办公室里聊了一个下午，都在说这个神人的奇闻逸事。张胖娃说这个神人真的很神，并且还举了个例子，说他们县上财政局有个张副局长，去年局里传有一把手要调走的风声，有人就让他到县上去活动活动，他思前想后拿不定主意，一是活动需要花钱，要是没

69

有的事儿那钱也就白花了；二是如果这只是个传闻，事后让一把手知道他在背后搞小动作会对他很不利。正在他拿不定主意时，有朋友建议他去见一见这位神人，让神人给预测一下，拿个主意。于是张副局长翻看老皇历，选了个出行吉日便和朋友一起驱车打算会会那位神人，听神人能给他说些甚话。那天张副局长一进门，神人看了他一眼后说："你先不要说话让我头里说，在你家住的地方不远处有一道沟，那就是你人生一个最大的坎。你家里有两个女子一个小子对吧？"

不等张副局长回答，神人接着又说："你是来求官的。"说完这些话就不再理他，兀自坐在那里养起神来。一旁随他一起来的朋友在后面赶紧捅了捅他的脊背，张副局长明白过来这是要钱呢，于是掏出五百元钱放到桌上，说："神人算得很准，我就是有两个女子一个小子，你给拆解拆解，我咋能迈过去这个坎？"

神人微眯着双眼，看着桌上的五百元钱道："我不收钱。"张副局长一愣神，心想是不是嫌钱少了？这神人看来是有点儿黑。他的内心活动神人似乎看出来了，便道："我的天眼只度有缘人，这位香客你请回吧。"说得张副局长一头雾水，坐在神人对面不知如何是好。

还是相跟来的那个朋友说了话，他来过三次知道这中间的过程，于是他拉了一把张副局长，说："拿上钱到外面来我有话说。"两个人来到院子里，朋友指给他看，张副局长这才注意到在院子一角的笼子里，养有许多只活着的山鸡和鸽子。朋友说："神人说他不收钱，是要你到外面来花钱放生。"

张副局长这才恍然大悟，于是拿出那五百元钱逮了一只山鸡，看笼子的婆姨告诉他们："把山鸡抱到后院子的山上放生，注意看山鸡飞向哪个方向了，回来后告诉神人，神人就能算出你未来的运势。"

当张副局长再次坐到神人对面后，神人便睁开了双眼，眼神里真就有一缕神光。借助窗外的光亮，神人的眼睛闪着烁烁的光彩，那光彩也着实与常人不同。神人看了一会儿张副局长便开口说了话："你放生的那只山鸡往西北飞去了。"张副局长点头，思量这神人还真是能掐会算哩，内心越发虔诚起来。

神人接着说："你家门前那道沟的走向正是西北到东南方向。"

张副局长想了想点头说："是。"

神人道："你今年不宜走动，哪儿也不要去，上班回家、回家上班就可以了。"神人说完就不再言语，继续微闭起双目养起神来。

后来张副局长回去后真就没有走动，半年后他从县上得到确切消息，一把手没有走的意思．他还要再干一届。

那天听完张胖娃绘声绘色的描述，陆虔的内心就开始活动了，想想自己是不是也应该去会会这个神人。神人到底神不神，是真是假他一去便可知晓。

于是，他打电话给张胖娃，让他安排好车一同到黄河边见神人去。

张胖娃的车很快到了宿舍楼下，陆虔出门来到宁子宁部长的宿舍门前，他要叫上宁子宁一同去。近来因为套改工资的事，他知道宁子宁与方政闹得不太愉快，正在郁闷着，他想把宁子宁拉上一同出去散散心。

在困难时给人以帮助，是赢得人心最快的办法，这也是陆虔应酬学中百用百灵的一着妙棋。

他们乘坐的"沙漠三子"越野车驶出毛乌素沙漠，向黄河岸边的山区驶去。沿着黄河岸边向南，一路上枣树林立，放眼望过去，滔滔的黄河水源源不断地涌过来，河对面山西那边的景致一览无余。

宁子宁幽幽地说："看这黄河万古如斯，荒漠山川莽莽苍苍，人实在太渺小了，欲望纷争更微不足道。"

陆虔接过他的话："宁部长这么伤感，活得好好的，咋就有了遁世的想法？"

张胖娃摇开后玻璃窗，让黄河岸边川道上的风吹进车里，黄河上的风是浑厚的给人力量的感觉，不像毛乌素沙漠的风那般粗犷。

张胖娃笑嘻嘻地说："宁部长是文化人，喜欢多愁善感。"

宁子宁从刚才的陶醉中醒过神来："哪里是多愁善感，是郁闷呀，你看这天和水还有那山都好像是向人压过来似的。"

车子转弯，驶离了黄河川道，向一条不宽的山沟里开去。二十分钟后来到一面山坡前，天气初晴，黄土铺就的山坡前留下一道道泥印。宁子宁问司机："能开上去吗？"张胖娃说："专门开'沙漠王子'过来就是要爬这道坡的。"

看来他是来过，知道路的。

车子爬上土坡，便看到一棵老槐树下孤零零地坐落着一个小院落，里面有几间青砖瓦房，院墙很矮，是用碎石片歪歪扭扭垒起来的。那小院的门楼却很讲究，一砖到顶，翘起的琉璃瓦房檐在阳光下熠熠生辉。门前摆放着两个石礅，磨得锃光瓦亮，看来那上面是经常有人坐的。

等车子走近了他们才看清楚，房屋旁边的一块空地上停放着几辆小轿车，那里站满了西装革履的人，看来都是来这里听神人说话的。陆虔下车抻了一下腿脚，活动着双臂，他没有想到神人的名气这么大。张胖娃下车走了过来，说："这些人有的是来还愿的，有的是来求愿的，这儿天天都是这样人来人往。"

宁子宁也跟着走过来说道："农村的空气真好，真是世外桃源。"

陆虔望着宁子宁，这宁子宁在气质上应该说属于黏血质型，遇到事情总是向坏处考虑，看来今天带他出来散心是带对了。

张胖娃和司机到院子里排队等候去了，陆虔和宁子宁便走到放生笼前看那些等待被人放生的山鸡和鸽子。

应该说它们是幸运的，虽然被人像奴隶一样关在笼子里，但它们总还是有重获自由的机会，尽管它们的自由是被人花钱买下的，能花钱买来自由也是让人可以去羡慕的好事情。

轮到陆虔进去听神人说话了，张胖娃恭敬地跟在陆虔后面走进了房间。神人示意陆虔坐在一把木头凳子上。房间里光线很暗，正中间的几案上点着三支蜡烛，蜡烛后面是一个铁质的小香炉，香炉里插着一炷香。陆虔明白这叫"一柱擎天"，看来刚才出去的那个听神人说话者是来求壮阳术的。

几案后面的墙上挂着一张神仙的画像，陆虔注目看，是一个道士画像，那道士长发低垂，目光如炬，仙风道骨，人长得很瘦，却瘦得精神矍铄。

神人坐在几案一旁，双目微闭，面庞清癯，脸色苍白，像是刚从阴间回来，看上去很劳累的样子。张胖娃手里拿着一千元钱弯腰放到几案上，又毕恭毕敬地立在陆虔背后。神人扫了一眼张胖娃，嘴角略微露出一丝笑意，显然他是认识张胖娃的。神人的目光从张胖娃身上移到案几上，眼神只是一扫而过，便落在了陆虔的脸上。陆虔感觉到神人的目光在黑暗的房间中有一缕光亮透出，那光亮真和常人有所不同，能给人一种震慑力。神人盯着陆虔的脸看了一会儿，便仰起头不再看陆虔，一字一句地说："香客和我一样都是做地下之事的，不同处是我从事的是气场，香客从事的是欲场。"说完目光平视着张胖娃又说："到外面放生去吧，回来我和这位香客

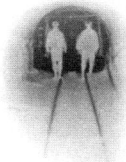

还有话说。"张胖娃便又弯下腰去，拿起那一千元钱和陆虔一起走出了房屋。

陆虔踩了两脚泥泞抱着一只山鸡和两只鸽子爬到后院的山坡上，看着山鸡向东边飞去、两只鸽子在空中转了一圈后向北边飞去，才和张胖娃下坡回到房中。张胖娃说了山鸡和鸽子所飞的方向，神人睁开双眼，那眼中便射出了不同于刚才的目光来。刚才的目光是聚着的，现在突然就发散开来。神人说："我的双眼是能看到阴阳界的，左眼看阴界右眼看阳界。香客是少年得志之人，这是我右眼看到的阳界，你的眉心有一道川，是小川，说明你是心思缜密劳心之人，有官运；我左眼看到的是阴界，你的整个脸形又是一道川，是大川。"讲到这里，神人掐指一算说："今年是大川笼罩小川，中途有妨，没有升迁可能，需谨慎从事。"

陆虔问："能破解不能？"

神人摇头，便不再说话。

陆虔还要问什么，张胖娃在后面拽了拽他的衣服，陆虔起身两人一起走了出去。来到院子里，见宁子宁一个人站在院墙处向远处看，陆虔便说："宁部长，你也进去听神人给你说道说道吧！"

宁子宁摇头道："不用了，还是顺其自然，听天由命的好。"

十七

在周一下午的矿长办公会上，方政发了火，这是他上任以来第一次发火。下午会议的主要议题是讨论职工工资套改方案，可是人力资源部部长宁子宁拿出来的套改方案让他大为光火。

那个工资套改方案几乎就是原来工资方案的翻版。方政把方案摔在桌上，生气地说："要是这样也叫工资改革，那沙枣树煤矿天天都在搞改革了。宁部长我给你一周时间做方案，现在两个礼拜都过去了，你就拿出这么个方案出来忽悠我？我一再给你说，工资收入是职工的命根子，职工的命根子保住了，他们才会有热情。要让职工们踏踏实实工作，清清白白拿钱，这是你的职责所在。你这是个什么方案嘛，总是害怕一线工人拿钱多了你吃亏还是咋的？"

宁子宁嗫嚅道："那也不能无原则地提高收入吧？"

方政道："我现在不是就让你制定原则吗？"

宁子宁抢白说："原则是年初职代会通过的，我没有权力修改，何况还有每年一度的审计监督。"

方政按压住内心的火气："那你的意思是要召开职代会，等到职代会通过后你才能拿出方案来是吧？"

宁子宁说："我没有这样说，这是你说的。"

看来两个人的对话已经超出了工作范围，成了抬杠，郜新闻适时插话

道："工资方案一时定不下来，我认为可以先放放，不要把事情复杂化，咱们还是回到原点上。宁部长，既然这个方案通不过，你们人力资源部加班加点再拿出一套方案来，不过你们记住，一定要切实可行。"

紧跟着郜新闻又是老生常谈地讲了一通团结、和谐等，在他枯燥的讲说下，大家都感觉有些困乏，刚才会议的火药味顷刻间就烟消云散了。

陆虔在心里暗自好笑，这郜新闻看来还真是个老江湖，在不知不觉中就把会议的议题给淡化掉了。陆虔心中再明白不过了，职工们对工资收入有意见，机关的干部们也有意见，大家收入偏低是其一，主要还是宁子宁做的矿上原有的工资方案大家就没有看懂过，活干得糊涂，钱拿得也糊涂。可是在这种场合下他是不适宜出来多嘴或者表态的。陆虔为人有着乃父家传之风，具有眼下社会上备受商界推崇的"狼"性哲学，首先是深思熟虑，然后是瞅准时机，看不准时机决不会出手，一旦出手就是一招毙命。眼下时机还不成熟，就让老奸巨猾的郜新闻出来和稀泥抹光墙吧。何况劳资上的事情还是少掺和为好，牵扯到大家个人利益的事情是重不得轻不得的，又不是自己管辖的范围，他也乐得在一旁坐山观虎斗，看看热闹。

郜新闻的和谐论还在继续，方政矿长有点儿按捺不住了，郜新闻讲起话来滔滔不绝，让他没有机会插话。他从兜里掏出烟盒，抽出一支香烟来拿在左手，又用右手摸了半天打火机也没有掏出来，这才想起会议上的禁烟令，开会前自己把打火机刻意撂到办公桌上了。

郜新闻的讲话终于到了尾声，方政正打算让矿长办公会继续开下去，看谁还有问题要在这次会上解决的，郜书记却突然把话锋一转，再一次提到上半年的生产任务上来。他说："由于'三一四'事故的影响，矿上今年上半年的生产任务还没有完成，我们还是要把工作重心放到生产上来，看看如何能完成上半年的工作计划。"

最后他强调说："这个问题我是月月讲，眼看上半年就要结束了，大家不要嫌我是老生常谈，煤矿嘛就是要出煤的，不出煤要我们这些人做什么呢？"

方政终于把话插了进来，说："这个问题郜书记就不用操心了，我已经安排给总工程师潘晓了。"

这句话总算是堵住了郜新闻的嘴巴，他不再言语。

方矿长看看大家问道："其他部门还有什么问题需要在办公会上解决

的，接着说。"

几个部长看到会议开成这个样子，谁也不愿意再开口说话，说好了还行，要是说不好那还不是往枪口上撞呀！大家互相看看没有人吭声，方政说："没有问题了那我是不是可以认为各部门工作正常？如果有问题在会上不说，下来乱说，或者会上不说下来在实际工作中出了问题，那我就不客气了。"

他等了等还是没有人言语，于是宣布散会。

回到办公室方政气哼哼地点上那一支烟，抬头看着对面墙壁上挂着的一幅字，那是一个小六尺的横幅，是他省城的一位书法家朋友专门为他写的四个大字："难眩以伪"。这是史书上评价曹操的话语："操知人善察，难眩以伪。识拔奇才，不拘微贱，随能任使，皆获其用……"当年朋友送他这幅字就是告诫他知人要洞察人，假象便难以蒙住眼睛，时常要保持敏锐的目光审视别人也审视自己，并且保持平静的心态让冷静随时陪伴自己。

方政平了平心气后，拿起电话拨通了号码，电话是打给他的老部下尾子沟煤矿企业管理科科长乔迎春的。

乔迎春在电话那头说道："方矿长，我正在移交工作手续，后天下午准时找你报到。"

方政"嗯"了一声道："没有什么问题要我出面吧？"

乔迎春在电话那边开玩笑地说："只要能放下老婆孩子，还有什么放不下的。"

电话里两个人都笑了。

刚放下电话，潘晓敲门走了进来："方矿长，内蒙古那边都谈好了，井下的搬家费用也敲定了，按你说的数，我算了一下，这样至少可以节约十四天时间。以往我们搬家需要二十天左右，让内蒙古那边的大型井下搬家公司来干，只要六天时间就能完成两撤两安，这样对于我们来说不但多挣了钱，上半年的产量也是可以轻松完成的。"

方政说："以后我们也应该上一套这样的进口设备，从长远看还是划算的。今天是周一，搬家倒面计划是定在周三吧？"

潘晓回答："是的。"

陆虔开完会回到他的办公室，静静地坐在那里，手里玩弄着一支香烟，想到今天下午的会议开得很有意思，他的嘴角有一丝不易察觉的笑意爬了

上来，在他看来方政上任后的首场矛盾的焦点要从人事上爆发了。这宁子宁还真有股子"拧"劲儿，敢和"老板"叫板，看来他是死心塌地地跟定郜新闻了。

按理说在这个问题上陆虔是应该站到郜新闻书记一边的，上半年产量完不成，影响合同执行，在客户面前对他的面子也是会有影响的。但是他却不愿去蹚这趟浑水 在他看来眼下前景还不明朗，他是不能出手的。昨天神人说他今年不宜大动，那就隐忍不发，以待天时吧。

在陆虔的骨子里他是相信这一套神秘哲学的。

就在陆虔坐在办公室里想着如何"坐山观虎斗"的时候，郜新闻正在他的办公室里关起门来狠狠批评着宁子宁。

"你小子是不是吃炸药了？没有必要和领导斗气嘛，一直告诫你要软着陆、软着陆，就是听不进去。'良药苦口利于病，忠言逆耳利于行'这句格言你都忘到脑门子后面了。不是我今天出面给你打圆场，还不知道你和他之间会闹出怎么个结果来呢！"

宁子宁低下头，"拧"着他的脖子一声不吭，看来还是不服气的样子。

在郜新闻的内心深处，虽然不同意方政的做法，但他也是不愿意把领导层的矛盾公开化的。在他看来，领导层的矛盾应该是另一种解决方式，不应该赤膊上阵刀枪相见，那是下里巴人的对阵方式。高层过招最忌讳的就是硬碰硬，应该是一门艺术而不是鱼死网破的拼杀。是看不到刀光剑影却内含绝杀的战斗，犹如太极格斗，出招看似绵柔，又绵里藏针，既让对手不得不出招相抗，又让对手难以捉摸，让对手有摸不清方位的感觉。如果对阵的是两个高手且旗鼓相当，对方一出手就能看出来他的意图，那就需要耐性，最后胜利的人一定是最有耐性的那个高手。今天看来宁子宁算不上高手，方政也不能算作高手。

想到这里，郜新闻对宁子宁说："你一会儿就去方矿长那里向他赔礼道歉，男子汉大丈夫要能屈能伸，听到了没有？"

宁子宁默然点头。难道这场风波会这样结束吗？也许是黎明前的暗战。郜新闻轻轻摇了摇他那花白的头颅。

工资风波很快传遍了全矿。

当天晚上就有掘进队的几名矿工自发组织来到高进才队长的宿舍里，嚷嚷着联名给方矿长写信，要求开除宁子宁，公开工资收入，坚决支持方矿长的工资改革等。

高进才当然愿意大家的收入有所提高，但是想到如果大家这么一闹，很有可能把好事变成坏事。他就让大家伙儿都坐下，板起脸来大声说："你们这是支持吗？你们这不是支持，是添乱。我告诉你们，谁也不要到矿上去闹腾，把自己的嘴管牢，都好好回去上班，这是你们能闹腾出结果的事情吗？咱们可把丑话说在前面，谁他娘的要是把老子惹毛了，就给我从这个队滚蛋。"

对待矿工们，高进才队长有他自己的想法和做法，他太了解他们了，由于长年在井下工作，说话口无遮拦、率性而为在他们那儿是再平常不过的事情，不吼叫几声，他们也许真就跑到矿上去干那出格的事了。

看到高进才队长虎着个脸一本正经的样子，大家伙儿你看看我、我看看你，刚才来时的热情顷刻便烟消云散了，一个个悻悻地溜出了门。

"看来队长这儿是没有指望了。"有人在路上说。

跟着就有人说："咱队长是惧怕矿上的领导，所以才不敢让咱们出头。"

有人反对说："高队长不是那样的人，他和矿领导顶撞的次数还少吗？哪一次顶撞不都是为大家伙儿的事情？"

看看这条路行不通，就有人想到了邪招：吴尧尧最近正醉心八卦算命，不妨去找他算算，看他说得准不准。立马就有人过来调侃："你小子想挣钱想疯了吧？这么没有谱的事情也能让你想出来。"还是有人赞成这个建议，于是又一窝蜂地来到了吴尧尧的宿舍，嘻嘻哈哈七嘴八舌地让吴尧尧给算一卦，看看大家伙儿的工资这一次能不能升上去。

一场起初正义凛然的请愿，最后竟然演变成了一出让人啼笑皆非的闹剧，世界上好多事情就是这样让人感觉不靠谱：好事情可以在瞬间变成一出闹剧，甚至是一出悲剧；坏事情也可以在瞬间变成一场游戏，甚至是一场喜剧。

吴尧尧煞有介事地从枕头底下取出罗盘，找准东西南北方位，转动着罗盘方向，又翻开老皇历，申坤未丁巽、金木水火土地掐着指头推起了八卦。

一会儿，吴尧尧一本正经地坐在一把椅子上说："大家不要说话，听我说。"宿舍里立马安静下来，吴尧尧开始从风水说起："咱们沙枣树煤矿坐南向北，毛乌素地区又缺水，看来没有水命，井下不会透水。"

有人插话说："你这不是废话吗？旱都旱死了，大沙漠里哪来的水？当然井下不会透水了。"

吴尧尧没有理会那人，接着说："可咱们矿建在沙丘上，地势较高，从风，当然风可以来自四面八方，南风、北风、西北风，甚至还有可能是东风。"

有人按捺不住了，就说："问你工资能不能涨，瞎白话什么呢？"

吴尧尧一副胸有成竹的模样说："风的方向这里面有学问。当年诸葛亮借东风火烧连营大败曹操八十万大军，知道为什么？因为东风压邪。还有就是北风正声，南风顺水。现在是夏天，南风正盛，今年从运势上来看是虎行龙运。虎从风龙从水，虎啸山林正是好水顺风之时。方矿长属虎，这不是巧合是真命，属虎的人遇上好水顺风的时节，所以依我看咱们这工资升定了，不但要升而且是大幅上升。"

吴尧尧的话虽然没有多少人相信，但毕竟是吉利话，大家高高兴兴地夸奖了一番吴尧尧，捧得他轻飘飘的如在云里雾里一般。

吴尧尧最近的心气顺了许多，人最怕没有事情做，有了事情做就有了精神支柱。自打失恋后他开始钻研风水学，慢慢地把失恋的痛苦也就淡化了。

人是善于遗忘的高级动物，尤其是有自己事业的男人，更愿意遗忘那些不愉快的往事。在高进才队长和他爱人的介绍和撮合下，吴尧尧和高进才队长爱人的表妹玉珍进入了网恋阶段。他把每天学到的风水知识用到了恋爱中，边学边给玉珍讲风水，给她算命算前程，自得其乐。

十八

　　李成副矿长的爱人刘苹回来上班了。李成遇难后，刘苹大病了一场，在医院躺了一个月，又回家休养了一段时间，感觉精神状态才稍稍恢复了些。前几天方政矿长亲自到家中看望了她，这已是方矿长第三次来慰问她了，头两次都是在医院，这一次方矿长带着矿工会主席和后勤上的张胖娃来，一是慰问，看看家中有什么需要矿上帮助的事情；二是问她能不能回去继续工作。

　　方矿长说："刘部长，你的部长位置一直给你保留着，就等你回去了。"言下之意刘苹自然是明白的，眼下矿上业务繁忙，自己总是待在家里也不是个事情，方矿长希望她回去工作，也许人忙起来悲痛就会减轻一些。

　　对于刘苹来说，一个女人早一天晚一天上班没有什么，可是对于矿上来说，她是财务部部长，掌握着全矿的财政大权；少一个人对于矿上来说无所谓，可少了财务部部长就会影响到全矿的整体工作进展，这一点刘苹当然再明白不过了。方矿长催她回去上班，也是无奈之举。人心都是肉长的，方政很同情她，临走时说："好好休养，你的工资和待遇还和以前一样，什么时候感觉身体复原了再回去上班。"并且再一次强调，她的财务部部长一职会为她保留。

　　早晨八点钟一上班，刘苹就来到方矿长的办公室。看到依然清瘦但精神状态恢复得还不错的刘苹，方矿长亲自给她倒了一杯茶，问了一些家里

的情况，孩子的生活、上学，家中老人的身体状况等，然后，就职工收入和这次请内蒙古的搬家公司来搬家倒面的事情征求她的意见。

刘苹今年三十二岁，在煤矿财务上工作了十年，三年前打沙枣树煤矿建矿起她就和李成来到矿上工作，在矿上也是元老级的人物，对矿上的家底和财务状况了如指掌。对于提高职工收入和请搬家公司来矿上搬家倒面她完全赞同。她说："职工收入偏低在我看来不是钱的问题，这几年矿上的效益不错，可职工收入一般，这当然会影响矿工们的士气。"

刘苹喝了口热茶接着说道："现在正是毛乌素地区煤矿大开发时期，各个矿都缺技术工人和管理干部，我们矿已经有技术工人跑到其他矿上去的先例了，如果矿上不想法子刹住这股调动风，那咱们矿上好的技术人员都会跑光的。"看到方矿长很认真地在听她讲，刘苹的心情稍稍放松了一些，觉得部书记和方矿长在治矿思路上有着很大的不同，他们一个是保守经营型干部，一个是技术开拓型干部。

刘苹是那种绵里藏针的女人。她表面看上去文文弱弱有着南方女子的清秀，可是骨子里却是一个要强的女人，说起话来条理清晰，一看就是那种做事干脆，很有底蕴和内涵的知识女性。

对于请外援来矿上搬家倒面，刘苹也是赞成的。她给方政矿长算了一笔账，她说："如果我们自己搬家倒面的话，因为我们没有专门的井下搬家设备，需要把采煤设备先拆卸下来，然后装车运到下一个工作面，再把它组装起来。这样既耽误了时间，也增加了许多不安全因素，在这一过程中还有很多不确定因素会发生。请专业搬家公司来，井下设备不需要拆卸，他们使用进口的先进运输车可以整体搬迁，这样既节省了时间又保证了安全。当然我也算过这笔账，从时间上对我们来说当然是划算的，从效益上来说提高了产量，这样看来花这笔搬家费用也是划算的。"

方政很高兴，有这样得力的财务部长，他的工作开展起来就会顺手多了。高兴之余，他从桌子上拿起一个橘子亲自给刘苹剥开递到她手中说："你分析得很好，很透彻，奖励你一个橘子。"刘苹腼腆地微笑着接过橘子，脸上泛起一缕红晕，自己的工作和建议得到领导的赏识，她的心情松泛了许多，这些天来她的脸上第一次有了笑意。

此时，陆虔手里拿着销售报表走进了方矿长的办公室。看到两个人在说笑，刘苹的脸上挂着一丝羞赧正从方政手里接过剥开的橘子，他的眼神中有一丝狐疑一闪而过，连忙掩饰道："你们俩说什么呢这样愉快？要不你们先谈我一会儿再过来？"

方政忙说："陆矿，进来进来，我们谈完了。"

陆虔便说："那正好，这是本月的销售报表，上半年的生产情况不容乐观啊！刘姐也在这儿，咱们商量商量吧？"

陆虔一边说着一边用眼睛的余光瞄着刘苹。刘苹中等个头，身材匀称，一张瓜子脸看上去秀秀丽丽，鼻梁上戴一副银边眼镜，在气质上有学者风度；今天她身穿一身黑色职业西服，白衬衣上没有扎领带，前胸丰满，很有一些少妇风韵。

俗话说：要想俏一身孝，要想漂一身皂。这句话正应在了小寡妇刘苹身上。当然陆虔的这些心理活动在他身边的两个人是不会知道的。

方政接过报表签了字，顺手递给刘苹。刘苹说："我看过了。"

这时陆虔的手机响了起来，是调度室打来的，今天的早班是他带班下井，于是他说："我得下井去了，你们接着聊。"

刘苹说："我们谈完了，一起走。"说完两个人和方矿长打了招呼，一先一后走了出去。

方政目送着两人走出他的办公室，见刘苹在门口回身看了他一眼，点了一下头后轻轻拉上了房门。

房间里安静下来，方政打开抽屉摸出一支烟来点上，陷入沉思中。想到宁子宁，他微微摇头，在心里骂了一句：这个犟熊。又想到郜新闻，他的嘴角泛过一丝苦笑，看来得动刀子了。这个硬茬不下是不行了，这牵扯到他刚来矿上威信的树立和全矿干部矿工们对他的第一印象。

是啊，提拔一个干部很容易，皆大欢喜，可要是拿下来一个干部就艰难了，阻力、人情、一个干部的前程等，都会在拿下他的那一刻爆发出来。但要应对这些接踵而来的大大小小的纠缠，没有大将气魄，没有强硬的手腕，是什么事情也做不成的。

看来还得和郜新闻坐下来谈。

方政找了个合适的机会与郜新闻交换了他的人事安排意见。

这天下午，郜新闻要回省城的家中休假。矿上规定每两个月休一次假，假期为八天；平时周六上班不休息，周日休息一天，让大家出去买些日用品，洗洗衣服什么的。

上午，方政来到邰新闻办公室，他先迂回地谈到为了加强和规范沙枣树煤矿的各项考核指标，体现多劳多得、少劳少得的收入分配原则，他打算成立企业管理部的想法。在邰新闻当矿长的三年中，因为基础设施建设的种种原因，使得矿上的考核指标不能很快确定下来，所以邰新闻只是把企业管理部的职责划分给了人力资源部和计划部来承担。随着企业渐渐步入正轨，人员不断增加，看来单独成立企业管理部强化绩效考核是势在必行的事。

邰新闻很爽快地就同意了，他不想在这上面劳神费劲儿，他认为这是矿长该做的事。一朝君子一朝臣，就这一点上来说，邰新闻认为他还是能看得清眼下的现实的，而且他还急着要收拾东西回家呢。

接着方政说："我推荐一个人，我看应该能胜任这项工作。"

邰新闻听方政说到人选问题，立刻警觉起来，在他的大脑里迅速把矿上能够胜任企业管理部部长的人选，包括自己欣赏和不欣赏的人过电影般整个过了一遍。

方政看到邰新闻陷入沉思状态，便不给他过多考虑的时间，说："我在尾子沟煤矿时有个部下很能干，在尾子沟矿上干过劳资科科长，现在在那里是企业管理科科长，我看这人就行。"

"是乔迎春吧？"邰新闻插话。

"原来你认识他呀？"方政惊讶地问。

"当然认识喽，他是你方政矿长的得力干将嘛！"邰新闻愉快地说。

"让他来吧，我没有意见，支持方矿长工作也是我这个书记的职责所在。"邰新闻觉得方政作为矿长调进来一个人是再正常不过的事情，何况此人和他没有矛盾，如果方政提出矿上的现有人选，或许他会参与一下，表达他的意见和建议。看来外来的和尚好念经，不痛不痒又不撞到谁的既得利益，在这一点上邰新闻还是很懂得其中微妙的。

方政接着把话锋一转，谈到宁子宁，他认为宁子宁这个人做事小气，说话喜欢噎人，据了解已在矿上造成很不好的影响，建议给宁子宁换个工作。

邰新闻心中明白，这是要动宁子宁了。大凡在人力资源部做部长的人，即使你八面玲珑，也不会把人都和完，尤其是在更换领导班子的时候，人力资源部部长都会被想当然地划到前任领导的圈子里，成为前任领导施政方针的牺牲品，这也是所有企业的通病，所以有人戏说在企业里最费的是人力资源部部长。

郜新闻这时开了口："宁子宁是我从原单位带过来的。这孩子的身世很可怜，打小父母亲都不在了，可以说是吃百家饭长大的，这当然也养成了他个性上的某些缺陷。"话讲到这里，郜新闻拿出烟来递给方政一支，两个人都点上，郜新闻深吸一口道："我的意见是能不动最好不动，你也知道人力资源部本身就是个得罪人的活计，做人事工作的不可能不得罪人，就单个人来说人是和不完的。工作中的争吵不要计较，我了解，你方矿长也是很大气的领导。"

方政明白这是郜新闻力图保住宁子宁，同时也想保住他自己的面子。在这一点上方政早有准备，他说："宁子宁在矿上一直是人力资源部的副部长，我觉得他为人太杠，不适合做部门的一把手，郜书记一直没有提他做一把手，我想也是出于这方面的考虑吧?"

郜新闻当然知道这其中的缘由，宁子宁一直遵循着他的政策做事情，得罪了部分矿级领导，几次在班子会上提拔宁子宁做正部长时，由于反对意见很是强烈，所以一直都没有通过。

见郜新闻没有任何表示，方政接着说："我考虑让乔迎春过来做企业管理部部长兼人力资源部部长，这样既可以让宁子宁安心工作，也避免把他推到风口浪尖上受煎熬，你看如何?"

看来这倒是个唯一两全的办法，既把方政想做的事情做到了，也把郜新闻的面子给搁住了。

郜新闻看看表已十一点钟了，他要乘下午一点十分的飞机回省城，到机场的路上需要花去一个半小时，时间已经很紧张了，于是便爽快地答应了方政这个两全其美的人事调整方案。

十九

方政矿长带领总工程师潘晓、副矿长陆虔以及矿办公室副主任张胖娃一行人来到矿工公寓。

一进公寓大楼方政的眉头便皱了起来，楼道地板上从水房到外面到处都是污水，他扭过头去对张胖娃说："这种瓷砖地面最怕水，一沾上水人再踩上去马上都是泥印子。没有专门的服务员打扫吗？"

张胖娃回答："有。规定她们一天打扫两次，早上一次，下午下班前一次。"

方政道："太少了，我们矿的建设标准是世界一流的现代化矿井，硬件上去了，软件也得跟上。招来的服务员都经过专业培训没有？"

张胖娃哼哼着说："好像没有，矿上急着用人，招来就上岗了。"

方政没有言语，陆虔插话说："公寓化服务最少要达到四星级标准，这样要求服务人员的素质也是很高的。咱们矿地处偏僻，高素质的服务人员不愿意来，何况给的工资又不高，人员流动性很大，今天来明天走的事情是常有的。"

总工程师潘晓说："我看主要原因还是管理跟不上。"

张胖娃苦笑："提高管理水平需要花钱，后勤上没有那么多钱，我也想招一些素质高的服务员来，一个月只给八百元的工资到哪儿找去呀？"

一行人来到一间宿舍门前，方政敲了一下门，门开了，吴尧尧露出他

85

那乱蓬蓬的头发，一脸迷茫地望着矿领导们。方政认识吴尧尧，便问："吴尧尧，你上几点班？"

吴尧尧像是才灵醒过来似的，说："四点的中班。"

方政看看表，笑着说："我们进去看看，可以吧？"

吴尧尧咧着嘴笑："当然可以，矿领导光临，蓬荜生辉，蓬荜生辉。"

几个人走进标准间设置的宿舍，里面摆放着两张架子床，没有卫生间。屋里凌乱地堆放着洗漱用具、衣服、鞋子，还有方便面、咸菜等。

"你们这房间一共住着几个人？"方政问道。

"三个，有的宿舍住四个。"张胖娃代替吴尧尧回答。

从宿舍出来站在楼道里，方矿长对跟着他的几个人说道："20世纪90年代以后，国家大力发展电力事业，全国到处都在搞电网改造，完成电力行业的升级换代，市电、农电一起上，二十多年来电费价格一调再调，可是发电的主要能源煤炭却一直没有涨价。为了缓解电力发展与经济发展速度的不平衡，国家允许私人开采小煤窑后，使煤炭价格进一步回落，而且电煤价格由国家统一控制，煤矿亏损由国家财政给予补贴，一时间煤炭行业连年亏损，苦了我们煤矿工人。我就经历过半年不发薪、靠老婆当教师那点儿工资养活一家三口的日子。我那时经常在家里自嘲说，在我们家老婆是老大，因为她养活我们一家三口；儿子是老二，因为我们家未来的兴旺发达全靠儿子；我在家里排名第三，因为我在外面光干活不发薪。"

讲到这里方矿长不免有些心酸，他不再回忆过去，接着朗声道："现在我们国家的政策向煤炭行业倾斜，煤炭市场好了，矿工们的日子也比以前好过多了，但这不是我们的终极目标！以往我们的煤矿欠债太多，我们不仅欠井下的安全债，我们更欠矿工们的良心债。你看同是国有能源企业，电力行业、石油行业刚毕业的大学生工作几年，房子有了，车子有了，老婆也有了。可我们煤矿工人呢？工作十年什么也没有的大有人在。如今国家放开了煤炭市场，就是要煤矿完成井下各项设施的更新换代，让矿工们有一个和电力行业、石油行业职工同等的工作环境和消费水准。同志们，看来我们的管理理念存在着问题哩。"

他转过身来对着潘晓和陆虔说："回去我们就后勤保障一事开个专题会议讨论一下。"又对张胖娃说："你们后勤上尽快拿出一个实施方案来，矿工宿舍保证每人一个标准间，要带洗手间，二十四小时供热水。矿工们常

年在干旱的大沙漠里工作，家属来探个亲都没有住的地方怎么行？保证每人一间房，房子不够了找地方再建，让几个大男人常年挤在一间房屋内，没有自己的生活空间，这让他们对矿上能有归属感吗？我们天天都在喊口号建设职工之家，建设职工之家首先就是要让我们的矿工兄弟们对煤矿有一个温暖的归属感。"

吴尧尧和矿工们齐鼓掌，有矿工就在后面喊："好！"

陆虔脸上挂着微笑，心里却在嘀咕：这方政还真会作秀。

他们从矿工宿舍出来。方政对张胖娃说："我们到外面那排小餐厅转转。"

在沙枣树煤矿外面的公路边上，绵延几公里，零零落落地盖起一排排彩钢房，也可以说是生意人自发形成的商业市场。几个人步行过去，沙子在脚下发出咯吱咯吱的声响。彩钢房那边是一间紧挨着一间的餐馆、小商店、理发馆。几个人绕到餐馆后面，看到一堆一堆的生活垃圾随处都是，塑料袋在风中哗哗作响，苍蝇在风中上下飞舞，再走近些就能嗅到一股难闻的刺鼻气味从垃圾堆处散发出来。

方矿长皱着眉头不满地对张胖娃说："你们后勤上不要把两只眼睛只是盯着矿区以内，矿区周边的环境也是要管理的。俗话说，驴粪蛋外面光。这外面就是我们这个现代化大型矿井的形象，不能因为我们矿的存在成为毛乌素沙漠的污染源。后勤上考虑过建一个集中的餐饮区没有？如果把它们规范管理起来，这周边的环境不就卫生多了？"

张胖娃迭声道："是、是、是。"

潘晓说："建一个砖瓦结构的餐饮区，不但可以集中规范管理，卫生条件也会大大改善。再说了，把房子出租出去还可以增加效益哩！"

二十

郜新闻一回到家中，就忙着联系他在省城工作的朋友们以及过去的老同事们一起聚会。

在郜新闻的眼中，一个人行走在社会上，朋友就是你走路的拐杖。年轻的时候可以不用拐杖，那是因为你还年轻，摔倒了还有再爬起来的勇气，所以并不懂得使用拐杖的好处；老了以后就不同了，一不小心摔个跟头，说不准就会把老命要了。人上了年纪拐杖的好处就体现得尤为明显，这人生的拐杖就是朋友。

中午他约了省煤炭局的王处长和他的同事们在王府大酒店吃饭。他得感谢王处长，沙枣树煤矿"三一四"矿难多亏了他和朋友们帮忙，让他郜新闻没有被一撸到底。

午宴安排得很丰盛，主要以粤菜为主，喝的是法国红酒。郜新闻只记得最贵的一道菜叫"一帆风顺"，一个船形盘子里是用半个南瓜雕刻成的帆船，帆船里面全是各种名贵海鲜，仅这一道菜就标价八百八十八元。

在和郜新闻碰过杯后，王处长显得很高兴，乐呵呵地问他："现在和方二杆子搭班子，你们还好相处吧？"

郜新闻知道这王处长和方政是大学同学，只是同级不同班，方政学的是采煤专业，王处长学的是测量专业。于是便回答："这么多年了，你现在见了他还叫他方二杆子？我觉得老方这个人很好相处，说话做事情都是直

来直去的。我现在是党委书记，主要工作是配合矿长搞好思想工作，其他也不多操心。"

王处长笑着说："当书记好，收入一分不少拿，又不承担过多的风险，八贤王的角色，多舒服！"

紧跟着王处长又把话题转到了方政身上："现在叫他方二杆子，在学校那会儿同学们都叫他'方二球'，叫他方二球是有原因的，咱们煤炭行业本身女同志就少，我们矿业大学的女生更是像大熊猫一样宝贝。我们上大学那时候还很封建，男生和女生说上几句话都会脸红，谁要是在大庭广众下和女生说上几句话，很快在全年级都会成为新闻人物。"

王处长和郜新闻碰了一杯酒，两个人喝下去后他又接着说道："那时上矿大的学生大都是从农村来的，家里都穷，一个月的饭票不到月底就吃光喝净了。大家就互相借饭票，都穷呀，借来借去也借不到。还是方政胆子正，跑到女生宿舍去借。女生们其实都很慷慨的，只要你去借就会有人借给你，可是碍于面子谁也不好意思去张那个口。方政不管那一套，月月到了月底就去借，每次还都能借回来，年级里的同学就给他起了这么个绰号，叫方二球。毕业后分到了矿上，他嫌方二球不好听，有损他的光辉形象，就自己给自己把绰号改成了方二杆子。"

郜新闻哈哈笑着说："原来方政还有这么一段光荣历史，你这个他的老同学今天算是把他的底儿给漏了。"

因为下午都要上班，所以吃完中午饭大家就各自散了。

郜新闻没有什么事情又不想回家，孩子们都成了家立了业，除了逢年过节平时都工作忙很少回来，回到家里也是冷冷清清。最近老伴又来了兴致，整天在家里捣鼓工艺沙画，据说是把景泰蓝的原料磨成五颜六色的粉末，做成的民族工艺沙画在国外很畅销。于是老伴就给那家包销产品的公司交了一千二百元的材料押金，在那里学了一个月后就把材料领回家来做起了工艺沙画，每做好一幅画交到公司去，验收合格后由公司付三十到五十元不等的手工费，所以他回到家中老伴也是忙着搞她的"艺术创作"，没有时间搭理他。

郜新闻便一个人溜溜达达来到南城墙根儿。他有个爱好，喜欢听秦腔，每次回来休假都要到这儿来听人唱戏。郜新闻听戏有个特点，高兴了就点一段自己爱听的秦腔戏，坐在那里闭上眼睛摇头晃脑地独自享受，城里人把这叫"搭红"。

这搭红的历史不知是从何时开始的，也不知古时候或者新中国成立前有没有搭红一说，郜新闻并不是很了解这些历史。

因为常来听戏，每次来他都出手阔绰，人家搭红一次五元、十元地把红绸带子挂在戏台子前面的架子上，最多挂上五十元的红绸带就能赢来围观人的鼓掌喝彩。郜新闻一出手最少就是一百，所以摆摊场的老板和那些唱戏的业余角儿都认识他，这也惹得一些风骚女戏子不时往他身边凑，因为搭红是她们的主要谋生手段。

郜新闻来到那家常去的戏台子前，老板娘看到他立马殷勤地跑了过来，拉了一把太师椅请他坐下，给他单独沏了一壶铁观音茶，又和他聊了几句闲言碎语后说："老板，你坐在这儿慢慢欣赏，我去招呼招呼那边。"说完转身便离开了。

这个戏台子郜新闻并不陌生，三年前他常来这儿听戏，现在由于工作关系他调到了毛乌素地区，离省城有一千多公里路程，要两个月才能回来听几天戏，所以现在也就来得少了。

郜新闻坐在那里微闭双目，肉肉的手掌随着抑扬顿挫的秦腔节奏上下起伏，听着一板一眼一字一句从丹田吼出来的秦腔，他的思想慢慢地陶醉在了戏里。一段戏听完就有与他熟识的演员过来和他搭讪，问他："老板，喜欢听哪段折子戏，我给你表演。"

郜新闻总是微微点头又摇摇头，闭上双眼等着听下一段戏，像这种城墙根儿的露天茶社一般没有男人唱戏，就是有男人来唱也不会有人给搭红，所以一水儿都是女人在演唱。那女人们的年龄也是不相同的，从三十岁上下到五十来岁都有。

听了一会儿戏，郜新闻睁开眼睛四处瞅瞅，一眼便看到了嫣红。嫣红是他几年前在这儿听戏时就认识的一个女演员。嫣红曾经对郜新闻说过自己的过去，她的家在距离省城不远的一座小县城里，她原来是那个县秦腔剧团的演员，唱过古装戏《十五贯》《花亭相会》，现代戏《血泪仇》《朝阳沟》，说她唱得最好的折子戏是《三滴血》，还在县里得到过一个什么双馨奖。几年前县里的秦腔剧团经营不下去解散了，有门路的人都分到其他单位去了，像她这样没有门路的只好出来讨个生活。

郜新闻还记得嫣红在和他聊天时告诉过她的属相，掐指算来今年正是

她三十六岁本命年。

邰新闻招手让嫣红到他这边来。嫣红长相倒不是很出众，圆圆的脸盘子，胖嘟嘟的一张娃娃脸，长着一些不很明显的雀斑；留一头披肩长发，身材倒也苗条，从后影看身段微微发胖了些。这唱戏要的就是演员的身段，能走出身段来才是真本事。在"手眼身法步"这点上嫣红是有基本功底的，虽然都是吃这碗饭在这儿谋生的女人们，她和那些野路子的女演员还是有所不同，邰新闻是这样看她的，只不过眼下戏曲界一派落败景象，这是天意不是人力所能为。

嫣红走过来和邰新闻握手，嫣红道："老板你的手好热乎，像刚在火盆里烘烤过一样。"邰新闻看着自己肉肉的大手攥着嫣红冰凉的小手，笑道："大手牵小手，和谐社会嘛。"

嫣红坐下来给他的茶杯中添了些茶水，问："好久没有见到老板了，今天想听哪一段？我给你卖力气唱。"

邰新闻说："那就唱你的拿手戏《三滴血》。"

说着从兜里掏出五百元钱叫老板娘过来，他要搭红。

老板娘手里拿着五百元钱，举过头顶向围观的人群大声说："这位老板为嫣红搭红，人民币五百元。"

人群中开始骚动，有人鼓掌，有人嘴里发出"啧啧"声，嫣红脸蛋红红的，激动和喜悦挂在胖嘟嘟的脸上，走着端端正正的台步，一板一眼地上了戏台。

鼓点敲响，板胡拉了起来，嫣红显着身段唱将起来：

弟弟（呀）窗前把书念，姐姐（呀）（昂）一旁把线穿。母亲机杼声不断，一家辛勤非等闲。姐弟（呀）（啊）二人同做伴，天伦之乐乐无边。可恨娘屋（啊）难久站，出嫁便要离家园。母女姐弟怎分散？想起来教人心不安！……

二十一

　　细碎的雪花从鄂尔多斯大草原纷纷扬扬地向毛乌素地区飘洒而来。

　　今年的第一场雪来得并不猛烈。在以往的年份里，毛乌素沙漠的雪都是"忽如一夜雪花来，千沟万壑换素装"。今年不同，今年的雪是"雪粒遥看近似无"，放眼望去一片白茫茫，让人会有千里冰封、万里雪飘的感觉。低头看盐状的雪粒稀稀拉拉地落下来，调皮地在冰冻的地面上蹦跳几下，很快又被强势的西北风裹挟而去，不见了踪影。

　　一大早，方矿长带着潘晓和刘苹驱车向内蒙古方向进发，他们是到内蒙古的井下搬家公司去考察搬家设备的。购买一套先进的进口搬家设备，对于沙枣树煤矿来说是资源浪费还是提高工效创造更多更好的效益？这是他们三人此行考察的目的。黑色越野车穿过荒凉的毛乌素沙漠，进入同样荒凉的鄂尔多斯大草原。地面的贫瘠成为地下宝藏丰富的标记，这是谁也没有想到的结果，这就是世界八大优质煤田之一的毛乌素大煤田所创造的奇迹。煤是由森林演变而来的。在上亿年前，这里或许是草木茂盛的原始森林，甚至在上千年前，这里或许是"风吹草低见牛羊"的大草原，那么千年来人类又是怎样在这片被沙化了的土地上生活过来的呢？方政坐在车上看着外面时有时无的雪花独自遐想着。

　　坐在副驾驶位置上的刘苹转过身来说："潘工，你整天引经据典地给人讲历史，这毛乌素沙漠和鄂尔多斯草原上的历史你知道吗？"

潘晓看了看方政，看到方政也在注视着他并向他投过来期待的目光，便清了清嗓子说："说来话长，容我慢慢道来。"

　　刘苹说："你就别卖关子了，快讲。"

　　潘晓侧过身子来开始说道："从人类史的角度上讲，毛乌素地区和鄂尔多斯地区是世界人类的大本营。早了说吧，知道蒙古人种吗？亚洲人尤其是中国人大都来自蒙古人种。晚了说，五千年前的黄帝部落就来源于这片广袤的土地，后来黄帝部落沿黄河而下，一直迁徙到现在河北省涿鹿县，并在那里筑土为城——史称黄帝城，定居下来。后来黄帝部落经过阪泉之战降服了炎帝部落，这就是炎黄子孙的由来。司马迁在《史记》上说，炎黄联盟后，又和当时盘踞在长江流域的九黎族蚩尤部落大战于涿鹿之野，蚩尤战败被黄帝擒杀，看来蚩尤是被抓后不愿意投降才被黄帝杀了的。进入奴隶社会以后，这片土地上又有了新的部落：犬戎和鬼方，也就是后来匈奴人的先祖。匈奴是游牧民族，由于他们的存在给中原地区的农耕文明造成了很大的威胁。西周时期，周天子把秦人从山东迁徙到甘肃一带，说是为周天子牧马，真实目的就是抵御匈奴人进入关中。到了西汉时期，汉武帝在这一带与匈奴人经过几次大的战役，使匈奴人分化成南、北匈奴。南匈奴后来内迁被汉族同化，成为现在的毛乌素人的祖先；北匈奴被汉朝大将卫青、霍去病的大汉军团赶过天山山脉一直西去，就是现在的匈牙利人，所以说现在的匈牙利人的祖先就来源于毛乌素和鄂尔多斯地区。三国往后公元四五百年间南北朝时期，匈奴人后代的一脉与大月氏人杂居，形成了一个新的混血民族，叫白匈奴。这个部落后来与鲜卑人的后裔柔然帝国发生战争，战败后越过天山山脉，进入了现在的阿富汗、伊朗境内，建立了富汗尼什国，所以阿富汗人和伊朗人也有着匈奴人，或者说是毛乌素人的血统。同一时期匈奴后裔的另一支在毛乌素地区建立起了中古时期匈奴人的第一个国家——夏国，现在这里的统万城遗址就是当时的都城。到了唐王朝，游牧在青海甘肃一带的匈奴后裔与当地的羌族人杂居，形成了中国历史上的突厥民族，《隋书》中称平凉杂胡。突厥与大唐王朝的战争以突厥失败告终，后来突厥分裂成东、西突厥，东突厥内附，与汉人杂居，他们就是现在毛乌素人的祖先。西突厥越过天山山脉一直往西，进入中亚细亚，后来建立起一个新的国家叫奥斯曼土耳其，就是现在的土耳其国，所以说土耳其人的血管里也流有匈奴人，或者说是毛乌素人的血。另外还有保加利亚、苏丹、印度……"

刘苹插话说："你就编吧，老学究。"

方政和司机在一旁都笑了，潘晓认真地说："这可是我多年来的研究成果呀，你们咋都一笑了之？看来真正的科学还没有深入人心，现在流行的都是伪科学啊！"

三个人在车上说说笑笑很快就到达了目的地。

井下搬家公司属于流动性作业，一年四季基本都在各个矿上工作，所以他们看到的是大楼内空无一人，院子里停放着几辆正在维护的牵引车，潘晓解释这是拉液压支架用的，他们这里所有设备都是井下搬家专用的。

刘苹问："这一台车的价格不会低了吧？看样子都是原装进口的。"

方政笑她："真是搞财务工作的，首先想到的就是人民币。"

潘晓回答："是的，清一色美国原装进口设备。"

刘苹问："那比国产设备能贵多少？"

潘晓回答："要贵一倍多吧，当然它的使用寿命也比国产设备长一倍，比如那台升降车，国产设备的使用寿命是三到四年，进口设备的使用寿命是六到八年。"

方政插话说："目前国际上生产这样设备的厂家多吗？"

潘晓回答："据我了解不是很多，我们国内主要是美国、澳大利亚和德国这三个国家的设备使用得比较多些。"

三个人正说着话，看到搬家公司有人过来了，潘晓介绍说："这是搬家公司的总工程师薛总。"

方政和薛总握手，薛总热情地说："咱们到办公室谈吧，欢迎领导们莅临指导工作。"

看来这个地方是常有上级领导来参观的，薛总已经养成了说口号的习惯。

方政说："我们是来学习的，谈不上指导工作。"

二十二

乔迎春上任后，沙枣树煤矿新的工资套改方案很快出台，一线矿工们的收入比上年翻了一番还多，这让刚来不久的乔迎春部长的威信在矿工中间一下子提高了，也让宁子宁感到了压抑。

作为人力资源部的副部长，他眼下的主要工作就是养老统筹，一直忙忙碌碌的，突然闲下来，没有那么多事情可做了，宁子宁有种无所事事的感觉。俗话说：无事生非。这话一点儿不假，人没有了事情做就要给自己找事情，同时也给别人找事情。闲来无事宁子宁就琢磨起了乔迎春。前两天，在班子会上乔迎春部长拿出来的绩效考核方案被部书记和陆副矿长极力反对而否定了。他想：你说这乔迎春刚来不久，无非是提高了一线矿工的工资，就树立起了自己的威信，近来又在岗位调配、岗位定额上扭起了花花肠子，搞什么定期考试制度、应聘上岗制度，等着瞧吧，好戏还在后头呢！

宁子宁心中明白，这都是得罪人的活计，你让谁上岗让谁下岗，表面上看是凭本事，其实完全不是那么一回事。宁子宁在位时是很清楚这一点的，所以一直没有实行。不是他不想实行，他曾经也权衡过利与弊，认为不能实行，于是他说服了当时的矿长部新闻，依然沿袭定岗定员的传统方式安排人力资源，尽管他也明白这种方式实际上就是大锅饭，大锅饭就大锅饭吧，总比过街老鼠一样被人人喊打强。

外面的雪越下越大，雪花漫天飞舞，落下来覆盖在大地上，把毛乌素沙漠笼罩在一片白色的宁静中。

宁子宁心中明镜似的，他认为这雪花就是大地的温床，这看似平静的温床下面其实孕育着的是矛盾，是即将来临的积雪下面道路的泥泞。他想到给它添把火，让雪尽快融化，让乔迎春在矿工们中间的威信降降温，打击一下他的嚣张气焰。于是，宁子宁来到乔迎春的办公室，他要给他的顶头上司建议一个新的应聘上岗方案，就是让竞聘同一岗位的人员到工作现场挑在岗人员的毛病，然后由竞聘领导小组进行实地考核，如果挑的毛病合理，再进入第二轮进行理论和实际操作竞争。

听了宁子宁的建议，乔迎春觉得好笑，这宁子宁也真能想出来邪招，先让鸡飞再让狗跳，大乱得到大治。这个方案虽说损点儿，也不失是一个高招，谁说宁子宁呆板只知道按部就班，很有创新思想嘛！

想到这里，乔迎春说："我看这个方案不错，等方矿长回来我向他汇报，我个人的看法是你这个方案很好，我同意。"

宁子宁的嘴角流露出不易察觉的微笑来，他很得意，你方政和乔迎春不是喜欢大刀阔斧吗？那我就迎合你们，顺着你们的心意来，当然自己的建议能被采纳他内心也是很高兴的。

第二天上午，宁子宁就把他的考核方案拿来了，乔迎春一看厚厚的几十页，看来宁子宁还是下了功夫的。他翻看了一会儿，觉得这个方案做得很细，应该说宁子宁还是有才华之人，可惜没有用到正向上。

乔迎春说："我昨天晚上和方矿长沟通过了，方矿长表扬了你，说你很敬业。既然这个方案是你做的，你应该最了解它的可行性，方矿长指示让你来实施这个方案，考核小组的组长由方矿长和郜书记担任，副组长由你来担任，负责具体工作。矿上今天早上就发文，咱们雷厉风行，明天就开始实施。"

自己挖的坑却让自己跳了进去，宁子宁张着嘴说不出话来。

看着宁子宁的表情和模样，乔迎春又说："方矿长已经和郜书记沟通过了，郜书记也没有意见，我看这副担子你就挑起来吧。我这就起草文件让办公室下发，你还有别的事情吗？"

说着打开电脑起草起了文件。

宁子宁无言了几秒钟起身道："那你忙，我先出去了。"

望着宁子宁的背影，乔迎春无声地笑了，心里说，给你一个展示才能的机会。

郜新闻打电话把宁子宁叫到了他的办公室。宁子宁一进门，郜新闻劈头就说："一上班方矿长就找我谈了考核的事情，说是你的建议，我又不好不同意。唉！你小子哪根筋又不对了，大脑一天到晚想啥呢？是不是让驴给踢着了？我看你是闲得慌，无事生非。"

宁子宁委屈地皱着眉头："我也没有想到乔迎春这家伙会这么干。"

郜新闻说："不要说他，从你自身找原因，做人做事首先自己要正，要正心。好了，我也不多说什么，既然事情已经走到这一步啦，你就挑着担子向前走吧，不要把事情做得太过分就行了，谁不知道这是个得罪人的活呀！"

宁子宁回到他的办公室坐在椅子上，就有了一种快要崩溃的冷气从丹田一直涌上心头，顶得他有些喘不过气来。他倒是不惧怕由他来实施这个方案，让他气恼的是自以为很聪明的他算计过来算计过去还是栽到了乔迎春的手里，这是他最不能忍受的事情。通过这件事也许郜书记，不，也许所有的人都会认为他宁子宁是个大笨蛋，是个愚蠢得不能再愚蠢的人了。

他起身来到窗前，看着外面纷纷扬扬的雪花铺满大地，到处都是白孝衣，孝天孝地的白孝衣 他想哭哭不出声，想笑笑不出来，就这样久久地站立在窗前，一直到吃中午饭的铃声响起。

就在同一时间，方矿长也是站在他办公室宽大明亮的落地窗前，看着矿部大门前不远处正在修建的餐饮城挖下去的地基，那是一个占地五千平方米上下三层的餐饮小区，由于时间上的耽误，餐饮楼的基础还没有来得及做。望着积雪铺满了那个大坑，他感叹道：建矿都四年了，矿区周边的环境还是乌烟瘴气，这就是世界一流现代化大型矿井的建设速度？

想到这里他轻轻地摇了摇头，还是潘晓说的有道理，自五四运动以来，中华民族打起"民主与科学'的旗帜有近一百年的历史了，然而对于科学的概念在大多数中国人的潜意识中并没有真正具象化，人们的意识形态里对它的诠释与对它的本质的理解大相径庭，从更多意义上来说，我们还仅仅是一个人文大国，要成为科学大国还有一段很长的路要走……

二十三

果然不出所料，宁子宁的竞聘上岗方案一执行，矿上就炸开了锅，那些个好的、轻松的、工资高的岗位来报名的人满为患，差的、劳累繁重的、工资又上不去的岗位无人问津，这让宁子宁"大乱得到大治"的管理理念一下子就走进了死胡同。

第一个站出来表达不满情绪的人是掘进队队长高进才。竞聘上岗搞得矿工们人心惶惶，哪里有心思安心工作，这叫改革吗？简直就是胡整，而且还胡整得劲大。他找到总工程师潘晓，把桌子拍得山响，说："干不成了，这活也咥不下去了，谁他娘能干让他干好了，我操他个娘。"

潘晓稳稳地坐在那里听他骂娘，等他骂完了，递给他一杯温开水，高进才咕咚咕咚一口气喝了下去。

潘晓问："骂完了？骂过瘾了？"

高进才说："过瘾。"

也不知道他是说水喝得过瘾还是骂娘骂得过瘾。潘晓示意他坐在对面，又递给他一支烟让他点上，这才慢条斯理地说："知道1954年的'百花齐放'吧？"

高进才撇着毛乌素方言说："害不下（不懂得）你那些政治术语。"

潘晓并不介意，他喝了一口水，仿佛高进才并不存在似的慢悠悠地接着自己刚才的话说："我给你说，'百花齐放'就是一场运动，是一场让下

面人跳出来的运动。因为只有这样才能看清楚下面的人是怎么回事，这就像老师站在讲台上讲课一样，下面学生的小动作只有老师看得是一清二楚。"

高进才依然气哼哼地说："看清楚了又能咋样？"

潘晓说："有些事情不在上头的政策制定得对错，主要是看政策出台后执行政策的人。诸葛孔明七擒孟获，花那么大的人力物力图了什么？"

高进才不再言语，他好像听进去了潘晓老学究似的分析。潘晓接着刚才的话头道："图的就是降服这个人。自古以来出的乱子都是来自内部，内部不协调就会出乱子，所以说打乱原有的秩序建立起一个新秩序才是改革的关键。"

高进才似乎明白了一点儿，但还是感觉潘晓说话云山雾罩的。他不耐烦地站起身来，说："我不懂你那些曲里拐弯的政治，我只知道把煤挖出来超额完成任务，煤挖得越多越好，这样我就有高工资挣，把你那些个理论说给自己听去吧。"说完转身摔门走了出去。

看着高进才气鼓鼓地出了门，潘晓依然不紧不慢地端起杯子喝着他的茶，他在等待，他在观望。他觉得这会儿宁子宁肯定正坐在火炉子上被大家伙儿的唾沫星子淹着，是该乔迎春部长出手的时候了。收拾起宁子宁惹下的乱摊子，乔迎春部长的绩效考核方案，就会很顺利地得到大家伙儿的认可。

晚上，矿上召开紧急班子扩大会议，所有的中层和各区队的正副队长都来了。

会上，方矿长又一次发了火。他首先把乔迎春训了个狗血喷头，乔部长低着头一声不吭，宁子宁在那里却如坐针毡。方政矿长骂的是乔迎春部长，可是在座的心里都明白方政是在指桑骂槐。这不但否决了他宁子宁的竞聘上岗方案，而且还堵住了以郜新闻为首的对乔迎春提出的绩效考核方案持反对意见的一帮人的嘴，一举两得呀！郜新闻和陆虔心里都明白，他们原本否决乔迎春提出的绩效考核方案的目的，是怕他们的亲信会被拿下工作岗位，而被方政和潘晓赏识的人取而代之，可是让宁子宁这么一折腾，他们就无话可说了，看来倒霉的只能是宁子宁了。

新一轮的较量再一次让宁子宁心灰意冷，自从方政当了矿长，尤其是乔迎春调来当了部长以后，他是处处受人节制，可他咽不下这口气更不服气。这不服气又让他在人家屋檐下处处受挫，原因就是人家手里有权。权是什么？权就是"能说了算的玩意儿"。胳膊永远是拧不过大腿的，这是一条百试百灵的真理，就像现在，乔迎春的大腿没有咋样，自己的胳膊却折了。

然而对于乔迎春部长来说，他提出的绩效考核方案虽然在矿领导班子会上通过了，但执行起来也并非一帆风顺。

首先是机关各部门考核。定岗定员以后，每一个岗位只有一个三岗指标，其余的都是二岗或者一岗。这样一来、原来干不干都一样、干多干少都一样，一岗多人待遇一样的局面一下子有了改观。处在三岗位置上的人越干越有劲儿，二岗或者一岗的人就有了意见，收入的减少是他们有意见的主要原因。

人力资源部门规定每半年进行一次考核，也就是说谁都有晋级三岗的可能。人浮于事是由于过去进人时太注重关系而忽视工作量造成的。

其次是企业管理部门的考核。对每个月的工作都按规定目标进行了量化考核，比如出勤率、业务完成质量等，把原来吃大锅饭跟着大家混事的人卡住了。

机关有意见还在其次，一线的井下矿工也有不满意的。企管部门盯得紧，从班组成本到个人技能实行量化管理后，一岗一能拿一份工资，一岗多能拿增效工资。

考核细化后，在井下的工作面上再也看不到吊儿郎当天天混的人了。

一个政策的出台常常是几家欢喜几家忧。

到了月末，企业管理部门进行考核，乔迎春带着企业管理部的人下到井下。他们看到井下的大巷、小巷、联络巷，甚至是犄角旮旯的安全和卫生都包到了班组，井下比以前亮堂多了也干净多了。乔迎春走在前面用矿灯照着每一处，井下各条巷道的亮化工程都做得很到位，有的班组还在墙面上挂起了安全宣传标语反光牌，他却认为这样做有点儿太过了。

快到工作面了，采煤机隆隆的响声和皮带转动的声音压得人喘不过气来，乔迎春站在那里看手下人拉尺子量进度，刚抬起头来看顶部的锚杆打进去的质量，突然一块黑煤块飞了过来，正好打在他的肩膀上。他的第一反应是塌方。顾不上肩膀的疼痛，他大喊一声："都快离开这儿！"其他人还没反应过来出了什么事情，看到乔部长一边打着手势，一边向后面冲去，

便撂下工具跟着一窝蜂地飞跑起来……跑出去有二三十米后，乔迎春感觉不像是发生了塌方，于是回头看，只见空荡荡的巷道里除了风机和不远处采煤机的轰鸣声外，再没有其他反应。

乔迎春长舒了一口气，后面跟着他的人也回头看着巷道，乔迎春这才感觉到自己的右肩头隐隐地作痛。他用左手揉了揉右肩膀，看看没有什么大碍，又和部下返回了刚才站立的地方。那里干净潮湿的硬化地面上一块半尺见方的煤块已经裂开　看来是刚才砸到乔迎春的肩头，又落在地上摔裂的。

乔迎春环视周围，发现在几米开外有一个联络巷，这才意识到刚才是有人从那里砸了他的黑砖，于是他走了过去。联络巷是井下用来连通主运输巷道和辅助运输巷道的一条横向巷道，乔迎春用矿灯向里面照了照，什么也没有，于是他转身对部下说："大家继续工作。"

矿企业管理部部长兼人力资源部部长乔迎春在井下挨"黑砖"的事情很快传遍了全矿，有人叹息、有人气愤，也有人暗自高兴。

方矿长得知此事后把乔迎春叫到了他的办公室，让乔迎春坐下来，给他倒了一杯茶水，说："这是好茶，你品品。"

乔迎春用嘴吹开白色浮茶沫子呷了一口，顿时一缕馨香沁入心脾，果然是好茶。他点点头问道："方矿长把我叫来不是为了让我品尝你的好茶吧？"

方矿长看他并不在意挨了一"黑砖"的事情，想来这一砖并没有那么严重，也就和他开起了玩笑："我看是你小子命大，多亏是一块黑煤，要是顶部一大片黑煤块子下来，我还得下去从煤堆中把你刨出来。我已经让矿上的保安和高进才队长进行调查，把那个家伙抓住开除算了。"

乔迎春说："方矿，我看没有必要搞得草木皆兵，以前在老矿区进行考核，那些个工人不满意了就和我面对面干起来了，在这儿他还只是扔黑砖，这说明还没有人敢明着和我干，这说明什么？"讲到这里，乔迎春又喝了一口香气袭人的茶水。方政望着他心里想，这小子还挺大度。乔迎春咽下茶水接着说道："这说明在沙枣树煤矿还是正气压倒了歪风邪气，还没有谁敢跳出来和咱们对着干嘛。"

方政为他的这番话鼓了掌，看来小小的"黑砖事件"并没有影响到乔迎春的情绪。

郜新闻这时推门走进来，看到乔迎春，他问："乔部长没有什么大碍吧？"

乔迎春说："没什么。"

郜新闻关切地又问："没有去医院看看？"

方政插话说："这小子皮实着呢，不是煤块咬了他一口，是他把煤块咬了一口。"

三个人都笑了。

笑过后郜新闻才说："出了这种事情很令人气愤，看来我们矿工的素质确实有待提高，我要亲自抓这件事情，已经安排高进才去调查了，一定要把那个家伙找出来，开除他。"

掘进队队长高进才把发生"黑砖事件"那天在这个工作面上当班的矿工名单罗列在一起，仅在工作面上的就有十一人，加上机运人员和其他辅助人员，一共近三十人，很难从中找出蛛丝马迹来。看来他想到的排查法不顶用，那就用线索法，看看谁最有嫌疑。

几天过去了，一个有用的线索也没有挖掘出来，于是高进才想到了吴尧尧，想让吴尧尧给算上一卦。他是抱着开玩笑的想法打算调侃一下吴尧尧的，谁知吴尧尧一听让他办案查找凶手，脑袋瓜摇得像拨浪鼓一样，说："这种事要折阳寿的，不要说我算不来是谁干的，就是能算出来我也不会说的。"

然后吴尧尧嬉皮笑脸地从兜里掏出一张假条来，说："高队长，我该休假了，快三个月没有回去了。"

高进才皱起眉头，故作生气地说："不是才回去过吗？有三个月了吗？让我回去翻翻我的笔记本儿，看看你上次回去的时间。"

吴尧尧说："没有三个月也有两个月了。高队长，我回去相亲去，我还没有和你那个小表妹见过面呢！"

"你们不是天天都在网上见面吗？"高进才装出一脸不高兴的模样。

"网上那是假的，我得见见真人吧！网络那玩意儿都是虚幻的东西，要眼见为实。"吴尧尧依旧笑盈盈地讨好说。

"那好吧，给你一周假让你回去见我表妹，你小子不会是想着实施那个'撂倒'计划吧？"高进才眼珠子瞪着他问道。

吴尧尧只是嘿嘿地傻笑。

前几天高进才的媳妇来矿上探亲，他听媳妇说，她表妹玉珍不想和吴尧尧谈了，还说她表妹觉得吴尧尧一天神神道道的，老是给她算命，一天一个说法，认为嫁给吴尧尧没有安全感。

高进才知道吴尧尧原来并不这样，他曾是一个上进的年轻人，自从去年失恋后就变成这样子了。

他想开导开导这小子，于是一天晚上他把吴尧尧叫到他的宿舍里，叫媳妇去餐厅买了几样凉拌菜，又整来一瓶六十五度的红星二锅头，两个人就你一杯我一杯地喝了起来。

这酒喝多了话也就跟着多起来，高进才一边与吴尧尧喝着酒一边开导他说："尧尧啊，你不能总是把自己封闭在过去的回忆中。你搞风水学我没有意见，可那只能是业余爱好，你得把心思用到正向上。现在的女孩子都很开放，想法也很实际，你得变着法子让她高兴才对。知道女人咋样才能死心塌地地跟你好吗？"

吴尧尧一脸茫然地看着高进才队长，举起杯子和他碰了一下，一饮而尽，说："高队长给兄弟指点指点迷津。"

高进才夹起一筷子长豆芽塞进嘴里说："要对女人殷勤，殷勤到让她在云里雾里一般，然后在把她哄得晕头转向的时候，找准时机把她撂倒，她就会一辈子跟你好了。女人只要有了第一次，不怕她没有第二次。"

高进才的媳妇在一边坐着看电视，听到高进才的话就转过脸来不满地说："也不给尧尧教点儿好的，你看你还像不像个当队长的样子？"

高进才又喝下去一杯白酒，他的舌头有些发硬，说道："当年有好几个男孩子都在追你嫂子，你嫂子年轻时在我们年级也算是个数得上的美人。"

媳妇说："什么叫也算是，本来就是。真是的，也不知道我那时咋就看上了个你，稀里糊涂上了你的贼船。"

高进才对吴尧尧说："你知道她后来为啥非得嫁给我吗？就是让我把她撂倒后没得选择了。"

媳妇骂他道："你个二杆子货，哪见过你这样教唆人欺负自己的表妹的。"

高进才舌头硬硬地说道："尧尧都快和咱们是一家人了，怕什么呀！"

"见过说话不靠谱的，还没有见过像你这么说话不靠谱的人。"媳妇脸上映起一片绯红，说完这句话就不再理会他们，转过身继续看她的电视去了。

二十四

　　吴尧尧坐了九个小时的长途汽车，于当天下午四点钟来到了玉珍所在的那座城市。

　　在宾馆登记住下后，吴尧尧拨通了玉珍的电话。知道吴尧尧来了，玉珍很高兴，不管怎么说两个多月的网恋，让她对吴尧尧多少有了些了解，一会儿就要见到真人了，心里不免就有些打鼓。她不知道见了面后第一句话应该咋说，或者说吴尧尧会问她什么样的问题。

　　玉珍外表文静，是一个爱幻想而且性格内向的女孩子。别看她在网上和吴尧尧海阔天空地瞎聊，真要是见了面还不知道她会害羞成啥样呢。

　　电话里玉珍的声音有些发颤，吴尧尧当然是听出来了，他却不能理解她此时的心情，以为她是听到他来了想到马上就要见面激动得嗓音发颤，于是就主动说道："我在天成大酒店五一八房间住，你下了班就过来吧，咱们在这儿一起吃饭。"天成大酒店是吴尧尧特意挑选的，天成——很吉祥的名字，他觉得这预示着两个人的爱情是上天促成的。

　　放下电话，吴尧尧看看表，离玉珍下班时间还有一个半小时，便冲了个澡，洗去一天的尘土和疲惫，静静地坐在那里看起了电视。

　　玉珍在一家公司做文秘工作，平时也没有多少事情做。她挂了电话后就去请了假，到发廊拾掇了一下发型，本来还打算到美容院做个美容，看看时间来不及了，正站在美容院门前犹豫呢，看到美容院老板娘在屋子里

隔着玻璃橱窗向她招手，便走了进去。

老板娘问："玉珍，给你做个保养吧？"

玉珍道："我六点钟还有事情，怕时间来不及。"

老板娘望了望挂在墙上的石英钟说："要不给你简单做一下，既然有事情那更应该打扮打扮了。"

于是，就让玉珍坐到了美容椅上，给她敷起了面膜。

时间一分一秒地过去了，吴尧尧的心也在一下紧似一下地跳动着。他曾经设想过两个人见面的各种场景，比如握手，然后开几句玩笑让见面的气氛轻松下来；再比如像西方人那样见了面先拥抱一下，或者是他很绅士地吻一下她伸出来的右手，说两句祝福的话语，说上些你比照片上漂亮多了的恭维话；等等。

天渐渐暗了下来。从窗台向街道上看去，路灯一下子就被点亮了，照着行人匆匆忙忙的身影；路边电子屏幕上的广告牌亮了起来，一行行字迹跑马灯似的反复回放着，没有人会注意到那上面到底写了些什么，而此时的吴尧尧却很认真地看着它们，他每看一个字就是度过了一秒钟的时间。

玉珍做完美容，抬头看看挂钟：六点二十分。从美容院走到天成大酒店需要二十分钟时间，玉珍想初次见面别让人家等的时间太长，不管咋说这也算是一次相亲。当"相亲"一词突然跃进了玉珍的脑海时，玉珍想这是个多么古老的词儿呀，自己竟然能想得到！

于是，一个人便兀自站在那儿笑起来。

美容店老板娘看到玉珍一个人站在那里傻笑，就逗她说："玉珍你肯定是约了情人，是哪一个帅哥把我们玉珍给勾引跑了？"

玉珍的脸颊绯红，她羞嗔地看了一眼老板娘，奇怪地问道："你咋知道？"

老板娘睁着圆鼓鼓的眼睛，斜着眼看着她，笑着说："我是过来人了，你那点儿小心思我也经历过。"

然后又故作神秘地问她："你们都进行到哪一步了？"

玉珍懵懂道："什么哪一步？"

老板娘说："就是——比如拉手手亲嘴嘴，还有……"

不等老板娘再往下说，玉珍的脸早已红到了耳朵根儿，说："不和你咧咧了，人家脖子都红了。"

　　说完拎起小皮包逃也似的小跑着出了美容院的门，身后传来老板娘"咯咯"的笑声。

　　走在去天成大酒店的街道上，冬季寒冷的风吹进玉珍的脖子里，让她刚才绯红的脸蛋白净了许多。她系好穿在身上的那件粉色暗花毛呢上衣的最后一颗纽扣，就又想到了一个在她看来很古老的词儿：风纪扣。心说自己今天是怎么了，这些个陈年老词儿都从脑海里跃跃欲试地蹦了出来。想到这儿玉珍又一次偷偷地傻笑起来，大街上依然是行色匆匆的人流，没有人会注意到她这个娇弱的小女子。

　　"叮咚，叮咚！"门铃终于响了起来，坐在沙发上看电视的吴尧尧一跃而起，快步走到门前。他想象着在门打开的一瞬间，会发生什么呢？隔着一道门对面就是玉珍，每天在网上相恋的玉珍啊！他站在门里平了平心情，然后拉开了那扇暗红色的油漆门，看到玉珍站在门口，比在网上见到的她更娇艳些，竟忘了打招呼。还是玉珍先开了口："你好！"

　　玉珍感觉吴尧尧比她想象的个子还要高些，自己能比他低半个头。

　　吴尧尧在慌乱中揉搓着双手。

　　"咋了，也不请我进去，就在这儿傻站着呀？"玉珍娇嗔道。

　　"请进，快请进。"他想到的所有见面的场景一个也没有发生，后来两个人说起这次见面，玉珍还取笑他说："你站在门里面像高晓声小说中进了城的陈焕生。"

　　吴尧尧就不好意思地回敬她："被你的妖气折服了。"

　　两个人之间的第一次"相亲"什么也没有发生，就像两个经常碰面的老朋友凑在一起，只说了几句轻松的话语。

　　吴尧尧说："还没有吃饭吧？外面冷不出去了，咱们就在酒店餐厅吃上一些吧？"

　　玉珍点头。

　　两个人坐在酒店温馨的餐桌前，借着柔和的灯光，吴尧尧这才仔细地打量了一番玉珍。她面庞清瘦，瓜子脸，耳朵上挂着一对金耳环，脸颊红润，光鲜的皮肤映在灯光下反射出一片光亮，额头鼓鼓或者叫天庭饱满，看上去很聪慧的样子……

　　看得玉珍不好意思了，红着脸说："研究古董呢？"

　　吴尧尧笑道："不是老古董，是最新出土的青花瓷。"

玉珍佯装嗔怒道："不正经。"

吴尧尧便在对面"嘿嘿"傻笑。

他们坐在那里一边吃饭一边聊，当然是吴尧尧说得多，玉珍基本上是一个耐心的听众。

吴尧尧说："你喝红酒不？"

玉珍摇头，小声说："我听说毛乌素人都爱喝酒，前天电视新闻里主持人还说，什么时候毛乌素地区要是没有喝酒的新闻了，那就真成新闻了。"

吴尧尧嘿嘿地笑道："那是主持人调侃毛乌素人呢。"

于是，吴尧尧打开了话匣子，给玉珍讲起了他在毛乌素的故事，这次见面他听了高进才队长的告诫，没有再给玉珍提到他的风水学理论。

在玉珍看来，毛乌素沙漠是神秘而荒芜的大地，鄂尔多斯大草原则是神奇而令她向往的地方。听吴尧尧讲那里湛蓝的天空，讲那里黄沙红柳绿野缤纷的色彩，讲那里的人那里的事，她的眼前便有了风吹草低见牛羊、北国风光、千里冰封、万里雪飘的景色。

不知不觉中，看到酒店的服务员已经开始打扫卫生了，她这才想起看表，十一点钟了。

看着还在滔滔不绝讲着的吴尧尧，发觉这个人还是很可爱的，不像自己以前感觉的那样古怪。她指了指腕上的手表，吴尧尧打住了话头。玉珍说："该走了，看人家都打烊了。"

把玉珍送到她家楼底下再返回宾馆时，已经十二点多了，吴尧尧很兴奋，早忘记了乘坐一天长途汽车的疲劳。他拿起电话拨了高进才队长的手机，手机响着没有人接，这才想起高队长今天上的是后半夜班，现在大概已经到井下工作面了。

第二天中午，一起吃罢午饭，玉珍送吴尧尧到车站，两个人说好了，等玉珍休假就去毛乌素看他，同时去感受大沙漠和大草原雄壮苍凉的风光。

冬意暖暖，吴尧尧乘坐的大巴车向省城驶去。

一个多小时后，吴尧尧来到了他当年上学的省城以及后来又成为"城漂一族"住的城中村，旧貌依然，模样依旧，然而他的心境却已是不同。

这里有他当年的拼搏奋斗和情感的寄托，也有他如今看来是伤感和内疚的往事。他抬头望天，白云朵朵，还是那片蓝天；低头看地，还是那片大地，当年走过无数次的水泥路面，沉默又陌生地面对着他。内心斗争了一会儿，他还是拨通了李雯的手机。居然通了，她并没有换手机号码，是在等他吗？是为他保留着这个号码吗？

李雯很快接了电话，沉默，两个人都沉默着。

吴尧尧先说了话："你还好吗？"

他感觉到自己问了一句废话，半年多时间，不算长也不能算短，第一声问候竟然是一句这么生硬而陌路的话语。

李雯问："你在哪里？"

声音听上去很低沉，不像以前快人快语口齿伶俐的她。

"我在城中村。"吴尧尧回答道。他知道在她面前没有必要把地址说得那么详细，她是能够反应上来他所在的位置的。

"那你在那家咖啡厅等我，我这就过去。"她也没有必要告诉他准确的地址，因为他知道她说的是哪一家咖啡厅。

挂断电话，吴尧尧信步走进咖啡厅。这是当年他们无数次驻足流连过的地方，他们是该给这段八年的感情画上一个句号了。尽管这段感情对于他们两个人来说，都是一道深深的伤口，那是谁也不愿意再去触碰的伤痛。然而抚平这伤痛的办法，也只有让两个人都静下心来，坐在一起去共同忘记。

爱与恨是一对孪生兄妹，有过爱的人就会有恨，所以吴尧尧是想通过这种方式，把两个人多年来的爱与恨消解掉，为这段爱恨画上一个圆圆的句号。

半个小时后，李雯进来了，就坐在他的对面。四目相望，眼神里有情有怨，有爱有恨，有惋惜也有感伤。

她流泪了，他递过去一张纸巾。

李雯伤感道："你是个狠心的人。半年前你关了手机，没有了一点儿音信，我是打算去毛乌素市找你的，可是家里人把我锁起来，我哪儿也去不了。"

说到这里她哽咽着再不能说话，吴尧尧给她递过去一杯咖啡，说："不加糖的，我知道你喜欢喝苦咖啡。"

喝下去一小口苦咖啡后，李雯缓了缓接着说："没有你的音信，当时我是连死的心都有，甚至想杀了你和你一起离开这个世界。我爸妈白天黑夜

地和我谈话，逼着我嫁人。听不到你的声音，我想你肯定是不要我了，一个多月的煎熬对我来说简直是度日如年！后来想人生就是这么回事了，结婚也不过是搭伴过日子，把自己嫁出去算了，我一个人伤心总比全家人陪着我伤心强。吴尧尧我好恨你！"

吴尧尧无言以对，沉默了一会儿，才张口说："我穷啊，我是真的娶不起你，我没有能力啊！"他点着一支烟猛抽了几大口，让心情平静了一些，说："半年前我一个月开三千来块钱，想都不敢想能买房呀！现在好了，我们矿来了个新矿长，把我们的工资提高了，我现在一个月连奖金下来能开近两万元，可是为时已晚无力挽回了，雯雯，真的对不住你！"

望着内疚的吴尧尧，李雯不再埋怨他，说道："你现在有女朋友了吗？"

吴尧尧老实地说："经人介绍才谈了一个，认识两个多月。"

两个人便不再说话，各自喝着各自的苦咖啡。

过了一会儿，吴尧尧打破了沉默说："雯雯，你结婚我也没有送你什么礼物。"说着从兜里拿出一个红色的盒子递给了李雯。李雯推托说："我不要。"

吴尧尧执意递在了她的手上，说："一个玉佛小挂件，俗话说男戴观音女戴佛。"

李雯打开盒子，是一尊晶莹剔透的如来佛雕像，玉质很好，是羊脂玉，温润柔滑，再看盒子上的标签价码：一万八千元人民币。她就说："这么贵重的礼物我不能要。"

吴尧尧急了，说："难道我不应该送你这么贵重的礼物吗？我还想……"他原本想说，我还想送你一套房子呢，可是话到嘴边又收了回去，他不愿意让她再勾起那段不愉快的往事，便改口道："我送你玉佛是给你送上我的祝愿，让玉佛保佑你一生平安幸福。这个祝愿你是一定要收下的。"

李雯不再推辞，把玉佛装入盒子收了起来。

看到李雯收下了玉佛，吴尧尧的情绪比刚才好了许多，说："我们下午一起吃饭吧？"

李雯道："不用了，我下了班得回家给他做饭。"她又接着问："你下午还有其他事情吗？"

吴尧尧说："我回家看父母去。"

李雯看看腕上的小坤表说："你要是回家，时候就不早了，从城里到郊县路上还得一小时四十分钟，城里堵车不好走，你现在走回去天也完全黑了，晚上不安全，你还是早点儿走吧。"

结了账两个人一前一后向门外走去，在门口没人处，走在前面的李雯突然转过身来，伸出双臂拥抱了吴尧尧。她的脸颊贴在他的胸前，能听到他鼓点一般的心跳声。

这深情的也许是最后一次的拥抱，为他们两个人八年的爱情画上了一个圆圆的句号。

让时间慢慢去抚平两个年轻人受伤的心灵吧！

二十五

新年即将来临，街道上已经有了节日的气氛，商家都在别出心裁地打出各种各样的优惠活动，从七折到一折优惠的打折广告，贴满了大街小巷门面超市。走在毛乌素市的街道上，人们看到的是现代文明与传统文化交替繁荣的场景：海尔、海信、创维等牌子的各种电器，保罗、皮尔卡丹、李宁等时髦的现代服饰，肯德基、麦当劳、德克士等洋食品，均挤在敞亮的街道两边；春联、门神，枣糕、糜子黄酒则布满小巷。

每逢年前这个时候，正是顾小菊最忙活的日子，除了准备过节需要的年货，更要忙不迭地应接"那个谁"的亲信和下属们走马灯似的拜访。至于从大年初一到正月十五前这段时间走动的人们，除了亲戚以外，也都是礼节性来拜访陆光明的僚属们。

传统节日里的官文化现在早已演变成了垂帘听政的后宫文化，用一句时下流行的说法叫"官太太现象"，而顾小菊正是中国成千上万官太太文化乐此不疲的忠实追随者。

一大早张胖娃气喘吁吁地扛着一只宰好的山羊敲开了她家的门，顾小菊看到大冬天的张胖娃额头上沁出的汗珠，赶忙拿过纸巾让他擦。

张胖娃说："婶子你不用忙活，楼下面包车上还有一些年货，我这就下去拎上来。"

顾小菊假装不高兴的样子说道："看你这孩子，家旦甚都有，拿那么多

111

的东西来吃不下的。"

张胖娃憨憨地笑着答非所问地道："不碍事的。"

说完便乘电梯下楼去了。

顾小菊回到屋里走进厨房打开大冰柜，里面已堆得满满的。

她轻轻地叹了口气，以前用冰箱的时候，一过年总觉得里面的东西塞得实实的，几年前她想还是买个大一些的冰柜吧，可是你看，这么大的冰柜也还是塞得满满当当。毛乌素人真是从前穷惯了，现在光景好过了，唯一的享受就是吃。这吃对于老辈毛乌素人来说是要追求一辈子的事情，你看现在这么轻松就达到了，也许是幸福来敲门的时间过于快了，让毛乌素人有些措手不及，所以还是大鱼大肉地过年，不像发达地区的人们那样过年讲究的是到酒店包席，为的是"吃得精细，吃得上档次，吃得环保"。

张胖娃又上来了，手里拎着大包小袋。他把东西放到桌上，一包一包地指给顾小菊说："这一个小塑料袋里是羊肚子，那一个稍大些的塑料包里是羊头肉，都是剥好洗干净了的，做的时候化开用清水冲一下就可以了。陆总喜欢吃羊头肉，我多准备了些，都是从内蒙古那边搞来的。现在流行吃绿色食品，这内蒙古的羊肉据说全都喝的是矿泉水，吃的是中草药，绝对绿色环保。"

一席话把顾小菊逗乐了，说："现在的人真是会想法子吃。"

张胖娃又指着一个白色的塑料包说："这里面是内蒙古的牦牛肉，卤好了的。那家卤肉店生意真是红火，昨天要不是提前找熟人打了招呼，今天过去人家都卖完了。"

顾小菊听着嘴里便"啧啧"着说："咱这地方的人就知道吃，什么好吃就吃什么，也不怕都吃成你这样子。"

说完她侧目看着腆着将军肚的张胖娃，被自己刚才说的话给逗乐了。

张胖娃不好意思地抬起他的左手搔着肉肉的后脑勺，憨憨地也随着她笑。

刚把张胖娃送走，顾小菊正在收拾着东西，门铃又响了，看来又有人来了。

顾小菊打开门，是本家的一个出了五服的侄子，家里人都叫他黑娃子，要说也算不上过于亲近的亲戚。这黑娃子长年在外包工，主要是土木建筑工程。顾小菊把黑娃子让进家里来，心说今天是咋着了，一大早来了两个

人都是"娃"，刚走了个张胖娃，跟着就来了个黑娃子。

她转身去给黑娃子倒水，黑娃子赶忙说："大姨你不用忙，我说两句话就走。"

顾小菊说："看你说的，来了还不喝口水，乡里乡亲的，何况我们还沾亲带故呢！"

黑娃子赶紧说："就是的，论亲近我爸爸还管您叫堂姐呢！"

顾小菊看把话扯远了，怕家长里短地拉起来没个完，就岔开了话题说："家里面年货都准备好了吧？"

黑娃子回答："没甚准备的，都是便宜的，这还要感谢大姨你呀。去年那个工程基本上做完了，今年打了春就收尾啦！"

说着从兜里拿出三张购物卡来，放到沙发前的茶几上道："大过年的来给大姨拜个早年，我知道年事里家里来人多，就不凑那个红火了。"

顾小菊低头看，三张购物卡每张上面都用铅笔写着三万元，加起来就是九万元。

她虎起脸来说："黑娃子你这是做甚？这要是让你大姨夫知道了，看不把你撵出去！"

黑娃子道："大姨，这算个甚，咱们是亲戚呢又不是外人，自己家里人有甚不可以的？没有大姨夫和你在这儿捅着，我哪里能挣下钱？感谢感谢你们也是必须的。今年我弟弟那个矿要建餐饮城，基建活还得你说话我才能揽下来，咱们都是一家人我就不说两家话了……"

送走了黑娃子，顾小菊就想到了沙枣树矿那个土建工程，以前是郜新闻当矿长，她一个电话就可以搞定的。可现在是那个叫方政的当矿长，她和方政只是见过几回面不是很熟识，这种事情在哪里也都是一把手说了算。现在官场上流行这么一句顺口溜：一把手说一不二，二把手说二不一，三把手说三道四。这方政现在是沙枣树煤矿的一把手，郜新闻成了二把手，虔虔只是三把手，也就是说这件事情只有找到方政才能办。让家里的那个谁去给方政说是行不通的，前年为黑娃子工程的事顾小菊找了郜新闻，是郜新闻给办的，后来被那个谁知道后在家里很是发了一通脾气，看来这件事情是不能告诉他的。

思前想后顾小菊还是觉得她直接找方政比较合适，于是她翻开自己那个通讯录。这个通讯录对她来说可是个宝贝，那上面记录了所有矿业总公司，甚至包括政府里和社会上各种关系网里人物的职务、工作单位和电话号码。她找到方政的手机号码拨过去，电话那边很快传来方政的声音："顾主任，你好！"顾小菊以前是单位上的计划生育办公室副主任，现在早已退休在家，但是在场面上大家还都叫她顾主任，以示对她的尊重，当然顾小菊也是很乐意人家这样称呼她的。

"是方矿长吗？"顾小菊慢条斯理地问道，在确定是方政后，她便开门见山地谈了黑娃子要揽工程的事情。

方政很痛快地回答说："好的，我知道了，过罢年就开始招标并进入招标程序，你让这家建筑公司到矿企业管理部，找乔迎春部长先把名报上吧，在同等条件下我们会优先考虑的。"

顾小菊挂上电话后，又跟黑娃子联系，让他去找方政矿长，说方政矿长会给他安排好一切的。

放下电话，顾小菊舒了一口气，算是办完了这件事。她是个急性子，要办的事情放不到心里去，以前那个谁总说她没有城府，有时候那个谁生气了还会说她是头发长见识短。她想，管他怎么说，只要我把事情办成了，先办总比后办强吧？急点儿办也总比慢点儿办强吧？

在沙发上坐了会儿，顾小菊感觉口有些渴，便喝下刚才给黑娃子倒的那杯茶水。黑娃子进门来只是坐着说了几句话就走了，那杯给他沏的茶水他动都没动过。

顾小菊又想到应该给虔虔打个电话，问问他快过年了，他们一家三口什么时候回来。

虔虔在电话里说，矿上要到年三十才放假，还要慰问一线矿工，所以他可能三十晚上回来得要晚些，媳妇和女儿农历二十七八就从省城回来了。

顾小菊平时在家里处理起事情来很强势，是传统家长式的婆婆作风，加上儿媳妇又给她生了个小孙女，现在都是一个孩子又不能生育第二胎，所以她在儿媳面前常常话里话外地挑起事端，婆媳关系一直很紧张，处于冷战状态。

虽然儿媳远在省城工作，一年也回不了几次家，但是婆媳之间总是不能很好相处。这一点不仅陆虔知道，就连那个谁也是知道的。清官难断家务事，家里的两个男人也只能是睁一只眼闭一只眼，顺其自然。大家都明白，这种事情是不能提到议事日程上来的，一拿到桌面上肯定就会鸡飞狗

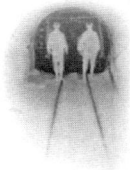

跳收不了场，所以也都是抱着得过且过的思想。

在这一点上，顾小枣也是心里明镜似的。然而在她心里传统观念还是占了上风，她不能容忍自己没有孙子，可是现实又摆在面前，除非让虔虔离婚再娶一个儿媳妇回来，否则陆家这一脉是要无后了。

可她的虔虔现在长大了，当然不会听她的，越想她的大脑越乱，后来就没有了主意，干脆不去想，谁家没有本难念的经呢？

只好听天由命吧！

二十六

对于乔迎春来说，接受了设备和工程招标任务，是一次对他自身工作能力的挑战。

作为企业管理部的部长，他别无选择。这次招标小组的组长是方矿长，副组长是陆副矿长和潘总工程师，他是招标小组的办公室主任，也就是说他是具体工作的执行者。从表面上看他的权力很大，其实是一个虚职，说白了就是一个下苦力干活还不一定讨得了好的角色。他的主要作用就是平衡关系，平衡好领导的"打招呼"，同时还要让真正有实力的投标人中标，而当两者发生冲突时，他得权衡利弊，平衡关系，争取把矛盾降到最小，还得保护好自己，否则就会成为代人受过的"替罪羊"。

就在招标文件下发的当天，方矿长把他叫到办公室，极其郑重地告诉他说："老乔啊，我们这次真的是拴在一根绳子上的蚂蚱，一旦出了问题，跑不了我也跑不了你，我把这个担子交给了你，其实也就等于是挑在了我的肩头，你明白我的意思吧？"

乔迎春当然明白这其中的奥妙，方矿长平时在办公室或者公开场合都称呼他乔部长，或者叫迎春，今天却叫他老乔，这让他感觉到了方矿长隐隐的担心。是啊，仅设备招标这一块就接近五个亿人民币，而且是国际招标，一旦出了问题那影响到的不仅是沙枣树煤矿一个矿，还有总公司也会牵扯上，何况他是从来没有组织进行过国际招标的。因此招标前他和总工

程师潘晓带领招标办成员，走遍了毛乌素和鄂尔多斯地区的所有煤矿，了解他们对进口设备的使用情况，包括各个厂家产品的优劣，操作的难易程度以及价格等。仅这项工作他们就投入了一个月的时间，然后是汇总材料，技术比较，又进行了半个多月，这才向招标领导小组提出了一个完整的招标方案和细则。

就在这两项工作进行的一个半月当中，来自上级方面，来自地方上，横向、纵向，纵横交错关系的"打招呼"人不断，说是国际招标其实都是外国企业在国内的办事处，相当于产品的总代理，也就是说都是中国人在做这些事情。这是一张巨大的看似无形却又有形的关系网，把乔迎春困在中间，已经完全超出"公开、公平、公正"三项招标原则的根本了。

乔迎春心里比谁都明白，不管谁中了标他都会得罪其他投标人，当然也就会得罪每家投标人背后所谓的"大人物"。

于是他找到方矿长，让方矿长给他拿主意。方政斩钉截铁地回答他说："顶住压力，顶住腐败，顶住关系。"这三个顶住让乔迎春更加摸不到门在哪儿了，心想：方矿长这不是在打官腔嘛，上面的领导压给你，你顶不住了就压给我，让我咋办？招标不纯粹是技术和价格问题，而是关系的平衡问题。

思前想后，乔迎春终于悟出了这中间的奥秘，为什么方矿长平时看着是个"二杆子"，其实完全不是那么一回事情，他给人"二杆子"的印象正是他保护自己的最好方式。不如索性我也"二杆子"一回，谁都不认只认我自己，我认为对的就对，我认为不对的不管谁说对也是不对。他把心一横，大不了不让我干了，不就是一个部长职务嘛。

想明白这层道理后，他的心算是稍安了一些。

他把他悟出的道理说给方矿长听，方矿长呵呵地笑着，摇了摇头随即又略微点了点头，给他一种高深莫测的神秘感。

最近一段时间以来，陆虔副矿长成了一个真正的旁观者，他是从懂得应酬学开始步入社会的，对于关系学深得乃父真传，既然神人说他今年不宜动作，那他索性就做一个旁观者不是更好？

俗话说的好，"当局者迷，旁观者清"。

就在投标刚一开始，父亲陆光明就给他打来电话，告诫他不要搅和到这次国际招标的旋涡中去。父亲说，招标还没有开始，已经有人把状都告到总公司纪委和省纪委了，让他最好能远离是非。他在外贸口上混过几年，从业务角度上来说，在对外贸易方面肯定比乔迎春要强一些，这也是方矿长让他当这个招标小组副组长的原因，但是权衡利弊，他最终还是选择了袖手旁观。

三月十四号，对沙枣树煤矿全体矿工来说，是一个永远抹不去的记忆，是沙枣树煤矿的矿难纪念日。

下午一点四十分，全矿上下响起了警报，所有听到警报的人们都低下头，向去年这一天这一时刻在矿难中的死难者默哀三分钟。

默哀完毕后，紧接着在沙枣树煤矿顶层会议室里，召开了建矿以来的第一次国际招标会议。选择这一天是方矿长特意安排的，他的目的很明确，就是要在这一天进行进口设备国际招标，时刻提醒招标人员把好关口。把好关口就是牢记去年的矿难教训，把世界上最好的、最安全的设备采购进来，这不仅仅是要负起国有企业对国家的责任，也是要对矿工的生命和自己的良心负起责任。

方政的这一举措不仅让乔迎春竖起了大拇指，也让陆虔不得不佩服他这个粗中有细的"二杆子"矿长。佩服之余陆虔觉得方政这家伙太会作秀了，让他这个从应酬学起家的人也自叹不如。

招标结束后，陆虔就去找郜书记。他觉得最近一段时间，郜书记的立场发生了一些变化，他从一个对方政治矿理念的反对者，似乎一下子转变成了态度暧昧者，这一点让他很不理解。

他打算和郜书记关起门来私下谈谈，他很想搞明白老奸巨猾的郜书记内心的真实想法。

郜新闻正在办公桌前研究从上面批转下来的关于这次招标的告状信，都是匿名信，而且告状者似乎也拿不出更有说服力的证据来，都是些道听途说或者想当然的推测。

陆虔敲门走进来，他便把这些告状信收起来随手放进了抽屉，招呼他坐在自己桌子对面的椅子上。然后，不经意地问道："标招完了？"

陆虔回答："招标形式算是举行完了，下来是评标阶段。"

接下来，两个人都没有马上再言语，沉默了一会儿，陆虔注视着郜新闻问道："考核考评以后，方政把咱们提拔上来的干部刷下去了不少，郜叔，你一点儿表示也没有，真不知道你葫芦里卖的啥药丸子。"

陆虔话里话外有意说到"咱们"一词，其中的含义郜新闻书记自然是听出来了，同时他当然知道陆虔这会儿跑到他这儿来说三道四，一定是有着他的目的的。

郜新闻摇头道："人家现在是一把手，说一不二，我们还是没有意见的好。"

陆虔很不满意郜新闻这样敷衍自己，看来老奸巨猾的郜新闻想做逍遥派，是不是人老了遇到挫折后都是这样不进只退，装起孙子来了？

陆虔的手机不失时机地响起来，打断了他的思路，他拿起手机来看，是招标小组乔迎春打来的，说是要召开个小组会议，请他到会议室去。陆虔一边答应着一边挥手和郜新闻告别，挂断电话后他对郜新闻说："让我开会，先上去了。"

说完头也不回地径直走出了郜书记的办公室。

望着陆虔年轻的背影，看到他不太高兴地走了出去，郜新闻心中也是波澜起伏，想到自己真的是老了，没有资本更没有精力像陆虔一样抵抗风吹日晒。陆虔年轻啊，有资本也有的是时间，自己有什么呀？什么也没有了，何况在陆虔的事情上他最好不要站出来出谋划策为好，这做人做的是心而不是外在的表面。陆虔气焰盛心性高，涉世未深，一旦给他支着儿支出了事端，人家就会说陆虔年轻不懂事，你郜新闻什么风浪没有遇到过，给孩子出这样的馊主意，到那时你郜新闻就是有十张嘴、一百张嘴也辩说不清。其实事情都是人做的，主要看做事情的人的心是立着还是斜楞着。唉，还是老话说的好：多一事不如少一事。

想到这里，郜新闻再次拿出那些告状信，他想从告状信的口吻和信中所告的事情揣摩告状人的身份。

陆虔乘电梯上到顶层，走进宽敞明亮的大会议室，看到方矿长、潘总工程师以及乔迎春部长和招标领导小组的其他成员都坐在前面的会议圆桌前等着他。他快步走上前去，向方矿长和大家伙儿拱拱手，做出不好意思的表情说："对不起，耽误大家时间了，上了趟洗手间。"这个并不高明的谎言让他说出口后才反应过来，这顶层本来就有卫生间嘛。后来又想，上卫生间需要纸，回办公室去拿卫生纸也是能说得过去的。

方矿长并没有理会他来晚的事，等他坐下后，讲道："设备招标我看是告一段落了，下面是餐饮城的土木建筑工程招标。同志们啊！这可是个竞争者较多的项目，我建议由陆虔副矿长负责这个项目，潘工你还继续负责设备招标的善后事宜，乔部长你配合陆副矿长进行土木建筑工程招标。大家看有什么意见没有?"

一把手表了态定下了调子，下面人能有什么意见? 就是有看法谁也不敢提也不能提，谁愿意和一把手对着干，那不是脑袋瓜子里养金鱼吗?

停了一会儿，看看大家都不作声，方矿长接着讲道："最近一段时间来大家招标都很辛苦，今天是周六，明天周日大家好好休息一天，养足精神，后天投入土木建筑工程招标。好了，散会。"

二十七

由于竞争激烈，为了体现"公开、公平、公正"三项原则，方政找来陆虔和乔迎春，让他们安排一名招标小组成员周六晚上乘飞机到省城去，关闭手机断绝与外界的所有联系，找一家做标书的公司，连夜把标书做出来，密封好，再于第二天下午，也就是周日下午返回沙枣树煤矿，周一一大早开始土木建筑工程招标。

周一上午九点整，沙枣树煤矿顶层会议室里座无虚席，前来投标的建筑公司挤满了宽大的会议室。黑娃子夹着一个黑皮包坐在最前排，看到今天的招标会是由陆虔主持，黑娃子悬着的心算是有了着落。

九点一刻，企业管理部部长乔迎春宣布："沙枣树煤矿餐饮城土木建筑工程招标会现在开始。"

会场下面一片骚动，有人在小声交头接耳，互相探询打听标底价格。今天一共来了十七家建筑工程公司，一千万的工程项目被分成了三个标段，也就是说这三个标段由十七家建筑工程公司进行竞标。

第一封拿出来的标书就是黑娃子的那家建筑工程公司，纪检监察人员查验完黑娃子的建筑工程公司的营业执照、建筑资质等级、代理人身份证、法人代表委托书以及其他相关材料后，宣布符合招标规定和要求，然后由招标办人员打开投标书，公布投标书价格。开标过程一直进行到中午十二点半才结束。中午吃完饭，评标小组加班加点进入下一个程序——评标阶段。

这是一个绝对机密又让投标人紧张无比的过程。黑娃子坐在办公大楼前停车场的小轿车里，一支接着一支地抽烟，他的手心里沁满了汗水，看上去湿漉漉的。尽管他是胸有成竹，也尽管有表弟陆虔在那儿主持评标，他还是心底直发虚。这次招标让他感觉与前几次有所不同的是，事前根本打听不到任何消息，就连矿上委托的是哪一家公司做的标书他都是一头雾水。他问过表弟陆虔，陆虔只是摇头，不做任何表示，真不知道矿上这次招标，葫芦里到底卖的是什么药丸子。

下午四点十分，第一轮评标结果出来了，黑娃子的建筑工程公司榜上无名，就连他找来陪标的两家公司也是名落孙山。

当表弟陆虔副矿长把这个评标结果从电话中告诉他时，黑娃子惊呆了，这是真的吗？起初他还以为是表弟和他开玩笑，当他再一次确认这是事实后，他首先想到的是他前期做了那么多工作，花了十多万元人民币，难道真的就打了水漂？黑娃子坐不住了，他拨通了大姨顾小菊的电话，这让顾小菊也觉得是不可思议的事情，她连忙给儿子陆虔打电话，口气强硬地对儿子说："乡里乡亲的，这事情要是在老家传开了，亲戚们咋见面？何况人家又不是白找咱的，你想办法，一定要想个办法，多少给他弄下一个标段。"

陆虔的大脑也在飞速旋转着，他知道母亲这些年在黑娃子那里没少得好处，如果这件事情做不好，谁知道会弄出什么样的后果。他怕母亲会做一些出格的事情，传扬出去坏了陆家的名声，更怕要是压不住黑娃子的脾气，让他真的闹腾起来不好收场。

想到这里，他把心一横，看来也只有这么一个法子了，那就是废掉第一轮评标结果，重新评审，这在以往的评标过程中也是有过先例的。

下午五点钟，陆虔把招标小组人员和评标小组的专家们召集到一起，他首先开了口："据反映，在下午的评标过程中，一些投标人私底下活动，做出了不光彩的勾当。为了保证这次招评标过程的公正性，我建议重新进行第二轮评标，这次评标要把投标人的单位遮住，以防作弊。"

尽管乔迎春感觉这事来得突然，但陆副矿长是这次招标小组的负责人，自己只是配合，虽然有想法也不便当面表示反对。

看看大家都不作声，陆虔宣布："大家没有意见就开始动起来吧，把投标人的单位名称遮住，进行第二轮评标。"

招标小组人员分头工作，把十七家投标公司的单位名称全都一一遮盖住。干完这些活看看时间快七点了，陆虔打电话通知后勤上的张胖娃，让他把大家的工作餐送到顶层会议室，吃完晚饭后继续工作。

这一次评标陆虔没有敢再大意，他私底下找到两三个评委，向他们做了暗示，然后独自一个人坐在一边，手里拿着一支香烟在那里玩弄着。时间一分一秒地过去，黑娃子在楼下不停地给他发信息，打问事情进展的情况和结果。他回短信让黑娃子先回去，回头电话联系，可是黑娃子很固执地不愿意离开。

那你就在楼下等着吧，这个犟熊！陆虔在心里骂道。

其间方矿长也打过几次电话问乔迎春进展情况，乔迎春一五一十地把事情经过原原本本地向他做了汇报。听完乔迎春的汇报，方矿长没有言语，当了多年矿长，他比谁都明白这中间的猫腻。一般这种事情是急不得的，慢工出细活，只有把活做细了，才能堵住别人的口舌，所以他没有催促陆虔，由着他折腾。但他还是忍不住给乔迎春部长做了提示，提醒乔迎春要光明磊落，不要做小动作被人抓住把柄，只要自己身正，影子再斜也斜不到哪儿去。乔迎春表示一定照章办事。在得到对方的肯定回答后，方政这才挂上了电话，因为明天一早他还要和潘晓、刘苹到总公司向张海清董事长、陆光明总经理汇报进口设备招标工作完成情况，他要在办公室里整理汇报材料，也就不再关心楼上评标的事情。

晚上十一点钟，第二次评标结果终于出来了，陆虔看着白纸黑字写出的中标单位，黑娃子的建筑工程公司总算是榜上有了名，但还不是黑娃子预期的目标。他打电话给楼下车里面正等着评标结果的黑娃子，告诉了他最后结果。

黑娃子好像在车上已经睡着了，在电话那边沙哑着嗓子不满意地说："表弟呀，这帮子评委是不是有意在和你作对，怎么就达不到我们预想的结果呢？"

陆虔苦笑："这帮家伙是和我杠上了。"那咱们今天就走着瞧，陆虔手里攥着那张评标结果书暗自发着狠。他对大家说："为了公平起见，咱们进行第三次评标，打乱原有的秩序，等第三次评标结果出来后，汇总到一起，按分数高低从上往下选，你们看如何？"

没有人吭声，大家都已经很疲惫了，想着快快结束，回去洗澡睡觉，劳累了一天也该休息了。

大家伙儿看着乔迎春部长，让他出面说话，替大家发表意见。乔迎春看看大家，觉得自己出来说话倒是可以，可陆虔要是把他的提议否决了呢？陆虔毕竟是这次招评标小组的副组长，于是他假装上洗手间，走出了顶层会议室，他要给方矿长打个电话，看来方矿长如果不出面的话，大家今晚谁也别想睡觉了。

接到电话后，方矿长很快上来了，他一进门就冲着大家发了火："你们折腾了一天都在这儿弄屎呢，十二个小时过去了，还没有个结果出来，把评选结果给我看看！"

他从陆虔手里接过评标结果书扫了一眼，刚才乔迎春在电话中已经把第二次评标结果和意见向他做了汇报，乔迎春在电话中认为第二次评标是匿名评出来的，绝对是公平公正的。

方政手里拿着评标结果书问道："这第二次评标结果大家认为有问题没有？"

大家异口同声说："没有。"

方政说道："那不就得了，既然大家认为都没有问题，就这样定下来，个别人有意见可以保留。"

陆虔坐在那里不再吱声。在他的记忆中，这是方政到沙枣树煤矿一年来第三次发火，第一次是冲着宁子宁发的，第二次是冲着乔迎春发的，当然第二次谁都明白那是一次指桑骂槐的发火，这第三次发火却是明摆着冲着他的，这让他不能再坚持继续评标了，那样做会激起众怒的，何况还有方政在这里。

于是，他很快转了风向，对大家说："那就按方矿长的意见执行吧。"

方政听出陆虔是带着气这样说的，在场的每一个人也都能听得出来，但是谁也不吭声，一下子给人有些冷场的感觉。

停了会儿，方政说："就这样了，时间不早了，大家劳累了一天，都回去休息吧。乔部长明天把评标结果公示出去。"

二十八

　　第二天，方矿长带着总工程师潘晓、财务部长刘苹连同司机一行四人，从沙枣树煤矿出发到总公司汇报设备招标工作情况。

　　他们乘坐的黑色越野车在乡间公路上缓缓行驶，今天的天气格外晴朗，湛蓝色的天空抹着一道道洁白的云缕，初升的朝阳跟随汽车的方向在弯曲的乡间公路上，一会儿跑在前面，一会儿又落在了后头。

　　眼前一蓬蓬沙柳错落有致地随意生长在沙漠中，极目望去，远处是一片开阔的牧场。不远处庄户人家围起的篱笆墙外，几头黄牛在绿草地上悠闲地吃着草，一只土狗坐在自家的篱笆门前，冲着正在行驶的黑色越野车狂吠。

　　潘晓坐在副驾驶位子上打盹，眼镜歪斜在脸上，毛蓬蓬的大圆脑袋顶在车窗玻璃上，随着汽车的颠簸不时发出"嘭嘭"的撞击声。

　　坐在方政旁边位置上的刘苹好像突然想起来什么似的自言自语道："前面就该是红海则了。"

　　方政侧目看了一眼她，却见刘苹也正在望着他。近一年来，刘苹把自己全身心地投入到了工作中，那场矿难带来的创伤，成为她内心深处一块柔软的疤痕，那疤痕随着时间的推移开始慢慢愈合，一双会说话的毛眼睛也开始有了灵气。

　　时间，只有时间是治愈人类心灵伤痛的最后一剂良药！

　　方政两眼眺望着远方一片辽阔的草场，深舒一口气说道："那咱们就去红海则放松一下心情吧！"

　　方政眼神中的关切，刘苹自然是体会到了。一段时间以来，方矿长对她的关心，尤其是对她工作上的支持和生活中的关照让她感动。

　　刘苹注视着他，这让他感觉到了女人眼睛里透出来的那份柔情，他不自然地换了个坐姿。

　　坐在副驾驶位置上的潘晓突然在前面插话："好啊，打了春的红海则还是很值得去看一看的，那咱们中饭就在那儿吃炖鱼。"

　　刘苹从方政身上收回目光，揶揄道："潘工在梦中都能听到我们说话，是不是闻到鱼香味了？"

　　潘晓笑着说："我哪睡了，我只是在闭目养神。"

　　司机把车开出乡间公路没有上高速，而是沿着一条笔直的旅游专用线向红海则驶去。

　　红海则是跨在毛乌素沙漠和鄂尔多斯大草原之间的一个淡水湖泊，当地人把湖泊叫海则。据说这里出产的鲤鱼和草鱼没有污染，肉质鲜嫩，口感极佳，经环保部门鉴定属有机鱼类。

　　在历史上，红海则以湖泊周围生长的大面积红柳树而得名。每年秋天，经霜染后，恬静的湖水被周边大片红色的沙柳围绕，天水相接处，各种迁徙的候鸟途经这里驻足栖息，呈现出一派大漠江南风光，是远近闻名的自然风景区。

　　潘晓下车看日头已升上半空，咽了下口水说："快中午了，咱们先吃炖鱼，吃完再欣赏风景吧？"

　　方政看表十一点二十分，就说："好吧，恭敬不如从命，那就听潘总安排。"

　　刘苹在潘晓的肩头捶了一下道："看你现在都发福了，小心吃成张胖娃，回去让你老婆孩子都不认识喽！"

　　潘晓说："管她认识不认识呢，从小穷怕了，现在光景好了我宁愿撑死也不愿饿死。"

　　"真是穷命托生的。"刘苹笑骂他。

　　潘晓回敬她说："一会儿炖鱼上桌后你不要吃，小心把我们矿上的貂蝉吃成女张胖娃喽！"

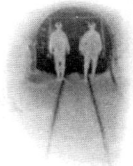

刘苹"呸"地啐了他一声。

瞧着他们两个人在那里斗嘴，方政在一旁只是笑，也不言语。

刘苹就转过身来假装生气地对方矿长嗔道："方矿长，好意思袖手旁观，这家伙欺负人家你也不帮忙收拾他。"

说着话一双毛眼睛巴巴地看着方政，期望他能帮着她向潘晓发起攻击。

方矿长笑着摇头："你们俩只要在一起就掐，我可是中立派。"

刘苹也跟着他笑，眼神中却闪过一缕淡淡的失落来。

红海则边上修建起一长排庭院式建筑，门头上打的招牌全都是"正宗红海则炖鱼"。

司机跑向餐馆安排炖鱼去了，刘苹拉着方政的胳膊说："鱼炖好还得一会儿时间，咱们去湖边转转吧？"

潘晓插话："别你们俩去呀把我也捎带上，刘貂蝉，知道什么时候最安全？"

刘苹说："不听，你嘴里还能吐出象牙来？"

潘晓就笑："我是口吐莲花，告诉你说，一个女人和群狼在一起最安全，你还是把我也带上吧！"

刘苹就跑过去踢他，潘晓跑了两步站住回头笑嘻嘻地说："你打吧，打是亲，我是打不还手，骂可是要还口的。"

三个人说笑着向湖边走去。

水面上微风习习，荡起一层层的涟漪，水鸟在湖面平稳地飞翔，偶尔蜻蜓点水般飞落到湖面，很快又飞起来自由地翱翔在蓝天中。

他们三人一边走一边望着平静的湖水。潘晓说："借此情此景咱们每人说一句描写景致的诗，表达心情和风景，我先说，天高任鸟飞。"

刘苹道："又俗又酸，听我的，水波不兴。"

说完看着方政："轮你了。"

方政想了想说："天高云淡，水天成一色。"

潘晓说："还是这句好，有天有水。"

刘苹调侃潘晓："你还真会溜须拍马。"

潘晓就回敬她："求求你别老盯着我挖苦，那我巴结巴结你吧？"

刘苹说："你嘴里又想吐象牙了？"

潘晓说："不是不是，说正经的，我给你找个吕布吧？"

"你这还算正经话呀？"刘苹嗔怒道。

"当然是正经话了。你知道貂蝉为什么爱上吕布吗？因为貂蝉比吕布大，所以两个人在一起相处就很融洽。我研究过男人和女人的婚姻，男人找老婆要找比自己至少小八岁的，女人找老公要找比自己至少小三岁的，这老夫少妻肯定幸福，而大女小夫肯定也幸福。以后人类要修改《婚姻法》，男人比女人至少要大八岁，女人比男人至少要大三岁方可结婚成家，否则不给领结婚证。"潘晓侃侃而谈，唾沫星子飞舞着。

"谬论，整个一派歪理邪说。"刘苹龇着牙不屑道。

方政插话："我倒觉得老潘这是高论。"

"那是你们男人的高论吧！"刘苹嗔怪地看着方政说。

方政没有接她的话头，看了一眼那边说："鱼炖好了，司机在向我们招手呢。"

吃完饭，几个人又在湖边逗留了一会儿准备上路。走出景区，司机去停车场取车，三个人站在路边等着。

方政看着北边的天空，一大片黑色的乌云压了过来，风量明显在加大。

潘晓说："咱们赶快走，沙尘暴要来了。"

毛乌素地区的这个季节正是风季，很少有雨水光顾，如果看到乌云密布，那一定是沙尘暴而不会是要下雨的标志。

他们上车驶出去不到半个小时，沙尘暴便迎面而来。眼看着是大晴天，太阳却没了踪影，顷刻间黄沙满天，大风裹挟着尘土、夹带着沙粒，漫天飞舞。到处都是昏天黑地，能见度越来越低，到后来就看不到前头的路面了。

方政对司机说："把车停在路边，等沙尘暴小些再走。"

听着外面呼啸而过的风声，沙粒击打在车窗上叮嘣作响，刘苹不由得伸手抓住了方政的小臂，她紧紧闭起双眼，长长的黑睫毛轻轻颤动。想到电影里世界末日来临时的情景也不过如此，又联想到去年那起矿难，她抓着方政胳膊的那只手不自觉地使上了劲儿，方政看到她的眼角淌出了泪花。

车厢里的四个人都在沉默，司机把脸趴在方向盘上打瞌睡，潘晓这会儿也没有了言语，他把头靠在座位后背上闭目养起神来。

方政此时很能理解刘苹的心境，他把身子紧贴座位后背，任由刘苹抓着自己的小臂，静默了一会儿说："听听音乐吧！"

浑厚的歌声在车厢小小的空间里荡漾开来，是一首由席慕蓉作词，德德玛演唱的草原歌曲：

　　父亲曾经形容草原的清香，让他在天涯海角也不能相忘；母亲总爱描摹那大河浩荡，奔流在蒙古高原我遥远的家乡。如今终于见到了辽阔大地，站在芬芳的草原上我泪落如雨。河水在传唱着祖先的祝福，保佑漂泊的孩子找到回家的路。

　　哎！父亲的草原，哎！母亲的河。虽然已经不能用、不能用母语来诉说，请接纳我的悲伤我的欢乐。我也是高原的孩子啊，心里有一首歌，歌中有我父亲的草原母亲的河……

二十九

土建工程招标公示后，一切已成定局。

下午，顾小菊来到了陆光明的办公室里，她是来找家里的那个谁告状的。

顾小菊一走进陆光明的办公室就冲冲地对他说："那个谁，这方政也太不给咱家面子了……"

陆光明总经理上个月刚被一家新闻媒体评为近年来省内十大有杰出贡献的企业家，心情很不错，顾小菊进来时他正在翻看报纸上对他的热捧文章，一边看还一边摇头。这些个媒体吹捧起人来真是不遗余力，把个擦边球打得是淋漓尽致。你看这张报纸上的先进事迹，让人看了后不能说都有，但也不能说完全没有，在似与不似、像与不像之间做足了文章，让他陆光明不得不佩服这些写手的高明。

当然他心里也是十分明白，现在是商品经济时代，做任何事情都是需要人民币的，看来只要把钱花到位，就能有出人意料的结果。

看到顾小菊气哼哼地走了进来，一屁股坐在长条沙发上，喋喋不休地向他诉说着沙枣树煤矿矿长方政多么多么不够意思。

等她说得差不多了，处于暂时停顿的当口，陆光明伸出右手做了个下压的姿势，这才从他嘴里说出来两个字："淡定。"

在一起生活了半辈子，掐指头算来有三十八年时光，他最不能忍受的

就是顾小菊说风就是雨的性格。年轻的时候为这事两个人真没少吵架，随着年龄的增长和长年官场对个性的抑制，陆光明感觉自己真的是越来越老了，不仅脑袋里的火气渐渐消去，就连下面的丹田之气也提不到胸腔里来了。

他一边不时做着手势让顾小菊淡定些，一边不急不躁地听完老婆的喋喋不休，算是把事情的原委经过有了个大概了解。

他很清楚顾小菊的为人处世风格，在这种情况下如果他不出面息事宁人，那顾小菊一准儿会去戈方政，搞得大家都没有面子，都会下不来台。

于是当着顾小菊的面他拿起桌子上的座机电话，又在手机上查到方政的电话号码拨了过去，顾小菊坐在那儿冲他说道："那个谁，你得让方政明白，咱家不是好欺负的。"

电话里响起了音乐声。陆光明向顾小菊摆摆手，意思是电话已经接通，叫她不要再说话。

"喂，是方政矿长吗？我是陆光明。"

电话里对方显然是说了些谦虚的话语，陆光明的表情很自然地松懈了下来，说："哪里，哪里！你们到总公司没有？"

方政在电话中告诉他，他们在路上遇到了沙尘暴，这会儿公路上能见度很低，车子正在路边停着，估计四点来钟才能赶到总公司。

陆光明的口气有所缓和地说："你们路上要小心，注意安全，到总公司后你先来我这儿一趟，我有话对你说。"

挂上电话，陆光明瞅着顾小菊道："你先回去吧，一会儿见了方政我会给他说的。"

听到有人敲门，顾小菊便从沙发上站了起来，看来也只能如此了，于是她说道："那个谁，我等你的消息，就让方政再给黑娃子弄些工程。咱家也不是那种不讲道理的人，你说是不是？"

放下电话，方政就想到了，陆总经理这会儿找他，肯定是乔迎春已经把招标结果公布出来了，如果陆总经理问起来，他得给出一个合理的解释。

等他们三个人赶到总公司大楼下的时候，方政看表，四点三十一分，时间上还来得及。于是，让他们两个人先自己找地方等着他，他要先到陆总经理那儿报个到去。

陆总经理做起事情来精于算计，也很老到，本来方政一到应该先到张海清董事长那里去打个照面，然后再到他陆总经理和安山书记那儿去汇报近来的工作情况，这已经是总公司所有下属单位一把手来总公司汇报工作时一条不成文的规矩。

去年腊月，一个下属单位的一把手来公司汇报工作，按规矩他应该先到陆总经理那儿见个面，然后再到主管业务的副总经理处汇报。这个一把手先到陆总办公室，看到里面有人，原本也想在门外等等的，再一想怕耽误时间，就去了主管业务的副总那里。这事儿很快就让陆光明总经理知道了，当那个一把手从副总经理办公室出来，再到陆总经理那儿汇报时，陆总经理很不耐烦地说："你不是已经给人家汇报过了嘛，我看就不用给我汇报了。"搞得那个下属单位的一把手好像骑在了虎背上一样，很是难堪。

可今天不同，陆光明总经理明确说了让他先去他那里，这会儿也许陆总经理正在玻璃窗前站着向楼下看呢。

等方政进来坐在陆光明总经理对面那把椅子上后，陆光明直截了当地说："顾小菊为你们矿餐饮城的土建工程找过你？"

方政点头，陆光明一提到顾小菊，方政心里就全都明白了，因为陆总经理怕老婆的段子在矿业总公司是人人皆知。

据说有一次陆总经理接待上级来的领导，晚上和文工团的女演员们一起陪着领导们跳了两个小时的舞，和女同志跳舞身上不免就有了香水的味道。晚上回来走到楼下，陆总经理提着鼻子嗅了嗅自己身上，又问司机能不能闻到他身上的香水味儿。

司机说："能。"

陆总经理和司机就站在楼下让风吹，想把香水味儿吹掉，一个小时过去了还是能闻到香水味儿。后来还是司机想了个办法，从后备厢里取出一瓶茅台酒打开盖子，倒出来一些洒在了陆总经理的身上。

上楼前陆总经理告诉司机在楼下等他一会儿，万一被老婆撵出来，也好让司机把他拉到宾馆去过夜。等这一切安排停当，他这才一步一闻地走上楼去，生怕被顾小菊发现蛛丝马迹闹将起来，那样他今儿晚上，也许最近一段时间都别想睡安稳觉了。

陆光明总经理看方政回答得很干脆，也就不再绕弯子："这是我一个本家的亲戚，你能不能再给他包上些活？"

方政为难地说："这事情我也没有太管，都是下面人负责的，具体情况

我也不是很了解。这样吧，我这就问问乔部长。"

方政当着陆总经理的面给乔迎春部长打了电话，听到乔迎春部长在电话那边解释着什么，方政打断对方说："还有哪些工程没有动的?"

等了会儿，方政"嗯'了一声挂断电话，他抬起头对陆光明总经理说："通往餐饮城的地面硬化和餐饮城的水泥路面硬化工程都没有做，这个不用招标，是议标，就让你推荐的这家建筑公司做吧。"

陆光明总经理显然很满意方政这样安排，连声说："好，好。"

从陆光明总经理办公室出来，方政又来到了安山书记的办公室，向安山书记汇报了矿上最近一段时间以来的工作情况和他今后的设想。

安山书记听了很高兴，他时时都在关注着沙枣树煤矿和方政，自从方政到沙枣树煤矿上任以来，很短时间内就让沙枣树煤矿的各项工作有了显著进展，这就充分显现出小方子的工作能力。安山书记心里高兴，看来他没有看错人，举荐方政去沙枣树煤矿当矿长这步棋是走对了。

两个人聊了会儿，方政说："我去董事长那儿汇报工作，矿上的两个人还在外面等我呢。"

方政打电话叫潘晓和刘苹两个人上楼来，他在董事长办公室门前等着。

三个人走进张海清董事长办公室，张海清董事长很热情地招呼他们坐下，又给他们每人倒了一杯水，说："矿业总公司可是对你们寄予了厚望啊！这次搬家设备采购，看了你们拿出来的方案和详细报告后，总公司开了三次最高级别的办公会议，专门研究讨论你们提出的方案，我可是顶着压力让你们放手去干的，投资五个亿人民币，这可不是一个小数目啊！"

方政说："请董事长放心，保证又好又快地完成任务。"

张海清董事长点头表示认可和信赖，又抬手看看腕子上的手表，五点五十分，说："到吃饭时间了，方矿长，今天总公司招待你们基层的同志吃饭。"

说完打电话通知办公室安排一桌酒席，让把陆光明总经理和安山书记都叫上。

方政没有想到他们三个人的同时到来，总公司接待的规格是顶级的，这让方政自我感觉很好。从董事长办公室走出来，他对潘晓和刘苹说："我们这次来享受的可是省级待遇啊！"

说完他独自咧开嘴露着牙花子笑了。

酒桌上，张海清董事长首先举起酒杯说："方矿长，这第一杯酒我先敬你，你上任一年多来，我们毛乌素地区这座世界一流的现代化大型矿井是初具了规模，你很能干，希望以后带领好你的团队再接再厉，再创佳绩，干杯！"

方政连忙端起酒杯道："领导过奖了，我先干为敬！"

三十

转眼秋天到了，秋天是大地收获的季节，是成熟的季节。

毛乌素沙漠的秋天与别处不同，在秋高气爽辽阔的沙土地上，脚底下的黄沙依旧，吹过来的寒风依旧；放眼望过去，茫茫黄沙中点缀着几株红绿相间的柠条树和红柳树，它们在落日余晖的掩映下，依旧诉说着往日的苍凉。

这个季节对于沙枣树煤矿来说，正是生产销售的旺季，每年这个时候，矿上产供销各个部门都是开足了马力，加班加点确保原煤产量如期完成，热火朝天的工业气象随处都可以见到。

下午一上班，陆虔走出办公大楼，看到方矿长和郜书记带领办公室的几个人，站在通往生产区的路上指指点点，矿办公室主管后勤的副主任张胖娃跟在后面不停地点着头。一辆装着满满当当原煤的拉煤车从他身边呼啸而过，震得脚下厚厚的水泥路面一阵颤抖，他赶忙背过身子，等那一股被拉煤车扬起来的黑煤尘散去一些后，这才转过身来，向刚才看到的那一行人走过去。

远远地就听到方政的声音，好像是在说运煤车的事情，他走近前去，见张胖娃脸色红红地冲着他点头。只听方矿长说："你们后勤上从来都是指一下动一下，净干些个头疼了医头、脚痛了医脚的勾当，就不知道往前想想，把你们的工作做到前头？从事后勤工作的人员，首先要想到的就是服务，等到大家都怨声载道了才想起来出面解决问题，这就是你们的失职。"

张胖娃跟在后面，脸由红开始变白，肥大的头颅呈四十五度角耷拉着，只有那鼓起来的将军肚依然自豪地显示着它往日将军般的风采。

接着听到郜书记说："立刻安排矿上的洒水车过来，每天要保证这段路面潮湿，你看这尘土飞扬的，还有个现代化花园矿井的样子吗？"

陆虔走到他们面前，用手掸掸黑色西服的衣角，跟着又拍拍双手，让人感到尘土很大的样子，然后说道："咱们矿应该在后面那片沙地上修一条运煤专用线，让所有的运煤车都从那边绕过去，这边就没有这么大的煤尘了。"

方矿长点了点头认为他说的有道理，郜书记插话说："从前也考虑过这个方案，可是当地的村民拧巴着不同意，说是车从那边走会污染他们的居住环境。"

陆虔笑着插话道："只有几户人家，做做工作让他们搬迁就是了。"

方政问："以前没有和他们谈到过搬迁的事情吗？"

张胖娃回答："谈过好多回，就是搬迁费谈不拢。"

"他们每户要多少搬迁费？"方政问。

张胖娃看看郜书记，又转头看着陆虔副矿长，犹犹豫豫地说："当时他们每户要价五十万。"

陆虔接过他的话茬说："现在估计每户最少也得要一百万。"

张胖娃赶紧说："一百万恐怕拿不下来啦，现在少说也得一百五十万上下。"

方政看看郜新闻，郜新闻脸冲着选煤楼子那边在看一辆紧挨着一辆的运煤车。方政心想，不愿意出五十万，现在得出一百五十万，纯粹是宁挨一砖不挨一瓦的弄法。

看看大家都不言语了，陆虔说："方矿长，我到北站台去一趟，最近煤台的上站煤特别紧张，咱们的铁运煤现在都上不了站台，得天天去和车站上的人协商，否则他们的工作人员卡着就是不让上站台。"

自从国家开始调整煤炭政策，一年多来政府限制了年产三十万吨以下的小煤矿生产，并责令一些更小产量的小煤窑停产整顿，等待进行下一轮的重组整合。市场上煤价迅速上涨，需求量也在不断提高。除了公路运输的竞争外，各个铁路煤台的上站煤竞争越发激烈，地方煤台为了保证地方

煤矿原煤在铁路上的外运量，把原来给沙枣树煤矿的上站煤的份额不断缩减，这给沙枣树煤矿原煤销售造成了不小的压力。

当然这个压力的重担得由陆虔副矿长来挑。

方政点点头说："辛苦你了，给矿上多争取点儿指标，确保完成年初签订的原煤销售量。"

郜新闻接话道："我看这不单纯牵扯到销售的问题，站在大局观念上来分析当前的形势，这还牵扯到我们矿'诚信为本'的治矿理念……"

陆虔的司机把车开过来停在路边，卷起一片煤尘，几个人向路边靠了靠。陆虔打断郜书记的话头，向大家拱手道别，大家伙儿也都站在那儿看着陆虔上了车。他拉上车门子向大家招了招手，墨绿色越野车发动、起步，绝尘而去。

等身边的煤尘消散后，郜书记说："我看最近一段时间机关作风有些松散，不能因为近来矿上的生产任务重、大家工作忙就放松要求自己，忽视了纪律作风。"

方矿长点头表示认可他的意见。看到方政点头，郜新闻接着又说："从明天起在全矿范围内开展一个抓纪律、促作风、保安全，完成全年产量销售双丰收活动，狠抓一下机关作风，你看如何？"

方政笑着说："你是党委书记，这项工作当然由你做主来抓，行政上全力配合。"说完两个人相视而笑。

方政向张胖娃挥了一下手说："你们就迅速行动起来，从今天下午开始，安排人员把矿区周边的环境卫生统统搞一遍。"

郜新闻接过方政的话头道："卫生好搞，主要是保持。"

张胖娃点头表示一定按领导要求做到。

几个人离开公路，沿着一条绿荫小道向新建成的餐饮城走去。

一个头戴小黄帽的环卫工人正低头清扫着脚下的落叶，不远处另一名工人正在给草坪洒水。方政看了看周围的环境，落叶满地，落叶下面一缕缕细沙土在微风中贴着地面蛇一样潜行。

他皱起眉头对张胖娃说："不用看这里也是多少天没有人打理了。我的张副主任，你们这不是在忽悠领导吧——看我们来了就安排人过来做做样子，我们走了一切又恢复原状。工作要做扎实，更要做规范，要领导在和领导不在一个样。我看你们制定的管理制度是存在问题的，像这样的工作不但要落实到人，更主要的是落实时间、地点、工作量。现在是落叶季节，规定了让保洁员每天打扫几次户外卫生没有？"

张胖娃语塞。

"我看在这方面你们应该向井下一线的工人们学习，现在井下的环境卫生比地面上还好呢。"方政不满地说。

一行人边说边走很快来到了餐饮城。餐饮城是一个完全封闭的环形四合院建筑，上下三层。

他们走过门楼，穿过门洞来到院内，这里刚落成不久，落成那天方政矿长和郜新闻书记还亲自来为落成典礼剪了彩。这里的商家们都是刚开张的小商贩。方矿长环视一周，一楼大都是餐馆，有关中的面食、肉夹馍、羊肉泡馍，当地的大烩菜、杀猪菜、炖羊肉，还有川菜馆、湘菜馆、东北饺子、各种火锅等一应俱全，楼上还开着理发馆、美容院、小商品商店、百货门市，处处窗明几净，商业气息很是浓厚。

看到方政矿长这会儿脸上才有了笑纹，张胖娃赶紧凑上前来说："来这里做生意的商家以外地人居多，所以在安全管理上我们都做了相应的安排，争取为他们创造一个良好的经营环境。"

方政点头表示赞许。

从餐饮城回来，方政给潘晓打电话问："在忙什么呢？"

潘晓回答说："井下掘进就要过断层，我正在看进度图纸。"

对于潘晓，方政还是很赏识的。从事井下的技术工作必须心细如发，对每一天的工程进度，包括每一个工作环节都必须了如指掌。只有做到了这些，才能迅速掌握情况，排除井下作业的不安全因素。

方政说："正好，我也正准备着下去看看掘进工作面的情况，我们就一起去吧。"

两个人乘坐柴油防爆车来到井下，掘进工作面正在放炮，潘晓上前查看了瓦斯指标和通风情况记录，确认一切正常后转身对方矿长说："咱们先去综采工作面看看吧？"

于是方政让防爆车司机把车停在联络巷口，两个人步行朝综采工作面走去。

正是井下交接班时间，巨大的采煤机像工业巨人般安静地矗立在那里，方政把矿灯从帽子上摘下来，走近六米高正在被开采的煤层，用手捡起一

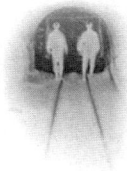

块煤凑到矿灯下查看煤的质量，乌黑晶亮的煤块在矿灯的照耀下闪烁着冰冷的光芒。

潘晓走过来说："咱们矿的煤质很好，这几天采下来的煤，化验结果是发热量能达到七千大卡，是毛乌素煤田优质煤中的优质。"

方政说："提醒一下当班的采煤机司机，把握好顶板煤的开采，你看这堆煤末子里夹有石粉末子。"

潘晓凑上前去仔细看，果然黑色的煤堆里掺杂着细微的白色点状物，他叫来当班的区队长，让他查一下刚才那班采煤机的司机是谁，告诫他们工作不细致会造成煤质下降的。

随后又告诉当班的区队长，让他把采煤机的高度调低一点儿，保证不采到石头层，更要保证煤层间隙的精准度，不能造成浪费开采。

掘进工作面的炮声从远处传了过来，"咚咚"的响声，把整个巷道震得像发生地震一样。方政对潘晓说："按照掘进进度，高进才他们今天应该就打到断层了吧？"

潘晓回答："图纸上是这样标注的，不过有时会有出入，实际情况咱们等会儿过去就能看到了。"

三十一

　　陆虔坐车来到北煤台，站台上堆满了原煤，阵阵秋风刮过，煤尘飞扬。

　　站台外面一辆紧挨着一辆的运煤车在那里等待上站，到处都是乌烟瘴气既脏又乱的场景。这样的景象已经持续好多年了，运输不畅是影响煤矿产销量的制约性因素。

　　陆虔下车走过一条铺满煤粉末子的狭窄的水泥路面，又沿着石阶拾级而上来到一排连孔窑洞前，看见北煤台杨主任正提着一篮子块煤向窑洞走去，便叫了一声："杨主任，亲自提煤呢？"

　　杨主任回头看到陆虔笑着说："还不得亲自提，不像你们大矿上有暖气。"

　　两个人说笑着一前一后走进了窑洞。

　　窑洞里黑乎乎的，一盏白炽灯从窑洞的顶部悬挂下来，给房间里增添了些许的光明。窑洞正中间摆放着一个小铁炉，一张办公桌正对着窑洞前面的花格木窗，窗子上面架一根白铁皮制成的烟囱通到外面。

　　陆虔进来找了把椅子坐下，说道："杨主任，今天你又把我们的运煤车挡到外面了？"

　　杨主任苦笑道："老弟啊，实在是没有办法，你也要想想老哥的难处。县上这个月给下了死任务，完不成就得辞职。当然不光是你们一家的煤，只要不在县煤炭运销公司计划内的煤矿的煤，这个月都缩减下来了。"

陆虔说："你今天再给我加上五十车煤。"

说着从包里拿出四条中华烟放到桌子上，杨主任看着那四条烟说："真的是拿你老弟没有办法，烟你拿回去，我最多再给你加二十车。"

陆虔今天来的底线是二十五车，他说五十车当然是打了埋伏。他太了解眼前这位杨主任了，一般是见面砍一半。有笑话说杨主任到市场上买裤子与商家砍价，付完钱后商家只让他拿走一条裤腿，另外一条裤腿让他付另一半钱，不然就不让拿。据说这是真事，陆虔也相信这是真的，以毛乌素人做生意的个性，是能做出来这种事情的。

陆虔说："那你就再给加上十车，晚上我请你喝酒。"

杨主任喜爱喝酒，经常自己都能把自己灌醉，要不是因为喝酒误事，眼前这位杨主任也许就是杨局长了。

杨主任搓着黑黑的手说道："你老弟为难我了，那就再给你加上五车吧，这已经是底线了。"

陆虔拍手道："成交，晚上世贸大酒店我早就订好包厢了。"

杨主任咧开嘴巴笑了，心想这家伙人小鬼大，鬼精鬼精的，比山西的阎锡山还能算计，以后肯定能当上大官。

从北站台出来，陆虔让司机把车开到县城世贸大酒店。

半小时后他们到了酒店门前，陆虔告诉司机他到酒店办事情，让司机去沙枣树煤矿在县城的办事处等他，说完下车一个人走进了酒店。

来到大厅他看表还不到四点，就想去酒店的洗浴中心泡会儿澡。

对于陆虔来说，他在矿上住的是大套间的豪华房间，一天二十四小时都有热水，是不需要跑到洗浴中心来洗浴的。自从今年夏天在这里认识了从温州来的按摩女小桃红后，他就常来这家酒店，泡完澡后让小桃红给按摩上两个钟点，放松一下肌肉和筋骨才是他的真实目的。

从省城调到毛乌素地区四年了，在这四年中他和妻子是分多聚少，两个人的感情似乎随着时间的推移，不再有新婚时的那份热乎劲儿。陆虔有早泄的毛病，结婚多年来每回进入妻子的体内，最多只能坚持五分钟就泄出去了，完事后，妻子就会温柔地抱紧他，用她柔软的身体极力来安慰他那颗愧疚的心。

可是从今年开始，他和妻子在性事方面出了一些状况，起因是今年"五一"节期间，他休假回到省城的家中，无意间看到妻子手机上的一条短信：

公牛在奔跑中见到一母牛在路边吃草，便急切地对母牛说："快跑吧，专家来了。"母牛说："专家来了怕啥，专家不是人吗？"公牛说："现在专家专吹牛B啊！"母牛闻听大惊，撒蹄就跑，边跑边问公牛："专家吹牛B，你是公牛你怕啥？"公牛说："你真不知道啊，现在的专家除了吹牛B还会扯淡啊！"

读完这条短信后，第一直觉告诉他，发短信的人一定是个男人。
于是他悄悄地查看了妻子的回信，回信上说：

公牛，不要再发这样的短信，他在家里。

当天晚上在和妻子做爱时，这条短信就影响到了他的心情，刚一进入到她的体内，看到妻子一副程式化的表情，连她的叫声也觉得是在演戏，他就联想起那条短信，顷刻没了兴致，只几下子就泄了。

让陆虔苦恼的是一连几天都是如此，后来妻子也不再配合他，当他有了冲动时，妻子就会说，你把人家弄得难受死了，又满足不了人家，还不如不做呢！甚至取笑他，说他是"一分钟将军"，这让他男人的自尊心受到了极大的挑衅和侮辱。他曾经专门找来这方面的书籍看过，书上说：结婚后不管是男人还是女人都会经历七年之痒的磨砺，这是由人的生理因素造成的一种自然规律。

掐指算来，陆虔从结婚到今年正好是第七个年头。

自从今年夏天认识了按摩女小桃红，又让他男人的尊严恢复了不少。小桃红的温柔在陆虔看来是另类的，她是那类很懂男人的女人，是会让陆虔在床笫间既舒服又感觉到很男人的那类女人，尽管每次做爱的时间也还是几分钟……

两个小时后，满面红光的副矿长陆虔从洗浴中心走了出来，能看得出来他表情的满足和春风得意之色，他的发型也是刚刚被梳理过的样子，自来卷的头发上打着啫喱水，在酒店大厅水晶灯下闪着熠熠的光亮。眉头的"川"字好像刚刚被熨斗熨过似的，比以往舒展了许多。仔细端详，印堂间

有那么一缕晦暗气象，那是刚才和小桃红在一起时留下的印记。

他从裤兜里掏出手机看了一下时间，差五分钟六点，便快速走进电梯间向顶层的餐厅而去。

对于陆虔来说，虽然他不胜酒力，但是由于工作关系，每个月在酒店的时间要比在矿上的时间多，这也是中国特色。

餐厅的服务小姐几乎都认得陆副矿长，电梯门一开，门迎小姐便一脸笑容地伸出纤纤玉手向他做了个请的动作，听到门迎小姐用略带毛乌素口音的普通话说："陆矿长您订的包间在迎春阁，请您随我来。"陆虔便开始进入一个新的心境，这是久在官场上迎合和应酬的心境。

走过长长的走廊，每一个包间门前都站着一个服务小姐，看到陆虔走过来，便用受过培训的腔调彬彬有礼地向他问好。陆虔一边点着头，一边继续朝前走去。每一个包间门前都有一个古香古色的宫廷式彩灯，那彩灯外面的玻璃罩上打着不同包间的名称，这让陆虔感觉到像是走入了兰陵笑笑生笔下大宋王朝《金瓶梅》的世界里。每回沿着长长的走廊走过一排排包间，他的脑海中就会闪现出一连串的词汇："灯红酒绿""天上人间""繁荣'娼'盛"……

在门迎的引领下，陆虔步入宽敞的包间，橘黄色的灯光把包间照得既柔和又亮丽。看到自己请的客人还没有到来，陆虔转身对跟着他进来的大堂经理说："一家子，你给像样些配上几个菜，八凉八热就行了，经常点菜都不知道该吃什么好了。"

这大堂经理其实姓跸，和陆虔是同音不同字的姓，他这样称呼对方"一家子"，是为了显得亲近些。

路经理就上赶着说道："我们酒店近来推出了一些新菜品，请一家子品尝品尝？"

看到陆虔点头，路经理便拿起点菜单埋头写了起来，这种纯商业性的招待，客人们一般是不太讲究菜的味道的，他们图的是新鲜和菜价，这就叫"摆排场"。这一点陆虔当然明白，这路经理更是熟门熟路，她很快写完菜单让陆虔过目，陆虔便洒脱地扫了一眼菜单，夸奖说："一家子的仿宋字写得既秀气又漂亮，倒像是我们矿上的描图员写出的字体。"

路经理谦虚道："我这字是拿不出手的，平时胡乱写写画画还行，摆不上台面的。"

陆虔打趣她说："平时胡乱写写画画都这样好看，那要是用起功来还了得？"说完两个人都笑了。

北站台的杨主任带着站上的六个人走了进来，陆虔起身相让，对站在门前的路经理说道："先上凉菜。"

杨主任被让到了主席位置，陆虔在一旁相陪，其他人也都各自找位子坐了下来。杨主任另一边的位子空着，杨主任解释说："一会儿还有一个朋友过来，介绍陆矿长你认识一下。"

陆虔说："那敢情好，多个朋友多条路。"

凉菜还没有上齐，按照毛乌素人酒场的规矩，一般要上四个菜或者六个菜才开始举杯饮下头杯酒，待大家共同喝下去三杯酒后就表示今天的这场酒宴正式开始。

杨主任看他请的朋友还没有来，就说："我给大家讲个段子吧？"

陆虔笑道："杨主任是著名的段子大王，今天又有什么新段子了？我们洗耳恭听。"

杨主任说："倒也不算什么新段子。你听过猎人和狼的段子没有？"

陆虔想了想说道："没有听过。"

杨主任便开始讲：

从前，有一个猎人追赶一只狼，他一直把狼追到了悬崖边，那狼看看无处可跑了，就转身对猎人说："看来我今天是要死在你的手里了，反正我横竖是个死，不如咱们俩赌上一把，如何？"

猎人一生好赌，听到狼说要和他赌一把，便笑着说："好！你说咱们俩该咋样赌？"

狼说："我站在这儿不动，你打我一枪，打中了你赢，我这条命就归你所有；打不中我赢，我赢了你就让我把你给吃掉，你看如何？"

猎人目测自己和狼之间的距离也就十五米左右，心想：你小子真是找死，这么近的距离我还能打不中个你？

于是说道："那咱们俩就一言为定。"

猎人举枪瞄准了狼，狼想这回看来是真的要死了，便闭上了眼睛在那儿等死。就在猎人扣动枪扳机的一瞬间，忽然刮过来一阵风，卷起的尘土眯了猎人的眼睛。枪响了，三秒钟后狼睁开眼看到自己还活着，非常高兴

地对猎人说："愿赌服输，猎人你可不能耍赖呀！"

现在猎人枪里已经没有子弹了，刚才那一枪是最后一颗子弹，于是猎人对狼说："好吧，今天我这身肉就归你了，不过我有个条件。"

狼说："只要不是太过分的条件我都可以答应你。"

猎人说："我这人穷了一辈子，家里也没有甚值钱的东西了，只有我这一身衣服得给儿子留下，以后他还可以穿在身上保暖。"

狼说："这个条件不算太过分。猎人大哥你是个很仗义的人，你仗义我当然也要仗义，要不是我饿了几天了，我就会放过你的，你的这个条件我答应了。"

于是，猎人开始脱衣服，当猎人把裤子全都脱下来后，那只狼掉头就跑掉了。

狼一口气跑到了山下，正碰到了猎人的婆姨，猎人婆姨问："看把你累成甚样子了，你跑甚呀？"

那只狼气喘吁吁地说"你家猎人太不够意思了，本来说好的事情，愿赌服输，可他……"

段子还未讲完，杨主任的朋友被服务小姐引领着走了进来。

陆虞看这来人，中等个头，面膛白净，留着小平头，看上去有些谢顶，整个面部给人印象最深的是大大的蒜头鼻，颧骨微突，并与蒜头鼻呈三角分布……杨主任的这位朋友面生异相，应该是个很有心术的人。

陆虞是略懂些面相学的人，心想这样的人要么大富，要么大奸，又想到自己和此人初次见面，以后还不知道有没有再见面的机缘，也就没有必要劳神去观察他的品相。

杨主任和他握手，接着给陆虞介绍，说朋友姓貂，貂蝉的貂，名字陆虞没有记住，杨主任叫他老貂，有时也叫貂总。

这貂总是一个跑单帮的煤贩子，经营煤炭生意多年，要说也算是个煤老板，在人前口口声声自称是"倒煤"人。

上来了六个凉菜，酒宴算是正式开始。

杨主任端起面前的白酒杯说了开场白："祝大家开开心心发大财！"

貂总就接过话来说："祝大家在新的一年里想发什么横财就发什么横财！"

　　大家伙儿都乐，陆虔想这貂总也是蛮有意思的人，不说心想事成，却说想发什么横财就发什么横财，倒真是一个有心计的主儿。他举起酒杯与貂总碰杯，貂总赶紧把自己的杯口放低，又倾斜成四十五度角与陆虔的白酒杯相碰，看来此人也是经常浪迹在场面上的人，很懂得场面上的规矩，这给了陆虔一个很好的第一印象。

　　酒过三巡，菜过五味，杨主任便对陆虔说："今天大家相聚，还有一事和陆副矿长商量。"

　　陆虔平时不太喝酒，主要还是酒量有限，所以他今天也只是举杯象征性地喝一些，在这方面他倒是没有毛乌素人大口喝酒大块吃肉的豪爽气。

　　陆虔说："杨主任，你就是我们矿的衣食父母，有甚事就直说，能办到的兄弟一定办。"

　　杨主任用手一拍身旁貂总的肩膀，说："老貂在咱们北煤台旁边要建一个新煤台，眼下手续都已经批下来了，就是资金上有些缺口，老貂的意思是寻一家国有企业做投资伙伴，拆借些钱。"

　　陆虔马上就明白了杨主任话中的意思，想到沙枣树煤矿正缺少上站的站台，这就有人来要求合作，真是好事情。

　　但他嘴上却说道："杨主任，不是我不帮忙，我们是国有企业，在资金方面回旋余地不大，何况我又不是一把手，说了也不算。不过这样吧，我回去向方矿长汇报一下，如果领导同意了那咱们再商谈合作的方式，你看如何？"

　　看到杨主任有些不太高兴了，想到或许杨主任也在貂总那儿掺着股份呢，这年头无利谁起大早呀！于是接着说道："大概需要多少资金？"

　　貂总嘴里喷着酒气说："新煤台总投资三千五百万，眼下还缺八百万。咱们生意不成人情在，陆矿长年轻有为，能交上像陆矿长这样的朋友我很荣幸，今天咱们不谈钱的事情，只谈喝酒，今天咱们就以酒论英雄。"

　　陆虔忙推辞道："貂总不好意思，我是天生就不善饮酒的人，这一点杨主任最清楚，不过建煤台的事情我会尽力的。"

　　陆虔心中自有他的小九九，如果这件事情办成了、做好了，自己以后的销售工作就好搞多了，这也能成为他的工作业绩。这业绩对陆虔来说就是政绩，就是他官运亨通的敲门砖，在这方面的理解上陆虔是比谁都明白的人。

三十二

　　十月一日放小长假，陆虔副矿长开车带着母亲顾小菊来到了黄河边，自从顾小菊听张胖娃说黄河边上有个神人，这神人有多么多么神奇以后，她就时常惦念上了。

　　趁着十月一日小长假，她要到黄河边去见见神人，让神人给她说说前程。

　　顾小菊打小没有上过几年学，20世纪70年代初煤矿到她的家乡招工，是她的父亲托了在公社当书记的远房三叔的关系，经远房三叔出面斡旋才把她招到煤矿上来，分在矿灯房工作。后来她就嫁给了当时还是采煤队区队长的陆光明。煤矿上女工少，据说当年顾小菊在矿上能歌善舞，模样儿也还周正，是矿上很多矿工追求的目标。按理说当年的陆光明一个拦羊娃出身的一线矿工，一没有后台，二没有文化，更何况煤矿上狼多肉少，这样的好事情咋能摊到他头上？

　　可是，这样的好事情偏偏阴差阳错地落在了陆光明这个拦羊娃头上，这或许就是大千世界不照章理出牌的造化所在。

　　20世纪70年代，正是"文革"后期，计划经济时代的煤矿是贫穷和艰苦的代名词。当时的光棍汉陆光明还是一个采煤工，整天除了下井就是吃饭睡觉。和他在井下一个班工作的老张头是一个被局里下放的老干部，年轻的陆光明除了有一身力气外，还有一颗善良的心。当他看到老张头一把年纪在井下干着繁重的体力活，又时常被战争年代留下的伤痛折磨着时，便动了恻隐之心，每次下井干完自己的工作后都要帮着老张头干他那一份工作，日久天长两个人便有了深厚感情。

粉碎"四人帮"后，老张头恢复了工作，回到了领导岗位上，不久又到他们矿担任一把手——党委书记，没有任何背景的陆光明一夜间就有了强硬的后台，并很快当上了采煤队的区队长。三十岁的陆光明一下子飞黄腾达了，成了矿上的传奇人物。

自此，很多传言不胫而走，有消息说他在井下曾经救过张书记的命，更有消息传来说他和张书记是亲戚关系，还有更邪乎的谣言说陆光明会看相，早就看出来张书记会官复原职，所以在张书记落难时极尽巴结之能事……不管怎么说，一夜间长相并不起眼的陆光明成了矿灯房女工们眼中的焦点人物，平时心性高傲从来不拿正眼看煤矿工人的顾小菊开始留心到他了。

什么叫久旱逢甘雨，什么叫干柴遇烈火，活到三十岁还不知道女人是啥滋味的陆光明很快就被这个有心计的女人俘虏了。两个人相处仅一个月便结婚了，结婚那年顾小菊二十四岁。就在结婚前一天还在犹豫的顾小菊，曾经找一个算命的盲人给她算过一卦，算命盲人推算了流年又推演了她的生辰八字后，说她有旺夫命，而且时运就在当下。她这才定下嫁给陆光明的心来，第二天两个人便男欢女爱入了洞房。

当然这中间曲曲折折的过程陆光明是不知道的，自打入了洞房那晚上起，从顾小菊的嘴里就很少听到陆光明的大名，取而代之的是"那个谁"。

一晃快三十年过去了，顾小菊对那个算命盲人也是念念不忘，她深信人的命运是可以自己掌握的，同时她对算命先生神秘的卦相也是深信不疑的。当听到张胖娃说起和陆虔去听神人说话的事情后，顾小菊便上了心，多次给儿子虔虔打电话，让他抽时间带她去听神人说话。

要去见神人的头一天，顾小菊戒掉了荤腥，在家中焚香、沐浴、更衣，虔诚之心天神可鉴。

陆虔开着白色越野车驶离黄河岸边，向山里而去。路两边陡峭的石头山崖鬼斧神工般矗立在山峰上，川道里的风卷起黄尘在车后面尽情地旋舞，这让顾小菊感觉到了这条山沟的神秘莫测，她闭上嘴巴不再问开车的儿子有关神人说话的事了。她的双眼紧紧盯视着前方，仿佛前方的道路上会有

无数神秘的精灵在等着她。

陆虔把车开上了一条土坡，停在一个土堆前面，顾小菊四下打量，山峁上一间孤零零的房屋让她觉得像是一座"庙宇"，那"庙宇"坐落在一个小院落里，院墙是用石片垒成的，横七竖八的石片歪歪扭扭。她想黄河边风这么大，刮过来一阵山风那院墙保不齐就稀里哗啦地坍塌下来了。又想到自己也真是替神担忧，神的院墙是不会倒塌的。

顾小菊随着儿子陆虔绕过土堆沿着沟边的石子路转过院墙，看到院墙的侧面有几个人虔诚地站在路边，院墙的另一面是放生笼，里面关有鸽子和山鸡，笼子下面还有野兔子在那里跑动。

陆虔说："妈，你在这儿等一下，我去那边屋里看看神人这会儿有空没有。"

顾小菊说："好，你去吧。"

自己也就转身去看那些等待放生的生灵去了。

陆虔来到神人的屋前，看到一个身材瘦小干部模样的中年人双手捧着一张画符从门里走了出来，正与他打了个照面，那人友好地冲他笑笑，他也就看着那人礼节性地回笑。

从那人没有关严的门缝处看进去，神人依然是他上次来的那个姿势，也依然是坐在原来的那个位置上。陆虔急忙把门缝推得大了一点儿，好让自己能挤进屋内。神人撩起眼皮子扫了一眼进来的人，伸手做了个合十的动作，又示意他坐到自己对面一把脱了黑漆、被抚摸得黑亮的太师椅上，显然他是认出这个后生了。

神人说道："香客这次来可是要问今年的运势？"

陆虔赶紧虔敬道："正是，想听听您怎么说道。"

神人看着陆虔说："去年你来问运程，我观香客颧骨隆然而起，耸然而阔，其峻如立壁，印堂至天庭有骨隐隐可见，是少达而荣之人，又细观你眉骨紧锁有一'川'字尾部横扫印堂，告诫你不可轻动；今年你是来还愿的，我可以告诉你其中原委，观你额部天中、天庭、司空、中正、印堂五位一扫彗星之尾气，得以靖正明净，天中丰隆，今年可谓仕宦之路，总显达也。"

陆虔听罢，心头喜极而惊，面部表情为之动容，心道：看来这次没有白跑一趟。于是他从钱夹中取出早已备好的两千元钱放在桌上，问："神人你再给我指点一下迷津，今年可否有望升迁？"

神人细看陆虔的额纹与头枕骨，默然处之，不再言语，闭目养起神来。

和上次一样，陆虔了解神人的这一习惯性动作，便不再追问，拿起那一沓钱恭恭敬敬地退出门外，放生去了。

待陆虔走出房子，拉上那扇黑漆大门，神人脸上刚才显露出的一缕微笑一扫而去，他定定地瞅着没有关严的大门缝隙，轻叹一声，微微摇了摇头，自语道："芸芸众生皆为利来，却都不愿知道这利也是一把双刃的剑哪！"

顾小菊手里拿着五百元人民币走进神人的正屋，她刚坐下，神人便道："夫贵妻荣，母以子立；香客，你是有缘之人，我只度有缘之人，观你两眼，脉相侵睛，谋无不遂。"

说罢不再言语，顾小菊听神人说这几句话便已心服，但是她对"脉相侵睛"四字不甚了了，还想细问什么是"脉相侵睛"。

看到神人已然闭目不语，便不再说什么，她认为神人之语是代替天言，既然是代天而言自然不会浅白到让人了然于心，于是她带着这四个字的疑惑出门放生去了。

在回去的路上，顾小菊依然惦念着那四字语，便问儿子陆虔是何意，陆虔一边开车一边思想着说："神人说话自有神人的道理，明年你再来还个愿，也许他就会告诉你的。"

顾小菊想想也是这么个道理，就不再说话，眼睛望着车窗外面，细细品味刚才神人嘴里吐出的每一个字，比照自己的过去想着心事。

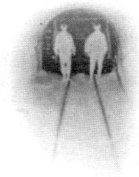

三十三

　　七天假日转眼就过去了，收假头一天上班，一大早开完生产调度会，陆虔便来到方政的办公室。看到陆虔进来，方政说："你来得正好，我正要找你，放假这几天北站台的上站煤又不正常了，咱们矿上煤场的煤都快堆不下了，你得赶紧找找杨主任，想办法解决上站煤的问题，不能让矿上月月都为这件事情发愁。"

　　陆副矿长打了个哈欠，看到方矿长正在望着他，连忙不好意思地解释说："昨天晚上休息得晚了。"

　　方矿长耸了一下肩膀表示并不在意，陆副矿长借机就把杨主任和貂总他们想要同矿方合作办集装箱站的事讲了。他认为，对于正在为煤炭运销瓶颈发愁的沙枣树煤矿来说，这是一件好事情，主要是怎么个合作方式的问题，最好是拿出个双方都能接受的合作方案出来，做到双赢。

　　听完陆副矿长的汇报和意见，方矿长坐在椅子上手里拿着一盒没有打开的香烟陷入了沉思。他在思考两个问题，一个是双方合作谁来控股的问题，另一个是资金投入的问题。沙枣树煤矿这样的国有企业，不同于貂总那样的煤老板，资金在自己兜里装着，想花拿出来花就是了，不需要向谁请示，更不需要向谁汇报。但是他们这个国企动用大量资金必须得经过矿业总公司同意，其间的过程和繁复的手续办理是需要一段时间的。可眼下的问题是矿上马上就得解决的原煤销售的上站问题，又不能立刻答应北煤台的杨主任他们什么，对于矿方来说这是个比较难解决的事情。

想到这里，他抬眼看到陆副矿长正眼巴巴地望着自己，便干脆地说："这样吧，我和郜书记沟通一下，通知矿上的相关部门，马上召开紧急党政联席会议，今天上午就着手解决这个问题。时间不等人呀，咱们煤场的原煤都快堆成喜马拉雅山了。"

陆副矿长非常高兴地说："这样最好。方矿长，你这是对老弟销售工作的最大支持！"

上午十点整，沙枣树煤矿党政联席会议在顶层会议室准时召开。

方矿长主持会议。陆副矿长首先介绍了北煤台杨主任、煤老板貂总与矿方合作的意向。陆副矿长讲完，方矿长接着说："大家都是各部门的负责人，站在不同的角度讨论一下这次合作的利弊，然后由企业管理部门牵头，拿出至少两套合作方案来。"

由于事情来得突然，除了会前方矿长与郜书记进行了简短的交流外，其他人都是刚刚听说，所以会议室里一时陷入了冷场。大家你看看我，我看看你，谁也不便马上发表意见或者表示态度。

还是郜书记首先打破沉默表达了自己的看法。他说："我个人认为这对于我们矿来说是一次上好的机会。首先我们矿几年来一直为运输瓶颈问题发愁；其次通过合作既解决了我们矿的铁路运输问题，同时也把我们的利益和北煤台的利益拴在了一起，为搞好地企关系提供了有利条件。问题是合作方式。比如谁来控股，这决定以后集装箱站正式运营后谁说了算的问题。另外这么大的资金量的动用，还是要向上级汇报，不知道矿业总公司能不能同意。"

郜书记的发言把大家的思维引入了问题的关键，总工程师潘晓说："我觉得这件事可行。既然今天这个党政联席会议就是为了解决合作投资集装箱站的问题，那么业务部门如何在技术环节上拿出合作方案，解决合作上的技术问题是关键。"

方矿长点头表示认可他的看法。

接着企业管理部部长乔迎春发言，他觉得双方合作必须建立在互相诚信的基础上，得考察一下对方的商业诚信和实力，然后是合作方式。他提出了两个合作方案，第一个方案是双方成立一个新的股份公司进行运作，双方都以投资人的形式成为新公司的股东；第二个方案是矿方只注入部分

资金，目的是在集装箱站运营后解决矿方的上站煤问题。

乔迎春认为，从技术操作层面上来分析，这第二个方案比较简单，便于操作。

财务部部长刘苹也谈了她的看法。她认为市场经济本身都有风险，不管是哪一种合作方案都会带来投资风险，她赞成乔迎春部长说的首先要考察对方的实力和商业诚信的意见，同时认为乔迎春部长所说的第二套方案虽然利于操作，但是资金风险较大，不好掌控，要进行可行性分析，然后上报矿业总公司。

人力资源部副部长宁子宁也表示，矿上的销售队伍一直是个薄弱环节，如果能借助这次合作扩大矿上的销售力量，锻炼出一支训练有素的销售队伍，是最好不过的事情。

最后方矿长总结说："看来大家的意见基本上是一致的，我看这件事情就由陆副矿长牵头，企业管理部乔部长具体负责。各部门拿出属于自己分管工作的意见来，尽快汇总到企业管理部，由企业管理部拿出方案，至少拿出两套方案。下面看看谁还有其他意见？"方矿长说完看看邰书记、陆副矿长、潘总工，见三人都表示没有意见，又说："那就散会，三天之内把方案报上来。"

会后，陆副矿长请示方矿长，是不是和杨主任、貂总他们见个面，双方接触一下？主要是和对方沟通一下，先拿出来个会议纪要或者是合作意向出来。

方矿长说："好啊，那你就联系一下，咱们雷厉风行，就放在今天下午吧。"

陆副矿长立刻打电话联系北煤台的杨主任，约好下午三点半在世贸大酒店会议室见面，商谈合作意向。一切处理完毕，陆副矿长又向方矿长请示说："方矿长，下午都哪些人参加商谈？"

方矿长想了想说："你、我、邰书记，企业管理部、财务部，另外销售上去一个人，还有办公室去一个做记录的。"

办公室通知邰书记，邰书记给方矿长打来电话，说他下午还要开党群工作会和纪检会议，为机关作风整顿布置工作和准备材料，就不参加下午的商谈了。

方矿长说："那好吧，最近一段时间机关作风是有些松散，该认真抓一抓了。"

刚放下电话就看到报社记者、他的老同学王天顺的脑袋瓜子从办公室的门缝里探了进来，方政便哈哈地笑着和他开起了玩笑："我说一大早起来就闻到老陈醋的香味了，老同学你一定是顺着风来的吧？"

王天顺从门缝中挤了进来又反身关上办公室的门，这才"嘿嘿"地笑道："你在这里呼风唤雨当着一方诸侯，我当然要来采访一下了。"

他从方政手里接过一支香烟来点上，随即坐在方政办公桌的对面接着说："我这次来可不是专门来谝闲传的，我可是带着任务来的。"

方政学着他的口音笑着问道："你这个记者走到哪儿都是专挑毛病又骗吃骗喝捎带物质刺激，说吧，甚任务？"

王天顺装作不满地说："我在你的眼里就是这么个形象？好了不和你兜圈子了，这次报社评选煤炭行业十大新闻人物，我到你们矿业总公司去了，他们推荐了你，我可是奉旨前来采访你的。"

方政依然学着王天顺的口音说："我有甚好采访的，你还是找别人吧。"

王天顺斜瞪着眼睛看着方政："你小子也太不识相了，别人削尖了脑袋争取还争取不到手呢，你还向外面推。实话告诉你吧，我都在社里给你预留下一个名额了，你是当也得当，不当也得当！小样吧，看把你还牛×得不行。"

方政笑道："你这不是逼宫嘛，非得赶鸭子上架呀？"

王天顺说："在我看来，你这个国内第一流矿井的矿长是当之无愧的。"

方政说："那好吧，给你个面子，我就当一回新闻人物，不过我可没有时间陪你瞎聊，这矿上除了我以外，你愿意找谁聊就去找谁聊，这是我给你的最大权力。"

王天顺撇着嘴龇着牙花子说："这天下第一大矿的矿长就是牛呀！好吧，我接下方矿长的尚方宝剑了。"

两个人正说着话，刘苹敲门走了进来，看到王天顺在她不好意思地说："打扰你们了。你们有事先谈，我在外面等会儿。"

方政说："没有什么事情，你进来吧。刘部长，我给你介绍一下，这是我的老同学，一代名'妓'（记）王天顺，是记者的记，不是艺妓的妓，可别往歪处想。"

刘苹便抬起左手捂着嘴笑，然后大方地伸出右手和王天顺握手，说：

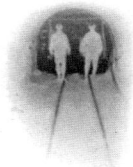

"王大记者呀，我可是久闻大名，真没有想到你和我们方矿长还是同学呀？"

王天顺嘻嘻笑着说："别听你们方矿长瞎说，他见我从来就没有好言语，总是掰糟我。"

刘苹看看扯远了，便言归正传问方政，下午商谈还需要带哪些资料？

方政想想觉得没有什么需要特殊准备的，只不过是先接触一下，互相有个第一印象，就说不需要刻意准备什么，让她看着带上些备用的就行了。

刘苹说："好吧。"便和王天顺打了个招呼，一转身走了出去。

王天顺看着刘苹出了门，就又说道："老同学呀，你的这个部下很水灵，是个麻辣川妹子吧？我看她看你的眼神中有情愫，你信不信？"

方政骂他："你个熊货，是不是又犯了娱记的毛病了？"

王天顺说："不骗你，是真的，我可是火眼金睛。"

两个人正说着话，方政的手机来了信息，他打开来一看，竟是刘苹发来的：

妖的叫美女，刁的叫才女，木的叫淑女；蔫的叫温柔，凶的叫直爽，傻的叫阳光，狠的叫冷艳；土的叫端庄，洋的叫气质，怪的叫个性，匪的叫干练，骚的叫有味道，嫩的叫青春靓丽，老的叫风韵犹存，牛的叫傲雪凌风，闲的叫追求自我，弱不禁风的叫小鸟依人，不像女人的叫超女。在你们眼中我是麻辣的呀？

方政苦笑，刚才王天顺说的话让她都给听去了。

下午的商谈双方达成了初步意向，共同在毛乌素市北煤台以南合作投资筹建集装箱站。但是双方在谈到控股方案时，貂总坚持必须由他们公司控股，他们至少要占到51％的股份。在这个问题上方矿长不能表态，他心里清楚参股49％对于矿方来说没有多大的实际意义，因为总公司在这方面还没有先例，何况矿上的主要任务是生产煤炭，搞多种经营与总公司集团化运作模式是相违背的，主要是他还没有就初步方案向总公司汇报，所以不能很快答复对方，双方就这个问题僵持不下。

后来，陆副矿长提出了一个"以时间换空间"的概念，就是与貂总的公司达成协议，矿方拆借貂总急需的八百万元资金三个月时间，由貂总在三个月后连本带利偿还给矿方；同时，貂总的公司在正式运营后每年给矿方保证提供上站煤台的空间，用来解决矿方原煤上站难的问题。

杨主任听后认为此方案可行，貂总也表示在此框架下进行洽谈是可行的。

为了慎重起见，方矿长没有最后表态，他说："既然你方认可陆副矿长的以时间换空间的方案，那么我们回去商量一下，明天拿出具体意见。"

双方的第一轮会谈暂告一段落，方矿长看了看手表，五点多了，就对陆副矿长说："安排一桌酒宴，我们招待杨主任、貂总经理吃饭。"

貂总忙道："我已经安排好了，方矿长一行到我这儿来，是我应该尽地主之谊的。"

杨主任插话："这世贸大酒店貂总是占有股份的，他也是这儿的老板，安排大家吃饭是应该的，你说是不是老貂？"

方矿长一行都惊愕地看着貂总，貂总笑道："是应该尽地主之谊的。"

酒宴非常丰盛，貂总的司机搬来了一箱茅台酒，说是今天要按照毛乌素人的喝酒风俗，见人"N＋1"瓶。

陆虔急忙投降说："貂总我就不算人了，你知道我是没有酒量的。"

方矿长说："我还有个记者朋友马上到，介绍给杨主任和貂总认识一下。"

杨主任马上说："好啊，方矿长的朋友也是我们的朋友。"

貂总说："我也有好多记者朋友，今天能认识方矿长介绍的记者朋友，非常高兴。"

正说着王天顺推开包间的门走了进来，大家表示欢迎，王天顺挨着陆副矿长坐下来，酒宴开始。

等到酒菜上齐，乔迎春已不胜酒力，很快就被貂总和杨主任敬上的三大碗酒喝得招架不住了。貂总和杨主任又把矛头对准了方矿长，又是碰杯，又是掷色子吹牛，方矿长的酒喝得过猛，坐在那里摇摇晃晃有些把持不住，王天顺被貂总的手下纠缠着也早已喝得不亦乐乎。

刘苹站起来，拦下一杯杨主任端给方矿长的酒说："杨主任，方矿长不能再喝了，这杯酒我替他喝了吧？"

杨主任说："你要替方矿长喝也行，你得先喝下三杯酒，因为你头里没有喝。"

方矿长摇晃着站了起来，被刘苹拽着胳膊摁着坐下，说："好，君子一

言驷马难追，杨主任咱们就一言为定。"

　　说着端起酒杯连喝下三杯白酒，又端起方矿长的那杯酒和杨主任干了。

　　刘苹喝下几杯白酒后，脸上立刻升起绯红，眼中便有了小女人的风情。陆虔插话道："刘部长，你也应该敬貂总酒的。"

　　刘苹便又站起来，端起一杯酒说："貂总不好意思，我平时不喝酒的，既然陆副矿长说话了，那就是命令，我敬你一杯。"

　　貂总显然喝得差不多了，嘴里呜呜啦啦地说："一杯不行，要喝、就喝三杯。"

　　方矿长连忙拦住说："喝三杯刘部长就算了，今天这杯子大，我看两杯倒满了就是一两酒。"

　　杨主任插话："方矿长真会怜香惜玉！刘部长必须和貂总喝三杯，我看了，三杯酒下去，刘部长不会有事的，倒是老貂招架不住了。"

　　正说着，貂总的一个手下过来接过貂总手里的酒杯，说："让貂总缓缓，这三杯酒我替他喝。"

　　貂总把他的手下推到一边说："你和王记者喝酒去，这儿没、没、没你什么事情，这三杯酒我一定要和刘部长喝、喝的。"

　　说完一头栽到桌子上起不来了，杨主任哈哈笑着说："老貂今天不是喝醉了，是被漂亮的刘部长送醉了。"

　　陆副矿长赶忙把貂总搀到一旁的沙发上，再回头看刘苹时，见她正给方矿长递过去一张湿纸巾，并温存地说："方矿长，用湿巾擦擦脸，这样能清醒清醒。"

　　……

　　酒宴结束时夜幕已然降临，十月的毛乌素地区，太阳一落山外面就冷清了许多。

　　清冷的晚风吹到人的脸上已有了些许的寒意。

　　方矿长和陆副矿长并排走出酒店，王天顺和乔迎春跟在后面。刘苹已先出来站在寒风中等着他们。风把她的长发吹了起来，她粉红色的桃腮在酒店门前聚光灯的掩映下，越发显得楚楚动人。

　　杨主任从酒店的旋转门走了出来，说："老貂喝醉了，晚上住酒店就不走了。"

　　他过来和大家一一握手，在和刘苹握手时说："看来在酒场上有三种人不可小觑，脸红的，戴眼镜的，扎小辫的。真没有想到刘部长是海量，刚才貂总还说醉话——你把他喝倒了。"

刘苹微笑着没有言语，陆副矿长说："我们刘部长的酒量不可小觑，人也长得漂亮，蒙古歌曲唱得更是一流。"

刘苹便嗔他说："陆矿长你就别再添油加醋了。"

杨主任便要拉着大家去唱歌，说今天他请大家唱歌去，看到杨主任兴头高涨，方矿长也不好说什么，便道："好啊，不过客还是我来请吧。"

杨主任说："不行，今儿个必须我请，要不我就不去了。"

陆副矿长从中打圆场说："既然杨主任一片盛情，方矿长咱们就恭敬不如从命吧。"

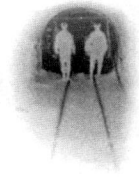

三十四

第二天早晨一上班，矿上召开专题会议，继续研究讨论集装箱站投资项目，会议的重点是"以时间换空间"方案的可行性。

陆虔认为，矿上以三个月时间拆借给对方八百万元资金，换来今后永久性的上站煤台空间是完全划算的。

郜书记也觉得这是一件好事，只是在想和私人合作的风险性，他说出了自己的担忧，认为还是要多方考察合作方的实力和商业诚信。陆虔就又给郜书记说明了貂总的实力和一些情况，最后他说大家昨天都看到了，世贸大酒店就有貂总的股份，何况还有北煤台杨主任担保，杨主任可是政府官员。听陆副矿长这么一说，郜书记便不再言语。

刘苹从财务制度上考虑，八百万元资金从矿上划到私人账号上去，总得有个合理的解释吧？她一早就到方矿长办公室说出了她的担忧，私自挪用公款，不管你是出于何种理由、何种原因，都是违规或者违法的。

方矿长给她宽心，让她不用为这事担心，说这件事是由大家在会上决定的，拆借三个月资金给对方，用时间换空间对矿方是利大于弊的事情，只要是对矿上有利的事情，就是刀山火海不也是要我们这些人去闯吗？不然要我们在这儿做什么？

看到方矿长信心十足很爷们儿的模样，刘苹的心便怦然跳动，她的脑海里倏然闪过那天从红海则回来的路上遇到沙尘暴，自己紧紧抓住方矿长胳膊时的情景。她认为眼前站着的这个男人，就像一座自己不能逾越的大山，稳稳当当地矗立着让她依靠，他是可以信赖的。思想到这里她不由得胸口微微起伏，禁不住双耳泛红，脸上升起一团红晕来，于是急忙告辞走了出去。

所以在会上，刘苹部长并没有发言说出自己的担忧，她相信方矿长这样做不是以权谋私，仅这一条理由就足够了。

看看大家都不再言语，最后方矿长拍板，同意拆借资金给对方以时间换空间。他让陆副矿长会后就同杨主任和貂总联系，下午双方进行第二轮商谈，同时安排乔迎春部长起草一份资金拆借协议的草稿出来。

陆副矿长来到矿销售部，看到开票员正忙碌着给拉煤的司机们开票，出纳在一旁收钱数钱，就问出纳道："昨天收了多少钱？"

出纳说："三百六十万。"

陆副矿长交代她说："把这三天收到的现金单独存放一个账号，先不要上交到总公司。"

出纳说："刘部长那里催得紧，怕她不愿意。"

陆副矿长说："我会和财务上说的，你只管照着做就是了。"

陆副矿长安排完就转身向矿办公大楼走去，他是去找方矿长商量资金拆借方案的。他想从销售环节把资金拆借出去，神不知鬼不觉，三个月后等集装箱站开始营运了，就把资金还上。眼下的销售任务都快把他压得喘不过气来了，这件事情做成了也是给自己卸下了销售任务的担子，自己又何乐而不为呢？

当然，陆副矿长深知，如果这件事让总公司知道了，会惹出许多麻烦来。他想即便有麻烦也是方矿长的，与他自己无关，天塌下来有大个子顶着呢！何况方矿长也说了，这是为矿上办事又不是为个人谋利益，我们光明磊落。

方政矿长正准备到井下去，听了陆副矿长的汇报后，觉得这样做虽有违规之嫌，想来这是最快的办法了，不妨先这样操作。

于是说道："那你就先这样安排下去吧。"

正说着记者王天顺走进了办公室，王天顺铁青着脸，看来昨晚的酒还没有完全清醒过来。方政嘿嘿笑着，一边换着工作服一边与他开玩笑道："你个九毛九昨天晚上把酒喝饱了吧？"

王天顺苦着脸说："这酒真他妈的不是好东西，就是茅台喝多了也难活。老同学呀，我来了两天，看到你不是安排工作就是喝酒，你这是不是又要下井去？铁人都受不了，要注意身体呀，这身体可是革命的本钱，时下健康学家认为我们这一代人都是亚健康状态。我看你这是在透支生命，是在拼命，还是要劳逸结合。好了，不说废话了，说了也是白说，看来你这个大矿的矿长还真忙，我就不再骚扰你了，今天就回去。"

方政换好工作服，拍了拍王天顺的肩膀说："那我就不送你了，你去哪儿让司机送你吧。"

王天顺龇着牙说："又来卖乖，我是自己开车来的。"

两个人说着话来到大楼前告了别。

方矿长下井来到掘进工作面，看到掘进队长高进才正在那里冲着干活的工人们发火，潘总工猫着腰手里拿着一根粉笔在那里比画着。他问站在一旁的吴尧尧出了什么事情，吴尧尧一边嘿嘿笑着一边告诉他说："一上班高队长让掘进队的工人拆卸联络巷道墙上的隔板，高队长的意思是让他们把隔板拆下来时给编上号，这样干完活后可以照着编号再把隔板装到墙上。"

方矿长说："对呀，以前不都是这么做的吗？"

吴尧尧咧开嘴笑着说："那些工人是才招进来的新工，你看他们是拆下来一块隔板在墙上用粉笔编上一个号，隔板上没有编号，这不拆下来装不上去了。"

方矿长仔细一看，果然墙壁上整整齐齐地编着一、二、三、四……隔板上却是干干净净的什么也没有，原来潘总工正在那里撅着屁股给隔板对号入座呢。

方矿长明白后也跟着哈哈笑了起来，对高进才队长说道："进才，你也别光顾着在那儿发火了，重新编号装上不就得了。"

高进才依然气哼哼地骂道："蠢货，耽误时间就是耽误大家的工作进度。"

正说着潘晓直起腰来向方矿长打了个招呼，又对大家说："从隔板的一号开始，一块一块按顺序装上就行了，大家开始干吧，别再耽误时间了。"

几个人从掘进工作面踩着泥泞向综采工作面走去，方矿长一边走一边给高进才说："井下水大，找些人过来清淤。"

潘总工看着高进才说:"进才正为这事和综采队扯皮呢。"

方矿长说:"有甚扯皮的?"

高进才插话说:"让他们出人共同清淤,人家牛×,总说自己忙,就是不派人手。"

方矿长撇着嘴道:"小肚鸡肠的,还能干成大事?这样吧,你们掘进队出人报上工来,以后你们清多少淤泥,由企业管理部验收,按工程量支付你们劳务费,你看咋样?"

高进才便不好意思了,说:"不是钱不钱的事情,就是气不顺。"

潘晓在一旁打趣他说:"这下子你气顺了?"

高进才便站在暗处"嘿嘿"傻笑。

三十五

邰书记主抓的为斯三十天的"整顿机关干部思想作风启动大会"在矿多功能厅拉开序幕。

为了提前造出声势，矿党委、纪委、工会三家联合发布了倡议书，倡议全体干部职工以目前正在践行的"八荣八耻"理念为契机，狠抓干部职工作风，从思想源头抓起，从心灵深处抓起，使全体干部职工在思想政治上上一个新台阶。

为了开好这次会议，并把这次整顿工作搞得有声有色，邰书记指示矿党政工团一齐行动，从宣传抓起，挂起横幅标语，让干部职工对这次整顿工作在感观上有个了解，并起到触及灵魂达到实际成效的目的。他要求各部门保证每月在《工作简报》上写一篇反映本部门职工思想的文章，每周进行一次评选，奖励做得好的部门和个人。

一时间，每天晚上都能听到从机关传出来的歌唱"八荣八耻"歌曲的旋律和弘扬正气铿锵有力的诗歌朗诵声。

这天晚上，陆副矿长坐在他宽大的办公室里，明亮的灯光把他的身影投在浅色窗帘上，黑色的影子随着他在椅子上的来回扭动不断变幻着形状。大楼里机关人员正在歌唱"八荣八耻"的歌声隔着办公室的门传了进来。他手中玩弄着一支香烟，那香烟在他的中指和食指的缝隙间熟练地上下翻转着，他的耳中时不时地掠过一两句清晰可辨的歌词：

以团结互助为荣，以损人利己为耻；以诚实守信为荣，以见利忘义为耻……

自从上周与貂总签订了以时间换空间的借款协议后，他主管的销售工作的压力明显减轻了许多。签订合同那天，杨主任保证每天给矿上的上站煤不低于一万吨，矿上煤场积压的原煤很快便被拉空了。这让陆副矿长很是得意：一个人的工作成绩就是这样干出来的，这就是能力。他是那种能抓住任何一次显示自己才能的机会的人，年轻让他的锐气得到了充分的展示。他不需要像传统儒家思想说教所说的那样去韬晦自己，他更需要的是让大家看到自己的工作能力，只有这样他才能服众。

想到这里，他为自己的这次成功出手不禁沾沾自喜起来，看来黄河边的那位神人还真的是能掐会算的主儿，他再次回忆起神人对他说过的话来："今年可谓仕宦之路，总显达也。"他想，既然神人都这么说，今年是自己的仕宦之路，何不有恃无恐地继续大胆走下去？机遇对于一个人来说一生或许只有一次，官场上有一句至理名言：一步赶不上，步步赶不上。仕途中你比别人在升迁的道路上慢下半拍，或许终其一生你都会比他的官职低那么一点点。这就像刚才传过来的歌声一样，有的人在起唱时落下了半拍，直到曲终也没能赶上正常节奏。

那支香烟早已在他的手中被揉捏得皱皱巴巴了，年轻有为的陆虔再度陷入沉思中，他在权衡继续走下去的利与弊，他还年轻，他并不想孤注一掷，但是他更不想虎落平阳。在这两难的选择中他的眉峰紧锁，一道深深的"川"字聚在印堂上。记得在他步入官场的第一天，父亲曾经告诫他说："在政治斗争中敌人的敌人就是我们的朋友，懂得利用一切可以利用的力量，才是一个人真正成熟的标志。"那么当下谁是我的敌人，谁又是我的朋友呢？他就这么漫无目标地遐想，猛然一个人的名字跳到了他的眼前，或许这个人就是让他再上一个台阶的"抓手"。

于是他打开电脑，迅速建立起一个新文档，在文档的开头处写下了三个字：举报信。

为了配合机关干部职工作风整顿工作，方矿长近来正在主抓一线矿工的技能培训。

随着时间的推移和矿工的不断增加，方矿长感觉到了一线矿工业务上

的不熟练，这和目前社会上的就业压力有关。许多刚毕业的初高中生、中专生、大专生，甚至本科生们毕业后多年在社会上打拼，却没有个稳定职业，得知毛乌素矿区的工资远远高于其他地区后，他们的家长便通过各种关系，甚至不惜花大价钱走后门想为孩子在矿上安排一个工作。

沙枣树煤矿毕竟是国有企业，在这里端上"铁饭碗"，家长们多少就能安下心来。

想到这里方矿长苦笑。当年砸"三铁"，砸到现在看来是"三铁"反过来又把人给砸了。而这些没有在煤矿上工作过的一线矿工们，仅凭入井前短暂的三个月培训就来到工作面开始了他们的掏炭生涯，这在方矿长看来是非常危险的。虽然他门学历不同，但是对井下安全与技术方面的实际操作经验和理论知识，都是知之甚少。针对这个薄弱环节，他找来宁子宁副部长，让他先下去摸底。发扬老煤矿传统，要求每个新矿工必须与一个老矿工签订"师徒协议"，做好"传帮带"；同时让宁子宁联系煤矿学校，请他们的教师来，在矿上开办夜校，以提高一线矿工的理论知识水平。

宁子宁很高兴地接受了这项任务，这是他闲置了一年多来接手的第一项富有挑战性的工作，为此他还给乔迎春部长提交了一份报告，内容是矿工理论知识考核与技能晋级挂钩的报告，并得到了乔迎春部长和方矿长的首肯。

后半夜下起了雪，虽说天一亮雪便停了，整个矿区还是换上了银装。

宁子宁副部长起床后洗漱完毕，看看表还不到七点钟，便拿了扫帚到楼下人力资源部的责任区扫起了积雪。冬日的毛乌素沙漠寒气逼人，他一边在双手上不时呵上几口热气扫一会儿积雪，一边不停地跺着双脚，脚下便发出大地冻实了的咚咚声。很快人力资源部责任区的积雪就被堆成了一座小山，有部下看到副部长一个人在那里扫雪，也拿了铁锹推了车子过来帮忙。

部书记戴着手套从广场的南边走了过来，看样子他是刚刚锻炼回来，看到人力资源部门的人正在自觉地打扫着积雪，高兴地想：看来机关作风整顿工作还是初见成效了。

他走过来给宁子宁掸了掸身上的雪花，笑着说："小宁还是一个棒小伙子哩！"

宁子宁摇着头说："也已是人近中年了。"

宁子宁说的是实情，过罢年他就到不惑之年了。

人力资源部的小张在一旁插话道："根据联合国对人的年龄段的最新划分，从十八岁到四十五岁都是青年人，四十六岁到六十八岁才是中年人，宁部长你现在还是被联合国划在我们青年人的范围，部书记才是人到中年的人呢。"

几句奉承话把两个人说得眉开眼笑，正说笑着方矿长和陆副矿长下楼来了，他们是准备到餐厅吃早餐的。看到他们，部书记热蒸现卖地说："看，又来了两个青年人。"

大家就笑，方矿长看看自己的穿戴，摸摸头发，又看看陆虔，有些莫名其妙地问："你们大家笑什么呢？我没有把衣服穿反吧？"

宁子宁说明了原委，方矿长就笑说："那敢情好呀！一起吃饭去吧，青年人。"

陆副矿长仰头看看阴沉沉的天空，觉得这场雪还没有停的意思，老天爷也许劳累了歇上一会儿还要继续下的。他走过去在宁子宁的肩头拍了一下，说："一会儿吃罢饭你到我办公室来一下，有事情和你商量。"

宁子宁点头表示知道了，几个人一起向餐厅走去。

饭后，宁子宁来到陆副矿长的办公室，陆虔很热情地起身过去拉着他的手，两个人一同坐在了双人沙发上。

陆虔拿起茶几上的一把香蕉掰下一根儿，剥了一半香蕉皮递到他的手里，说："年轻人饭后要吃些水果，这样对身体有益。"

说罢自己也掰下一根儿剥开来，两个人一起吃起来。

宁子宁一边吃一边问道："陆副矿长找我来，有什么当紧事情要我办的？能办到的我一定尽力去办。"

陆虔不急不慢地吃着香蕉说："不急，吃完再说。"

他是在琢磨着宁子宁此时此刻的心态，要说这宁子宁不是一个脑筋活络的人，有时还有点儿一根筋，这恰恰是他看好宁子宁的地方。吃完香蕉陆虔拽了一张餐巾纸，一边擦着手，一边起身走到自己的办公桌前，从抽屉里拿出几页打印好的 A4 纸，转身走过来坐在宁子宁的身旁，把那几页纸递到了他的手中。

宁子宁擦完手赶忙接过来，第一眼看到"举报信"三个黑体大字，便认真地读起来：

省纪律检查委员会：

沙枣树煤矿矿长方政擅自挪用公款八百万元为自己的小金库牟取暴利。

同时，在矿井下设备招标采购过程中，方政大搞独裁，行贿受贿，在为自己赚取政治资本的同时大捞特捞。

方政原来在尾子沟煤矿担任矿长期间就做事霸道独裁，听不得反面意见，来到沙枣树煤矿后依然我行我素，大搞"一言堂"，一人说了算。今年十一月份，他竟然违反财务制度，将矿上原煤销售款八百万元拆借给私人老板貂某，从中谋取小团体利益。

方政在沙枣树煤矿担任矿长两年多来，肆意挥霍公款，生活腐化，在外高消费，一桌饭动辄上千甚至上万元。同时，他违背上级制定的工资限额制度，肆意提高职工的工资收入，其目的就是为个人的高收入打掩护。

他还有严重的个人生活作风问题，与沙枣树煤矿财务部部长（女）沆瀣一气，他甚至利用手中的职权威逼利诱，使其成为他的情妇。

像这样的党内败类、人间蛀虫，就应该被清理出中国共产党，将其绳之以法。

我们沙枣树煤矿所有有良知的矿工们希望上级领导能够高度重视，明察暗访，将其所作所为暴露在光天化日之下。

群众的眼睛是雪亮的。我们将拭目以待。

以下是沙枣树煤矿署名举报人：

                              年　月　日

看完以上举报材料，宁子宁副部长的后脊梁冒出了冷汗。在他看来这是一封严重失实的举报信，同时举报者的文字功底又很高，把一些似是而非的事情与真实的事情混淆在一起，让人真假难辨。

他的大脑里一片空白，这是谁这样故意颠倒黑白呢？

宁子宁闭上双眼，他要在大脑皮层下捋一捋自己纷乱的思绪，其实应该说是恐惧与悲哀的思绪。

"只要你在上面签名，扳倒了他后我当上矿长你就是副矿长。"陆虔副矿长阴鸷的声音仿佛远在天边又如近在咫尺。

宁子宁像是遭受到了一次重击，他沙哑的声音从自己的嗓门中发出来，听着却又不像是他的声音："陆副矿长，不，陆矿长，这种事情我从来没有做过。我父母双亡，我无父无母无依无靠，打小我都是怕事的人，我胆子小，经受不了这样的世事，你还是找别人签名吧。当然，我，我决不会将今天的这件事情透露出去半个字的，我向天，不，向您起誓，我从来没有见到过这封举报信。"

说完这些话他逃也似的离开了陆虔的办公室。

陆虔愣在那里好一会儿才缓过神儿来，然而宁子宁早已不见了踪影。办公室里一下子变得空空荡荡，这是他所没有预料到的结果。他两眼盯着窗户外面，空中洋洋洒洒地又飘起了雪花，雪花阻挡了他的视线，远处的毛乌素沙漠一片朦胧。

有人在楼道里把文件夹掉到了地上，紧跟着是一阵忙乱的脚步声，陆虔的心脏怦怦直跳，仿佛跳到了他的嗓子眼儿处，他使劲儿咽了下去，才从刚才宁子宁带给他的阴影中醒过神儿来。

这个宁子宁被方政压制了一年多，难道说他不恨他吗？真是个难以捉摸的人！想到这里他就不敢再往下面想了，他想既然事情已经做到这一步了，必须走下去，哪怕前面是刀山是火海是万丈深渊。

宁子宁已经知道这件事情了，夜长了梦就多，他必须得有个对策，找一个人代替宁子宁出面。谁又是下一个最佳人选呢？思路渐渐清晰后的陆虔又想到了张胖娃。张胖娃近来也是一直很不得志，经常在矿长办公会上被方矿长敲打，在矿上中层干部里，张胖娃当副主任的时间几乎和宁子宁一样长，一直没有被扶正，已经郁闷了好长一段时间了。

三十六

　　刘苹晚上在多功能厅领着大家唱完歌，回来冲了个热水澡，感觉浑身懒洋洋的，于是便早早躺下。也许是自己刚休假回来，白天忙着处理积压下来的业务，晚上还要领歌的原因，她的身心都很疲乏，躺到床上很快就进入了梦乡。

　　睡梦中感到自己像敦煌的飞天仙女一般衣袂轻飘，浑身既困乏又惬意，一阵温柔的唏嘘掠过她的长发，吹拂得她的耳朵根儿酥酥痒痒，她禁不住轻轻地呻唤起来。感觉到自己的身边明显站着一个人，正在抚摸着她光滑的背脊，她的前胸开始起伏，身体扭动起来，清晰地听到一声轻叹在耳边响起。

　　倏忽间一颗流星闪着寒光向她飞来，正好砸在她的前额上，她便醒了过来，身子底下浸出薄薄的香汗，竟然是南柯一梦。

　　迷蒙中她伸手打开床头灯，慵懒地从床上起身，到衣柜前脱掉内衣内裤，光着身子穿上一套银白色睡衣。她清楚地记得这套银白色睡衣还是她做姑娘的时候买下的，虽然看上去有些陈旧，颜色也不是那么明亮，穿在身上却很柔软舒适。

　　猛然间就想起了遇难的丈夫李成，便伤心地哭了起来，为自己的命运多舛，为自己的坎坷人生。自打李成走后，为了孩子能够长大成人，她不知道有多少个夜晚都是这样度过的。哭了一会儿，刘苹的意识完全清醒了，便睁大眼睛想刚才身边的那个人真的是李成吗？是他在暗示自己什么，或者是……

她不再往下想，起身走到窗前把窗帘掀开一条缝隙，外面也不知道什么时候飘起了雪花，一眼望过去白茫茫一片。她默默地站立在窗前，仔细回忆刚才的梦境，感觉梦中的那个人不像是李成，想那个人的个头和依稀的模样倒像是方矿长，或者就是她脑海中久已成型的一个混合体。

想到方政，她的大脑中便闪过汇到貂总公司的八百万元现金。那八百万元现金是从销售部门汇过去的，仅凭了双方的一纸协议书，这是她今天查看了账本才知道的。账本上反映销售部门近几天并没有把销售款交到财务上来，一问才知道钱被挪用了，她打电话问销售部，说是有方矿长的签字，陆副矿长亲自安排的。她联想到梦中的情境，刘苹感觉到自己是日有所思夜有所梦，她在为方矿长隐隐担忧着。

第二天一上班，刘苹便去找方矿长，才知道昨天晚上采煤机出了故障，方矿长后半夜下井处理事故还没有上来。她算了算时间，正是自己从梦中惊醒的那一刻，不免提心吊胆起来。

她下楼找到了乔迎春部长，问起那八百万元资金的事情，乔部长便从抽屉中取出协议书来让她看。看完协议书刘苹不无担忧地对乔迎春说："挪用八百万元资金，仅凭这一纸协议书是不能说明任何问题的。"

乔迎春部长也说："我也是这么认为的，可是貂总那边催得急，又有北煤台杨主任从中担保，矿上开会研究的意见是先把款打过去，以表示矿方的合作诚意。"

刘苹想了想说："我昨天晚上考虑了一整夜，觉得这个拆借协议不妥，你想想，我们是借钱给对方，我们有什么制约方式保证对方就能够兑现用时间换空间的承诺？更何况这是在挪用公款，如果被人告发，从财务的角度上讲，我们怎么向上级部门解释？"

乔迎春虽然觉得刘苹的担忧有点儿小题大做，但也不是没有道理，就问："那现在我们该咋办呢？"

刘苹说："我想好了，我们去找貂总谈，这八百万元资金不是拆借，是矿方支付给他们公司的上站煤的场地占用费，以一年一百万元计算，我们和他们公司签订一个八年的场地占用合同。这样虽然也会有投资风险，但毕竟从财务角度上还能说得过去。"

乔迎春觉得虽然有些道理，但也不过是把猫叫了个咪，便道："麻烦不麻烦，三个月后貂总把钱还给咱们不就什么事情也没有了吗？"

刘苹道："不一样的，三个月后对方要是还不上呢？"

"那就是违约，让他们交罚款和违约金，协议上都有。"乔迎春部长抢白道。

"如果那样的话，矿上私自挪用销售款项的事情就坐实了，我们还是推脱不了干系的。"刘苹也是急赤白脸地说。

"我看这样吧，这也不是一时情急的事情，等方矿长从井下上来，向他汇报一下再说吧。"

乔迎春退一步缓和了口气说道。

看来也只好如此了，刘苹转身悻悻地回她的办公室去了。

张胖娃到餐饮城那边巡看了一圈，踩着积雪回到办公楼里，便接到陆副矿长打来的电话，让他去一下他办公室。

张胖娃跺着脚震掉鞋上的雪泥，又把身上的落雪拍打干净后，乘电梯上到九楼敲开了陆虔办公室的门。

陆虔满面堆笑地迎上来握住张胖娃的手，拉他坐在沙发上，关切地问张胖娃家里还好吧，孩子在哪所学校上学？张胖娃一一做了回答。等张胖娃回答完，陆副矿长突然把话锋一转说："你这个办公室主管后勤的副主任干得有些年头了吧？"

张胖娃说："快五年了，建矿就在这里，一直就是副职。"

陆副矿长马上佯装很气愤地说："现在这矿上，你看升迁快的都是他们小团体里的人，这就叫朋党。你不是人家小团体里头的，你就永远不会有升迁的机会。"几句话说得张胖娃眼里有了泪光，是啊，方矿长对自己的态度张胖娃心里是清楚的，大会小会频繁点名不就是嫌自己的工作不符合他的意图，没有让他满意吗？

陆副矿长的同情心深深感染了张胖娃。

看看时机差不多成熟了，陆虔从兜里拿出那封举报信说："这是一封举报他的信，你找几个人署名签字寄到省纪检委去，事情办成后我提你当行政副矿长。"

张胖娃草草地浏览了一下举报信的内容，说："我听你陆矿长安排，我这就找几个和他不对付的人联名签字。"

陆虔长出了一口气，总算有人愿意和他站在一条战线上了。

宁子宁近日来一直都很纠结，自打那天和陆副矿长谈完话，他逃也似的离开陆副矿长的办公室后，心中好生不是滋味。他是个性格内向的人，从来也没有想过去害谁，虽然在看待问题和处理事情上有些偏狭，甚至有时候达到了偏执的地步，可他从来没有对人起过歹念。

没承想一封举报信让他陷入了一场政治阴谋中。

多日来他一直刻意躲避着陆副矿长，他知道自己把陆副矿长很深地得罪下了。如果有那么一天，陆副矿长得势成了陆矿长，他就会是第一个受到迫害的人。然而，他更不愿意做昧良心的事，如果方矿长真有举报信中所说的那些事情，他当然会毫不犹豫地站出来举报，可是没有的事，只凭你陆虔捕风捉影地去恶意陷害，不管别人能不能做得出来，他宁子宁是不会这样做的，这是他做人起码的原则。

近来他一直噩梦不断，每次从睡梦中醒来，他的眼前总是晃悠着陆虔那张疙疙瘩瘩的嘴脸，一会儿狰狞，一会儿扭曲，一会儿又是……

宁子宁甚至害怕得整夜都不敢合眼，他清楚自己害下严重的心理疾病了。他也曾几次来到郜书记办公室门前，甚至还有两次在深夜走到了郜书记的宿舍门前，但却没有勇气敲门走进去向郜书记汇报。

偶尔陆副矿长看到他，还没事人似的向他打招呼，这更加让他感觉到毛骨悚然，看清楚了这个人的恐怖和阴鸷，他开始整夜整夜地失眠，不敢合上双眼，后来发展到半夜起来在楼下的广场上独自转圈圈。他感觉每个人看他的眼神都不对，好像都在怀疑他做了什么见不得人的勾当。他想去找每一个人解释，又说不出口来，甚至不知道如何解释别人才能相信他不是一个小人。

在过后的一段日子里，宁子宁的兜里总是装着一盒高档香烟，见人就发一支香烟，再给人打着火点上，然后离开，认为这样别人就不会在他的背后用怀疑的眼光看他了，他是以这种方式来证明自己的清白。

最早感觉到宁子宁不对劲儿的人不是机关的人，而是掘进队的高进才队长和瓦检班班长吴尧尧。

这天下午吃罢晚饭，高进才和吴尧尧两个人在宿舍楼前的娱乐室摆开象棋对弈。上个月高进才回省城休假，买了一副蓝田玉石做的象棋，看上去晶莹剔透，很是迎人。高进才队长喜爱象棋博弈，而吴尧尧又是象棋高

手，两个人没事就凑在一起下会儿象棋，消磨时间。

高进才性格爽直，喜欢走当头炮。吴尧尧年轻气盛也喜欢走当头炮。这次吴尧尧先走了当头炮，高进才也跟着走了当头炮，吴尧尧就打了对方的中卒，高进才道："年轻人嘴上没毛，只图一时痛快。"说完便上了右边的仕，等吴尧尧走了一步棋后，高进才跟着上马，又在中卒处架起了连环马，吴尧尧说："你还真的是老谋深算哩！"

这时，宁子宁副部长走了过来，他掏出一盒苏烟来，给两个人分别递过去一支，然后又打着火，给两个人点燃，这才站起身来，围着象棋盘转了几圈后转身离去了。

看着宁子宁走出了娱乐室，高进才对吴尧尧说："我看这个家伙最近有些反常。我们原单位以前也有一个这号人，见人就发烟，还经常说有人要追杀他，不敢睡觉不敢往人多的地方凑，怕被人从后面给暗算了。"

"那后来呢？"吴尧尧随口问道。

"后来那个人疯掉了。"高进才队长说。

"宁副部长不会也疯掉吧？"吴尧尧若有所思地问他。

"我看会的。"高进才队长干脆地回答。

宁子宁从娱乐室出来，踩着积雪向广场走去。来到脚底下一片白茫茫的广场上，他焦虑地在花台前转悠，听到两个声音不停地在耳边对话，一个声音说："后面有人。"

另一个声音问："在哪儿？"

先前那个声音说："你自己回头看。"

另一个声音就说："我不回头看，一回头你说的就是真的了。"

先前那个声音又说："是真的，他们要杀你的，因为你知道他们要做什么。"

另一个声音回答："那咋办呢？"

先前那个声音就说："不要回头一直向前走，快快离开这里，他们来了。"

宁子宁头也不回地快步走进了办公大楼，看到乔迎春部长办公室的灯依然亮着，就去了乔部长的办公室。乔部长正在看文件，看到宁子宁进来示意他坐。宁子宁径直走到乔迎春部长的办公桌前，给他递上一支烟，又点上火，然后说："乔部长，后面有人在追杀我。"

乔迎春警惕地看看他的身后，什么也没有，以为他在开玩笑，说："真的，好多人跟着你。"

宁子宁道："我给人说没有人相信，乔部长你是信任我的，我也信任你，我不能回头，我一回头看，他们就会杀了我的。"

乔迎春这才抬头注意看，宁子宁的眼神散乱，细想他刚才说的话语无伦次，心里就有些怯了，脊梁沟直瘆得慌，头皮也感觉麻酥酥的，赶紧说："宁部长，看你最近好像有心事，想开些，天塌下来有大个子顶着呢，你何必操那么多心！"

宁子宁说："先前他们只是在背后议论我，我不在意，可如今他们在背后想杀我了。"

乔迎春部长问："谁想杀你？"

宁子宁目光呆滞地望着他说："矿上的人。"

乔迎春说："也包括我吗？"

宁子宁便不再说话，转身向外走去，他要去找方矿长和郜书记谈心，他想，也许只有这两个人才能帮他把杀他的人赶跑。

高进才进来和宁子宁打了个照面，他是看到宁子宁有些不对劲儿了，来和乔迎春部长谈此事的。宁子宁看到高进才，就从兜里掏出那盒苏烟抽出一支来递给他，又取出打火机给他点燃，说："高队长你忙，我还有事情。"

说完风一般从他身边走了过去。

高进才嘴里"啊哦"了一声，还没有等他继续开口，宁子宁已经开门走了出去。高进才对乔迎春说："你不觉得这家伙有些反常？"

乔迎春部长举起右手，用食指在太阳穴处上下转着圈子。

高进才点了点头。

三十七

第二天上午九点多钟，太阳从云层中探出头来，把铺满积雪的大地映衬得明亮刺眼。远远看去，在一片白雪的衬托下，沙枣树煤矿像换了新装一样鲜艳夺目。

一辆医疗救护车来到沙枣树煤矿办公大楼前停了下来，郜书记陪着宁子宁走下楼来。

宁子宁一边走还一边问："郜书记你哪儿不舒服了？"

郜新闻哼哼哈哈地应付着，只说你就陪着我去医院检查检查，很快就回来。两个人走出大楼上了那辆医疗救护车。

陆虔站在楼上办公室的落地窗前看着这一切，他有些悲哀，同时也有些庆幸，悲哀的是宁子宁这个人就这么离开了，疯掉了，更庆幸为自己解除了后顾之忧。他想起了张胖娃，走到办公桌前拿起座机电话打通了张胖娃的手机，问他身边有人没有，这会儿说话方便吗？张胖娃回答就他一个人在，没有旁人，有事情就说吧。

陆虔副矿长问："那件事情办好了吗？"

张胖娃当然知道陆副矿长问的是什么事情，于是回答已经找了三个人签名，算上他自己是四个人。

陆虔就说："很好，非常好，再找一个人把字签了，这件事情你就办成了。"

临挂电话时他又加了一句话："张主任，你办事我放心。"

刘苹来到方矿长办公室，她是为协议书的事情来的。当她向方矿长陈述完理由并认为此事做得不妥后，方政沉吟了一会儿，他虽认为事情没有刘苹想得那么严重，但是看到刘苹那着急的样子，就想她的工作积极性和责任感还是应该给予肯定的，于是说道："我看这样吧，你去找乔迎春部长，下午就去北煤台一趟，找找杨主任和貂总，进一步协商一下，我倒是觉得你说的很有道理，就叫场地租赁合同。"

不等刘苹搭腔他就紧跟着又说："下午去时让陆副矿长也去，他和对方熟悉，有些事情好协调。"

刘苹回答："好。"

下午一上班，陆虔、乔迎春、刘苹三个人来到北煤台见到了杨主任。杨主任说："貂总最近一段时间不在国内，市上组织了一批煤老板去国外考察，目的是让煤老板们开开眼界。"

还说他们已经走了半个多月了，大概还得一周左右才能回来。

说完杨主任热情地招待他们到酒店吃晚饭，三个人客气地推辞了，说回去还有好多事情要办，杨主任把他们送上车挥手告别。

三个人打道回府，向方矿长做了汇报，方政指示："等貂总回来再去协商，这件事交给乔部长牵头去办理。"

一周后貂总经理回来了，刘苹得知后便拉了乔迎春一起去找貂总。貂总很热情地接待了他们，当着两个人的面不无感慨地说："真是不去不知道，一去吓一跳。欧洲的发达是我们想象不到的，城市像公园，农村像草原。"

说着伸出手来让大家看，腕上一块手表熠熠闪光，说这块表一万欧元，折合人民币要一二十万，绝对是正经货。貂总还讲了个笑话，说他们这些煤老板们临出国时，在国内花上万块钱买下的世界名牌西服，在海关有好几个人都被卡了，硬说他们身上的西服是假货，害得他们在机场现时买西服穿。

说到这里貂总叹了口气，说："中国的假货太多了，花大钱买不下真货的大有人在。"

几个人寒暄了一会儿，刘苹部长就提到了协议书的事情，貂总不以为然地说："拆借三个月后我就给你们还上了，我老貂也是一口唾沫一个钉的

男人，还赖你们不成？刘部长你们也太小心行事了。"

刘苹就解释说："主要是我们的财务制度年终审计时怕过不去。"

貂总看着刘苹说："那我就给漂亮的刘部长一个面子，签一个场地租赁合同，不过我得和股东仜打个招呼，开个董事会。"

刘苹部长问："那你们什么时候开董事会呢？"

"下周——早就开。"貂总脱口回答。

陆虔在得知刘苹说服了方矿长打算更换协议后，赶紧找来张胖娃问他事情办得怎么样了。并且告诉张胖娃小寡妇已经开始行动了，让他抓紧时间，一定要赶在小寡妇之前把举报信发出去，省纪检委收到举报信后下来查处案件还有个过程，他告诉张胖娃，时间就是胜利。

张胖娃说："现在还差一个人，很难找。不了解的人又不敢贸然去说，现在是人心隔着肚皮，谁敢保证秘密不会被人外泄？得慎重行事。"

后来陆虔实在等不及了，他认为如果再等下去可能一切都要前功尽弃了，于是对张胖娃说："四个人就四个人吧，把材料拿来给我。"

陆虔是开车到毛乌素市邮寄的举报信，信封是他亲自写的，收信人处写着：省纪委张远副书记亲启。

陆虔早就打听好了，原毛乌素市市长张远现在是省纪检委副书记。对于张远副书记，陆虔还是有所了解的，这是一个眼里不揉沙子，喜欢"雷厉风行、马上就办"的领导，只有把举报信送到张远书记的手中才能很快派人下来查处，他要利用张远书记的这一特点达到打击方政的目的。

周一上午，刘苹和乔迎春再次来到貂总的公司。貂总还没有到，貂总办公室的人说，貂总昨天晚上和陆副矿长去红海则度假村打牌去了，现在还没有回来，可能是在那边住下了。

他们就给貂总打电话，关机。

刘苹说："早上开调度会不是见着陆副矿长了吗？"

乔迎春点头表示："是呀！"

一直等到中午十一点钟，才打通了貂总的电话，貂总在电话那头说，有两个董事这两天没有在，并且承诺周五前一定把董事会开了；说更换协议对他们来说就不用还那八百万元了，是件好事情，他一定会说服他的股东们的。还说让刘苹不要太着急，他老貂也是大男人，说过的话答应办的事情是一定要办的。

两个人只好返回矿上，向方矿长做了汇报。方政说："不要着急催着他办，说好了三个月还款，这不是已经半个多月过去了？貂总是个明白人，他不会拖着不办的，周五办就周五办吧。"

乔迎春部长也觉得刘苹死催活催有点儿小题大做，说道："再急也不在这三五天上。"

刘苹没有接他们的话茬，说只好等到周五再去一趟了。

下午下班前，部书记从精神病院回来了，他找到方政，谈论起宁子宁的事情来。方政惋惜不已："好好的一个小伙子怎么就疯掉了呢？"

部新闻叹息道："子宁的身世很可怜，自小没有了父母，是吃百家饭长大的。那时在矿上，我看这孩子人很乖巧，时常拉扯他一把，长大了在矿上给他安排了工作，又送出去学习劳资管理。这孩子自小性格上有缺陷，比较执拗，有点儿一根筋，但品质还好，没有那么多花花肠子。"

两个人正说着，陆虔走了进来，听到他们在谈论宁子宁，便插话说道："真是没有想到的事情，宁子宁性格内向，遇到什么事情从来不向人说出来，硬是憋在心里，这不就憋出毛病来了？"

部新闻认为宁子宁是先患上了抑郁症，近来又不知受到什么刺激才害下精神病的。方政表示赞同他的看法，问宁子宁的妻子和孩子怎样。

部新闻道："还都在老矿区，子宁的事情他们还不知晓。"

方政就说："那就辛苦部书记了，让陆副矿长陪你一起去慰问一下家里人，他们家里有什么要求能答应就答应下来。"

自从举报信寄出的那一天开始，陆虔就一直处在焦虑的等待中。

小寡妇刘苹对协议书的事情盯得紧，难不成她嗅到什么味道或者听到了一些风声？从矿上其他人的表现看好像秘密还没有被泄露出去。表面上一切看似风平浪静，矿容矿貌矿风一片和谐，其实他深知黎明前的黑暗中孕育着生机，同时也暗含着杀机。

陆虔心里最明白不过了，他就是这杀机的始作俑者，这就是政治，因为政治斗争的内涵里是不会有平静存在的，平静的只是表面。父亲陆光明和安山书记两个人在一起共事多年，在权力上争斗了一辈子，一直到现在还不是半斤对八两？能达到权力的平衡就是政治平静，这是陆虔对政治的理解，也就是说如果权力不平衡了就永远不会有政治的平静，因为被制衡被压制的那一方在得不到相应的权力时，是一刻也不会停止斗争的。

陆虔手里依然习惯性地玩弄着一支香烟，想到电视上说，每天静坐半个小时有利于身心健康，他就不由得兀自笑了起来，他的脸形让他笑起来很难看，所以他很少笑的，尤其是咧开上嘴唇笑的时候，媳妇说他像仰起头的螱屃。现在看来电视里说的是有道理的，每天静坐半个小时，能让他把纷乱的千头万绪理出个条条框框来，有利于下一步的行为。

陆虔开始琢磨他的对手，此时此刻方政又在做什么呢？他会不会嗅到危机的气味呢？他也许正在瞻望他的仕途美景，也许正在规划沙枣树煤矿美好的明天，或者在想着如何与那小寡妇调情，或者……

方政近来是听到矿上有人告状的风声。当了多年一把手的他自然明白，被人告是难免的，只要自己行得正、走得端。俗话说的好：脚正不怕鞋歪，身正不怕影子斜。

而每当夜深人静时，他也在检讨自己，思索自己走过的每一步，损害了谁人的利益、挡住了谁人的道路等，思前想后还是回到了那份协议书上来。他认为刘苹说的有道理，这笔资金的去向是一个硬伤，如果有人拿着它说事情，的确是违规操作。他又把所有知道这笔款项去向的人员齐齐捋了一遍，没个结果，觉得这样查下去没有意义，就是知道了谁在告状，难道告状人说的不是事实吗？看来迎头痛击走不通，那就亡羊补牢。于是他又改换了一个思路：尽快完善那份合同。

后来他又想到了许多自己工作不到位的细节问题，暗自告诫自己，今后工作中一定要注意。

到了星期五，一开完调度会方矿长就找来乔迎春部长，安排他和刘苹部长去见貂总，把那份协议书尽快完善。

乔迎春说："要这么急吗？貂总说了，他们今天才开董事会，等董事会通过了再去更换协议也不迟。"

刘苹以女人的敏感嗅到了近来矿上隐藏的火药味，她说："乔部长，既然方矿长安排我们去，我们就再跑一趟。"

乔迎春问："要不要陆副矿长和我们一起去？"

在听到告状的风声后，方政最信不过的人就是陆虔了，他坚决地说："你们俩去就够了，带着草拟好的合同书还有公章，谈好后一并办理。"

两个人来到貂总的公司，接待他们的人请他们到貂总办公室里先坐，说貂总正在会议室开董事会。

刘苹和乔迎春对望了一眼，看来貂总还真是个说话算数的人。他们在办公室等了大约一个小时，会散了，貂总很快回到了办公室，看到他们俩就笑着说："你们方矿长真抓得紧，刚才还和我通了电话，说你们已经来了。"

乔迎春就不好意思地说道："我们是来例行公事的。"

貂总说："刚才我们几个董事在一起开会议了议，情况是这样的，如果按租赁八年场地计算，是不是得把每年的物价上涨指数计算在内？当然这是股东们的意见。"

刘苹说："物价的涨与跌是个不确定数，那要是下降呢？貂总我看至少在三年内场地租赁费不会有太大的波动，不如咱们先签订这份合同，在合同上说明根据物价上涨因素每三年可以签订一份补充协议，当然我们来也是为了尽快完善我方的手续，我们毕竟是国有企业，上面的婆婆多，我想貂总也不会因为这件事情难为矿上和我们这些当事人吧？"

貂总说："哪里哪里，我是很仗义的人，你们还看不出来吗？"

乔迎春就说："看出来了，貂总是仗义之人。"

貂总从乔迎春手中接过那份新的合同书翻了几页，说："我是外行，公司有法律顾问，我得拿给他看。要不这样吧，你们把这份合同样本给我留下，今天是周末，下周一我一准把合同信息反馈给你们，如果没有什么大的变动我就签了，你们看咋样？"

两个人互相看了一眼，也只好如此，再急也不在这三天两后晌。

刘苹说："那好吧，貂总，我们就告辞了。"

貂总说："中午在一起吃饭吧？"

两人说："不用了，回去还有好多工作要做呢。"

貂总把他们送到电梯口，抱了抱拳，和他们道别。

三十八

张远自今年三月份从毛乌素市市长的位子调到省上担任省纪委副书记以来，亲力亲为，一鼓作气，连着查处了几起大案要案，在着力营造一个风清气正的良好政治环境方面狠下了一番功夫，得到了省上有关领导和社会舆论的好评，被新闻媒体赞誉为"黑包公"。

在张远副书记看来，掌握着国家政治和经济命脉的干部们是国之大器，他们的违法乱纪则是国之大蠹，必须加以严厉惩处，否则人民养他们这些"御史"不就成了国家的门神——摆设了吗？他非常欣赏唐朝文人柳宗元在《送薛存义序》中说的一段话：

> 凡吏于土者，若知其职乎？盖民之役，非以役民而已也。
> 凡民之食于土者，出其什一佣乎吏，使司平于我也。

柳宗元是做过官的人，他了解官场的官员们，也深知百姓们的内心想法，曾愤而呼出"苛政猛于虎"的疾言。

如今党把他张远放在了省纪委副书记的位子上，他就要实现自己"使司平于我"的政治理想，因为是老百姓拿出来辛苦钱纳税供养了他们这些"御史"。

沙枣树煤矿的举报信是在周五上午转到张远副书记手中的。对于沙枣树煤矿，张远副书记还是了解的，"国内一流，世界领先"这八个字就是张远副书记对沙枣树煤矿的印象。

前年矿上发生矿难时他还是毛乌素市的市长，他想到了那起矿难的处理结果：最后是被一个叫李成的副矿长承担了主要责任。李成在那起矿难中也是遇难者之一。

张远副书记打开那封举报信，当看到矿长方政私自挪用公款八百万元为小团体谋私利时，他愤怒了：这个方政胆子也忒大了，如此嚣张，如此胆大妄为，真是山高皇帝远做起土皇上来了。

他随即提笔做了批示："马上组织人员，下去查清事实，严肃查处。"批完这份文件，张远副书记还是余怒未消，他打电话叫来秘书处的秘书，安排立刻组织人员明天就动身直接下到矿上，调查那八百万元的去向，同时对照举报信中的内容一一核实，全面了解方政这个人在矿上的所作所为。

秘书问："要不要通知矿业总公司纪委配合一下？"

张远副书记说："不要声张，等你们到了矿上再通知他们，让他们配合你们工作就是了。"

正值周六，方矿长一早起来拉开窗帘，太阳还没有升起来，蓝天下面飘浮着白云，积雪棉被般覆盖着沙枣树煤矿，整个矿区还沉浸在睡梦中。

他估摸时间还不到七点钟，看到郜书记正在广场上慢跑，就想起刚来矿上时郜书记给他讲的"摇钱树"的故事，扑哧一声笑了。

方政下楼来与郜新闻在楼门口打了个照面，他看着红光满面汗涔涔的郜新闻说："今天井下三盘区搬家倒面，我下井去。"

郜新闻嘴上说："好的。"心里在想：这方政也真是的，什么事情都要亲力亲为，累不累呀？他原本想提醒方政注意身体顺便提一下他听到的告状风声，但看到方政风风火火地向矿区那边走去，也就忍着没有张口。

从内心来说，郜新闻还是欣赏方政的工作作风的，看到今天的方政，他就想到自己十多年前的意气风发，免不了在内心感叹，人生短暂啊！

自打宁子宁出了事情后，郜新闻也一直在内心反思自己，他分析了宁子宁出事前后陆虔的表现，似乎其中有些内在的联系。直觉告诉他宁子宁出事与陆虔有着某种牵连，当然没有证据他是不能妄下结论的。

前一阵子他就发现宁子宁整天一个人在院子里转悠，碰见他给他递上一支香烟，然后又给他点燃，眼神恍恍惚惚，像是想说又难以启齿的模样，

也怪自己心粗，没有进一步了解他、关心他。

为此，郜新闻深为后悔。

一个念头在他的脑海里闪过，难道他知道的告状风声的始作俑者是陆虔？如果真是这样的话那就太可怕了，他是看着宁子宁长大的，也是看着陆虔长大的，难道说……

他不敢再往下想。

下午，省纪委调查组高一清、马文林、武海涛一行三人在总公司纪委副书记胡兰兰的陪同下来到了沙枣树煤矿。

正在调度室值班的郜新闻书记接待了他们。

郜书记说："方矿长下井还没有上来，就由我出面接待各位领导，有什么需要交代的事情？"

总公司纪委副书记胡兰兰介绍说："这是省纪委的高处长，他们来不找方政，是来找你的。郜书记，由你配合省上来的领导们工作就是了。"

郜新闻书记连忙说道："一定配合，一定配合。"

一行人来到了顶层会议室，等大家都坐下后，高一清处长这才不紧不慢地从皮包里拿出那封举报信递到了郜新闻书记的手中。郜新闻打开信件，看到举报信三个字时，他的大脑开始紧张地思索，原来这一阵子闹腾的告状风声并非空穴来风，在举报信的尾部他看到了张胖娃等四人联名的签字，没有陆虔的名字，郜新闻心里稍稍平静了些。他懂得纪委调查的程序，于是说道："高处长，您看需要矿党委怎么配合工作？"

高一清处长说："首先得搞清楚这八百万元资金的情况，至于举报信中所列举的其他事项随后再做调查吧。"

郜新闻心里清楚，这时候是不需要他多做解释工作的，纪委的工作第一就是重证据，于是他马上安排矿上的纪检和监察人员到财务部、办公室和企业管理部，把他们开列的财务账单、账本、账册、会议记录以及各类合同书、协议书全部拿到顶层会议室来，并安排大家配合省上调查组工作。

方矿长和潘总工从井下一上来就被乔迎春部长拦在了洗浴中心休息室里。乔迎春向两人详细说了省纪委调查组到来的情况，潘总工一边听一边气愤地在一旁直骂："乱子虱，这不是颠倒黑白吗？"

方矿长默默地听着，没有言语，他在内心告诫自己：古来成大事者首先是能沉得住气。他的大脑在飞速运转，思考着面对突发事件的应对措施：

第一是要搞清楚告状信的详细内容，做到有备而战；第二是针对内容判断事态的严重性；第三是上级领导，包括张海清董事长、陆光明总经理以及安山书记怎么看待这个问题。

经过几分钟短暂而紧张的思索，方政询问乔迎春，他们都要了哪些资料，乔迎春一一做了回答。

方矿长想：这就很明白了，举报信的内容是冲着那八百万元来的，这就更进一步证明了这次的船是歪在了陆虔那儿。

回想从第一次和北煤台杨主任及貂总见面，到陆虔从运销上通过自己签字把款打到对方账号上的种种表现，方矿长越发清楚了，这就是一个局，一个专门为他量身布下的局。

方政又想到了郜新闻书记，难道说他也是这个局的设计者之一吗？他那么热心地搞机关作风整顿原来就是为了混淆视听，让自己不能集中注意力，最后给自己下着死棋？看来这些人用心叵测。

潘晓在一旁按捺不住了，他要去找省纪委调查组的人说明情况，那八百万元资金是矿上开会集体决定的，何况那钱是为了解决矿上的运输瓶颈问题才借出去的，又没有装到方矿长私人的腰包里去。

方政拦下了他，潘晓着急地说："都什么时候了，你还拦着我不让我去说明情况，我也是矿领导班子成员，我有权力更有责任去向他们说明情况。"

方政示意他先坐下，让他不要感情用事，这种事情是越乱越忙、越忙越乱的，告诫他要镇定行事。

乔迎春也说："潘总你这样去肯定是不行的，人家会说方矿长是法人代表，第一责任当然由矿长来负，一句话就把你顶回来了。"

潘晓想想也是这么个道理，说："那该咋办？"

方矿长道："凉拌吧！都不要急着行动，调查组会找我们的，也会给我们为自己辩解的机会的。我看咱们就安心工作，该干什么就干什么。"

三个人刚走出洗浴中心，刘苹部长的电话便打了过来。方矿长接起电话才"喂"了一声，刘苹那边就传来哽咽的声音，方矿长看看身边的两个人对着电话说："事情的经过乔部长已经给我说过了。你是矿上的财务大臣，这个时候你就更要稳住了，要稳坐在你的中军帐里。"

刘苹在电话那边拖着哭腔嗔道："都什么时候了你还有心情开这种玩

笑，我都要纠结死了。我这就去找貂总，让他们无论如何要把新合同签下来。"

方政矿长急忙阻拦说："这样做不妥，你想想，你这个时候去找貂总，要是他看到事态闹大了不愿意呢？退一步说，就是他同意了，如果让调查组的人知道了，会说我们和貂总搞串供，那样事情的性质可就变了。你听我一句话，稳坐在你的中军帐，保持沉默。"

郜新闻回到宿舍已经后半夜了，他匆忙洗了个热水澡，忙碌了一天感觉浑身困乏，便斜倚在床头上打开电视，准备休息。

几年的单身生活让他在矿上养成了一个很不好的习惯，那就是躺在床上看电视，直到把自己看瞌睡。他虽然明知这是个不好的习惯，但是却总也改不掉，一关上电视独自躺在床上，一准就会东想西想的整夜不眠。后来看到电视上的专家说，这就是老年症，说明自己的年纪是真的大了。

这时，床头的电话响了起来，是陆虞。陆虞在电话里说："郜叔，还没有休息吧？知道你一直在陪着领导们，不便打扰就没有给你打手机，我都等你一晚上了。"

郜新闻明知故问："有什么急事吗？"

他的意思再明白不过了，就是告诉对方不是什么急事、大事那就明天再说。对方说："是的，事情很紧急，我想见你一面，那我这就过去了。"

不等郜新闻开口对方已经挂断了电话，郜新闻只好起身把房门打开，等着陆虞半夜到访。

陆虞进门时，郜新闻正在看电视上的新闻，看到陆虞进来关了房门，便眼睛盯着电视说："煤价又上涨了。这煤价一路攀升，电价却没有上浮，我看这电煤矛盾迟早是要尖锐化的。"

陆虞回应说："这样不好吗？煤价上升意味着煤炭市场的春天来了。"

郜书记不无忧虑地说道："这原煤价格不断上涨，早晚会逼着电力行业的电费也跟着上涨的，看来新一轮的物价上涨竞赛快要到来了，有钱赶快攒起来迎接通货膨胀吧。别到时候又像前些年一样吃了上顿想着下顿，捉襟见肘的。"

陆虞点头表示同意他的观点，说："你还真是未雨绸缪，老谋深算呢！"

郜新闻就摇着头说："真是看不懂的中国经济呀！"

两个人把话拉到这里便不再言语，共同看起了电视新闻。

后来，还是陆虔打破了他们之间的沉默，问道："郜叔，省纪委来人是调查那八百万元的事情吧？"

郜新闻打鼻子里"嗯"了一声，没有言语。

"那他们这次是不是就是专门为审查方政而来的？"

政治敏感度极高的郜新闻书记马上从陆虔那里意识到了一些东西，心想：俗话说的好呀，道不同不相为谋。我是不会和你陆虔站在一条道上的。他懂得鹬蚌相争、渔翁得利的道理，心想：你不是已经撺掇着张胖娃他们告上去了吗？我老了也斗不过你们了，那你们就相互争斗吧，我也只有当一个旁观者的份儿了。

想到这儿郜新闻便岔开了话题，再一次把话头引到了煤电联动上，说："眼下龙头老大央企的煤矿正在北京同电力行业谈判呢，也不知道会谈出个什么结果来。"

看看两个人思维的焦点相差太远，一个急功近利，一个又刻意回避，话不投机半句多，陆虔又扯着谝了两句闲传告辞走了。

陆虔走后，郜新闻却没有了睡意，刚才的那股子困劲儿一下子烟消云散了。

一个是方政矿长，背后站着安山书记；一个是陆虔副矿长，背后站着陆光明总经理；而你郜新闻的背后是什么？是多年打拼积攒下来的苦劳。虽说陆光明总经理对自己有着知遇之恩，向理不向情啊！陆虔的所作所为已经超出了"情"的范围，把自己夹在当中搞不好会里外不是人的。

郜新闻想他得给自己找一条后路，找一条双方都不会埋怨他的后路……

这一夜郜新闻彻彻底底地失眠了。

三十九

　　纪委副书记胡兰兰回到了矿业总公司，她是向安山书记汇报沙枣树煤矿举报信的调查进展情况的。

　　安山书记听完她的汇报后，心情沉重，方政这小子怎么就捅下这么个大娄子，中间有着什么样的内幕呢？既然是省纪委直接插手查处的案件，矿业总公司除了配合工作还能做什么呢？

　　听到方才胡兰兰的汇报，安山书记觉得举报信中举报的"将矿上原煤销售款八百万元拆借给私人老板貂某，从中谋取小团体利益"的说法与事实不相符。但是他没有直接向胡兰兰说出自己的想法，而是问她对此事的看法。胡兰兰说："既然安书记让我谈，那我就毫无保留地说出我的看法。"

　　安山书记笑道："知无不言，言无不尽，我们要的就是实事求是的态度嘛。"

　　胡兰兰说，举报信中署名的那四个人她初步接触过，也找他们谈了话。从对方的言谈举止上看，这四个人都不像是直接接触过借款事件内幕的人，多年办案的经验和直觉告诉她，是背后有人在做手脚。胡兰兰认为，这四个人不过是对方政在矿上的做法影响到了他们的个人利益而产生了不满情绪，他们还达不到举报信中含沙射影的层次。

　　安山书记插话道："你的意思是这四个人背后还站着有政治背景的主使人？"

胡兰兰点头，心说这安山书记说话也够直接的了，看来他对方政是有着情感因素在内的。

"举报信中提到的其他事情呢？比如那个叫刘苹的财务部长是怎么回事？"安山书记口气硬硬地问。

面对安山书记语气咄咄逼人的发问，胡兰兰不知道该如何正面回答他，因为调查刚刚开始，还没有具体到一些细节性的问题，调查组刚到矿上，他们的主要工作还停留在八百万元现金的账务查处上，于是只好回答："调查刚刚开始，还没有深入下去，一些细节性的问题还没有展开调查。我也只是和省上的高一清处长一起找当事人初步了解了一下情况。"

安山书记口中"哦"了一声不再问什么了。胡兰兰起身告辞，临出门时安山书记问她："你什么时候回矿上去？"

胡兰兰说："我回来主要是向领导汇报一下调查工作的进展情况，这就回矿上去。"

安山书记说了些勉励的话，最后他语重心长地对胡兰兰提道："作为纪检工作者我们办理案件一定要慎重，这决定一个人的政治生命。要做到客观公正是一件很不容易的事情，需要我们做大量细致烦琐的工作才能办得到。改革开放这么多年了，我们一些纪检干部的头脑里，依然没有丢掉'文革'时期一些以整人为目的的做法啊！"

胡兰兰点头表示明白安山书记所说的话，她向安山书记表态，一定会严肃认真、客观公正地还事情以本来面目。

送走胡兰兰后，安山书记上楼来到了张海清董事长的办公室。

看到安山进门，张海清董事长说："安书记你来得正好，我正要找你。"

安山书记一边向屋子里面走着一边幽默地回答："说曹操，曹操就到。"

说着话来到了张海清的办公桌前，张海清给他递了一支烟，把打火机却放到了桌子上，安山书记看着打火机说："知道你什么意思，是在劝我戒烟吧？我是四级烟民，可是自己带火来的。"

矿业总公司的人们把烟民分成四级，一级烟民没烟没火，二级烟民有火没烟，三级烟民有烟没火，四级烟民有烟有火，大家是以烟民的等级来区分戒烟者的决心大小的。这安山书记自然是排在最后，总公司的人私下把他叫落后分子，当然当着面也只有张海清董事长和陆光明总经理敢这么称呼他。

安山随手从兜中掏出打火机点上，深吸了一口，顺手从茶几上拿过一个烟灰缸放在面前，坐在了张董事长办公桌的对面。

张海清董事长一直笑盈盈地看着他的衣服领子，只是不说话，安山书记低下头来瞧自己的衣服扣子，没有系错位置呀！他疑惑地望着张海清董事长，意思是你把我看得发毛，正困惑间看到张海清董事长拿起那个打火机在桌子上蹾了几下，猛然想起上周末两个人在一起时说的玩笑话来。那天张海清董事长劝他把烟戒掉，保重身体要紧，安山书记说他抽烟的烟龄太长，一时戒不掉的。

张海清董事长说只要你下决心没有戒不掉的事儿，安山书记便拿出打火机递到对方手中，当即表示自己是二级烟民了，如果以后当着张海清董事长的面拿火点烟，就请他吃羊肉面。

想起那天的话语安山书记尴尬地笑了，他从兜中掏出钱夹子，拿出一百元人民币放到桌面上，说："今天中午就兑现。"

正说着陆光明总经理推门走了进来，刚好看到安山书记掏钱说请吃羊肉面，便哈哈笑着说："看来是来得早不如来得巧，算我一份，我可是跟着老张沾光吃白食的。"

安山书记说："今天是见者有份儿。"

三个人在一起寒暄了几分钟后便言归正传，张董事长向安山书记了解了举报信的事情原委和调查进展情况，抬头看着坐在对面沙发上的陆光明说："老陆，你怎么看？"

陆光明一边听安山介绍情况一边不住地摇头，看到张海清董事长问到自己，就很慎重地回答："目前看来，事情的前因后果还没有完全查清楚，我想我们总公司方面还是不要急于表示态度，我认为省纪委张远书记也是太过急切了，不发文件不打招呼一竿子就捅到底下去了，这不是给我们难堪吗？"

安山书记插话说："老陆，眼下就先不要顾及面子了。既然人家已经这么做了，我们还是看看如何弄清事实，查清问题原委，不要把事态扩散，防止在外界造成不好的影响　眼下保持矿区稳定是问题的关键。"

张海清董事长认为安山书记的意见很中肯，他点头表示同意。

陆光明说："老安说的是对的，可是目前我们总公司的领导班子也确实处在一个非常尴尬的地位上，这也是事实。"

三个人坐在那里不再言语，安山抽着烟，张海清手里拿着那个打火机在桌面上轻轻地敲打，陆光明伸手向安山要烟，打破沉默说："出来没有带烟。"

安山给他递过去一支，陆光明又说："火也没有带。"

张海清董事长把火扔给他，笑着说道："一级烟民。"

三个人都笑了。轻松了一下后，张海清董事长原话重提："我看这样吧，我去找张远书记沟通，老安你带着人下去，与调查组的人一起查办案件，同时做好矿领导班子成员的思想工作，搞好矿区稳定。这稳定可是眼下的头等大事，我的意见是在没有把事情搞清楚之前，让方政继续工作，以稳定大家的情绪。你们两个人的意见呢？"

两个人点头表示同意张董事长拿出的意见，张海清说："那就这样决定了，今天咱们三个人的碰头会不做记录。"

安山书记回到他的办公室，安排人员准备下午到沙枣树煤矿去，这时办公桌前的电话响了起来，他拿起电话"喂"了一声，电话那边就马上说："安书记，我是方政，向你请罪来了。"

安山书记很想美美地训他一顿，又想这个时候就是骂他个狗血喷头也是于事无补，何况事情还没有彻底查清楚。在金钱面前小方子是不是卑躬屈膝了？在女人面前他是不是拜倒在石榴裙下了？小方子到底有没有问题眼下还不得而知，先把骂给他攒下来。

于是他对着话筒语气轻松地说："小方子呀，我下午就到你们矿上去调查了解情况，只要你身子正就不要怕影子斜，只要你的脚正了这鞋我想也歪不到哪里去。你要正确对待上级领导的审查，同时放下包袱保持正常心态安心工作，该做什么事情还做什么事情，不要放不开手脚畏首畏尾。你是被党教育多年的领导干部了，我想这么个小坎坷你应该还是能够承受得起的吧？"

方政急忙说："我一定会正确对待的，请安书记放心。"

安山书记挂了电话，方政琢磨安书记刚才的那番话语，除了大道理外，似乎还给他透露出了一点点信息，那就是他的工作并没有被停下来，他还在矿长的位子上接受调查，这说明总公司并没有马上要撤换他的想法。同时，安山书记说要亲自下来调查了解举报信的事情，这能说明总公司对此事件的重视程度。又回忆起刚才安山书记直呼他小方子，心里就免不了有

了几分欣慰。想到总公司的态度已经明朗，就是要保他的，方政的心算是踏实下来，嘴里学着安山书记的语气叫了一声："小方子。"

被安山书记称作"小方子"的方政放下电话，感觉身上轻松了许多。不做亏心事不怕鬼叫门，我方政，不，我小方子在这八百万元人民币上的所作所为不是为了我自己，而是为了矿上的正常经营和发展，我怕他个鬼！

接着他又学着毛乌素当地人的方言说了一句："哦怕个甚？"

方政深知，目前国有企业里走的还是政治挂帅的路子，只要你在政治上跟对了人，那就是走对了路线，如果不是违法乱纪的刑事案子，都可以大事化小、小事化了的。因为你犯的错误是人民内部矛盾，人民内部矛盾是以批评教育为主，而不是一棍子打倒了事，这就是政治，正说反说都是理。

方政走出他的办公室，来到了邰新闻书记办公室门前，听到邰新闻在屋子里大声咳嗽，便敲门走了进去。

邰书记的办公室是很有特点的，一进门便看到迎面墙上挂一六尺横幅，横幅上写着八个大字"茅屋为秋风所破歌"。在八个大字的字缝间密密麻麻地写满了蝇头小楷的诗文，正是唐朝诗圣杜甫的《茅屋为秋风所破歌》的内容。

八个大字遒劲有力，力透纸背，密密麻麻的蝇头小楷则是娟秀瘦硬，笔笔透着巧劲儿，很有功底。

方政刚来时就听邰新闻给他介绍过，这八个大字是省内一书法家的真迹，而那蝇头小楷却是那书法家的女儿所书。当时方政看了后不由得暗自赞叹，将门虎女，真是有着乃父真传的，细看那印章果然是两个人的合印，不免在心中暗自称奇。

邰新闻办公桌的后面摆设的不是书柜，而是一个像书柜一般大的博古架，博古架上摆放有仿商、周年代的青铜器和仿宋代耀州窑的梅瓶、倒流壶、公道杯，以及各种戏曲脸谱。邰书记曾经特别给他介绍过这公道杯，方政当即做了试验，果然是倒进去的清水在杯中平平的刚好，只要稍稍再添一滴水，那水便一下子全都从杯底流掉了，一滴不剩，真是公道。

邰新闻看到方政走进门来，急忙从办公桌后面站起来，绕过桌案伸手请方政在长沙发上坐下，自己也随之在沙发的另一边坐下来。方政告诉他，下午安山书记要到矿上来就举报信一事进行调查了解，邰新闻道："我马上安排接待。"却只字不提举报信的事情，两个人聊了会儿当前的机关作风整顿工作，郜新闻却又说："方矿长，我近来身体不是很好，晚上总是失眠。刚好下午安书记来矿上，我想向他请假回省城看病去。"

方政没有接他的话茬，说："这两天井下搬家倒面，借此时间抓一抓一线矿工的技能培训，我得去给大家讲一堂课。"

说完起身告辞，走到门口了又转过身来说："老郜，你的办公室布置得很古朴，可谓大拙藏巧。哦！对了，你刚才说要回去看病，你向安书记请假吧，我没有意见，同意你回去看病，身体是革命的本钱嘛！"

郜新闻听出来方政是话里有话，他苦笑了一下也不做解释，内心里只是道：老方呀，出水才看两脚泥，咱们就路遥知马力，日久见人心吧！

四十

冬日里，毛乌素的太阳是白晃晃的，由于紫外线充足，阳光直射在脸上，刺得人睁不开眼睛。

陆虔回到他父母家中的时候已经是下午五点钟了，父亲陆光明上班还没有回来，母亲顾小菊看到儿子回来了，高兴地走进厨房开始张罗起了晚饭。

陆虔选择这个时候回到父母家，当然是有原因的，眼下沙枣树煤矿已经成了滚烫的铁鏊子，大家都在上面小心翼翼地跳着舞。他心里明白，那跳得最好的人并不一定能跳到最后，那跳到最后的人舞姿并不一定优美，却会是真正的胜利者，这就是官场哲学。

陆虔回来当然是要见父亲陆光明的，以当下矿上的时局来看，方政即使这次不倒台，也不会在沙枣树煤矿久待了。如果方政走了那矿长的位子不就轮到自己了吗？郜新闻老了，再有两三年就到退休年龄了，不会活动着与他争；总工潘晓是个老实疙瘩，是驾驭不了这个"国内一流、世界领先"的大矿的，当然上头也不会看中他；剩下的都是提不上串的人。他思前想后，沙枣树煤矿再也挑不出一个能比自己条件优越的矿长位子的竞争对手了。

鉴于以上分析，陆虔感觉到自己最有希望成为方政之后的一把手。同时官场哲学告诉他，对于他来说当下也是最危险的时间段，每个人的眼睛都在盯着他，有冷眼旁观的，有随时挑毛病的，有双眼冒火的，有阿谀奉承的……不管是什么样的眼光，总之，他都是时下最令人关注的焦点。

陆光明回来了，看到儿子陆虔正坐在客厅的沙发上看电视，他有些意外，没有想到儿子这时候会回来，但见到儿子，他自然很是高兴。在衣架上挂好手中的黑皮包后来到沙发上坐下，陆虔忙给他沏了一杯茶。在沏茶时陆虔犯了难，他知道父亲平时喝茶很讲究，家里的茶柜里放着好多种茶叶，有铁观音、碧螺春、午子仙毫、龙井，还有红茶和内蒙古的砖茶，什么时候喝什么茶，没有规律主要是看心情，当然一般是冬季喝暖性茶，夏季喝凉性茶。

陆虔想开口问又觉得没有必要，他深知父亲一生始终信奉的四个字是"察言观色"，问得多了话就多，话多了就会有漏洞，父亲会想这小子又有什么幺蛾子要放飞了。

于是，陆虔直接给父亲陆光明沏了一杯铁观音，双手端到了他面前的茶几上。陆光明高兴地看着属于自己的"杰出作品"，早忘记了对茶叶的口感要求，问道："矿上今天不忙了？"

这是父亲在问他矿上事情处理得怎么样了，陆虔回答："这几天矿上乱糟糟的，大家都在议论那八百万资金的事情。"

陆光明很想了解一下这八百万元借款到底是怎么回事，陆虔便一五一十地把事情的经过告诉了他，当然陆虔省略了自己这始作俑者在其中的推波助澜。

陆光明听完陆虔的叙述大为光火，这方政胆子也忒大了些，八百万元呢，说借就借出去了，也不向上级领导汇报，就是不汇报你打个招呼总该可以吧？这下子好了，让省纪委直接下来人查处，搞得总公司很被动嘛！

顾小菊从厨房端了菜出来，看到陆光明正在大声发火，以为父子俩又为什么事情争吵，便说："那个谁，你也真是的，虔虔不常回来，一回来你就和他吵，就不能心平气和地说话？是你儿子也不能一见面就嘣嘣，还有个父亲样子没有？"

陆光明听到顾小菊的唠叨不再言语，陆虔解释说："妈，我爸不是冲我发火的，他是在说我们矿长方政。"

顾小菊说："那就更不该生气了，为别人生气不是替古人担忧？"

陆虔知道母亲还没有明白，但也不再多做解释，抄起筷子夹了一口母

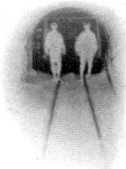

亲端上桌的清炒豆角，吧唧着嘴巴说："我妈现在的厨艺是越发精进了，你看这清炒豆角做得是色、香、味俱佳。"

顾小菊看到儿子夸她的厨艺好，便来了精神，说道："这清炒豆角有个诀窍，豆角下到油锅后一次不能把水添多，要一次加一点儿清水，不停地翻炒，等水分炒完了，再加一点儿水继续翻炒，这样炒出来的豆角看上去是翠绿的，颜色不会变黄。"

陆光明就说："你妈现在的大道理是一套一套的，只要是家里来个人，她那套做饭的手艺就能在人家面前显摆个够。"

看着老两口在那里斗嘴，陆虔在一旁只是笑。人常说老来伴老来伴，看来人一上了年纪，就连这斗嘴也是生命中最好的乐趣。

于是便想起自己的小家庭来，神情免不了黯然。妻子领着女儿在省城，由于和母亲不睦，很少回到这个家中，自己只好在省城和毛乌素市之间两头跑，搞得他们小两口之间也是矛盾重重，唉！不想这些了，谁知道以后会不会柳暗花明又一村呢？

陆虔和他父亲一样，都有个同样的信条，就是车到山前必有路。男人该糊涂时就得糊涂，不是真糊涂而是装糊涂。母亲顾小菊一辈子为人处世比较激进，父亲陆光明就处处"落后"，在后面拽尾巴，其实方向总是父亲在把握，两个人一辈子不也平平安安这么过来了吗？

菜上齐了，四菜一汤，两荤两素，一盘土豆烧鸡翅，一盘葱爆羊头肉，一盘清炒豆角，一盘香菇青菜，都是陆虔平时在家里爱吃的菜。

父亲陆光明看着四样菜在一旁打趣道："今天还有两个荤菜，看来儿子的面子比我大嘛！平时我们都是炒两个素菜的，隔一天才有一盘荤菜上桌。"

母亲顾小菊就说：'现在这社会，人的道德底线急剧下降，你看这肉里面有瘦肉精，粮食里面有漂白粉，菜里面有农药，水果里面有催熟剂，人一天到晚都在吃着化学物品，这蔬菜不管怎么说毒性还小些。你们说这人类科学发展的目标就是都吃化学物品吗？"

父亲陆光明说："过去你也在吃，只是那时信息没有这么发达，你不知道而已。"

母亲顾小菊抢白说："就你能。"

她伸手夹了一筷子菜放到陆虔的碗中，接着说："你爸下了班只要外面没有应酬，回到家中的乐趣就是和我抬杠。"

陆虔看着两个人你一嘴我一言地互相攻击，就在一旁边吃边笑。在两个人说话的空隙，他插话道："爸，马上过年了，过完年就是总公司一年一度的人事调整时间，你看我们矿会不会动一动？"

陆光明最近一段时间也在考虑这个问题，今年面临着班子换届，他目前五十八岁，还能再干三年。对于他来说，这一届的基层班子人选很重要，安排好自己人，就是以后退下来了办个事也方便。看来这是个关键年，是他和张海清董事长、安山书记之间谋求新的政治力量平衡的一年。

他还没有来得及开口，顾小菊就在一边搭上了话，她说："那个谁，那个叫方政的矿长这次是不是捅娄子了？我就看不上他，上次为黑娃子工程的事，你看把他给嚣张的，根本就不买咱家的账，把他撤了得了。"

听到顾小菊已经把话说完了，意思也表达得很透彻了，陆光明就不再说什么了，他只是告诫儿子陆虔，这个时候要学会韬晦，不要急着站出来说话，那会授人以把柄。他从来不直接给陆虔透露内幕消息，在陆光明的眼中陆虔尽管是副矿长，也还是个孩子，他怕他嘴上不牢靠把两个人之间的话传到外面去，那样就会很被动。

陆光明对儿子的教育方式是从来都不会告诉他什么能干、什么不能干，而只是点拨他、诱导他，因为陆光明相信，好父亲不是管教孩子，而是影响孩子。

陆虔心说，举报信的事情自己已经站出来了，不过是在幕后，想想父亲说的也有道理，接下来他就是要把自己在幕后隐藏得再深些，不要被人抓住把柄就是了。听父亲的口气，自己在过完年换届中是大有希望了！

吃饭当中，陆光明又说起了今天开会研究总公司明年借壳上市的事情。

总公司打算过完大年，筹划借 W·C 股上市。

顾小菊说："那个谁，你听这名字就是垃圾股，W·C，茅房嘛！"说完兀自先笑了，父子二人也跟着笑。

陆光明道："没有看出来你还很幽默嘛。"

陆虔却在心里面想，现在的 W·C 是垃圾股没错，可过完年被总公司一收购那就是绩优股啊！

吃完饭，陆虔说他要回矿上去了，顾小菊便说："天晚了，你明天早上再走吧！"

陆虔道："明天一早还有个会要参加，怕晚了来不及，还是晚上回去吧，一路高速，路程又不远。"说着看了一下手表，七点半，接着说："我赶九点来钟就回去了。"

顾小菊就说："那你路上小心些，车不要开得太快，早到十分钟八分钟和晚到十分钟八分钟没有什么区别的。"

陆光明坐在沙发上没有起身，只是向儿子挥了挥手，说："路上小心。"

陆虔回到沙枣树煤矿的时候已是晚上十点多了，他把车停到地下停车场，顺着通道来到了广场上。广场上静悄悄的连一个人影子也看不见，天气真的是太冷了，天气预报上说，今天晚上毛乌素北部地区的最低气温要达到零下三十六摄氏度，就连大门口的保安也缩在暖气房里不肯出来巡看一下。天空中月亮和星星的光辉被广场上的各色彩灯映照得也少了光泽，不远处沙峁上的积雪在夜的雾岚下看上去白森森的，矿区里的探照灯射出去的光柱，仿佛在凝结的空气中吃力地来回摆动。偶尔有一辆满载原煤的拉煤车从广场的围墙外面轰轰隆隆地飞驰而过，把脚下的水泥地面震得是一阵痉挛般的颤动。

陆虔收回目光，一边走一边叹气，这里的夜色只能用惨淡来形容，他顶着刺脸的西北风快步向公寓楼走去。公寓楼上也是静悄悄的，保安在大厅的写字桌上趴着打盹，看到陆虔进来，忙起身立正，陆虔冲保安点点头，没有言语径直走向了电梯间。

一进电梯间，他就从兜中掏出电话来拨通了张胖娃的手机，让张胖娃十分钟后到他的宿舍来。他要安顿一下张胖娃，现在是非常时期，没有事情两个人要尽量少来往。他得给所有人留一个印象——他没有搅入到这场举报信的风波中。这是他今天要叮咛张胖娃的，同时为了坚定张胖娃的决心，他还要再给他吃颗定心丸，那就是给他许诺，自己一旦成为矿长，张胖娃和其他三个人都会得到他的照顾而荣升的。

收买人心，应该说是三十六计之后的第三十七计。沙枣树煤矿副矿长陆虔此时此刻最需要的就是这第三十七计。他算计自己下一步走的路子就是要让矿上所有人买他的账，并且都来拥护他。

今天晚上找张胖娃来就是他行动的第一步，他要通过张胖娃在下面搞一场大串联，以赢得人心。十分钟后，张胖娃准时敲开了他宿舍的门，张胖娃现在和他陆虔已经拴在一根绳上了，他必须精诚地跟随着他陆虔副矿长，也只有这样他才会有美好的明天。

署名告状已经让张胖娃和其他三个人成为沙枣树煤矿万众瞩目的焦点，他们已经没有退路，只有一条道可走，那就是紧跟陆虔副矿长走下去，哪怕前面永远都是黑夜也得认了，这或许就叫上了"贼船"。张胖娃开始有些后悔自己实名举报了，又想想，既然做都做了，还怕什么呢？穿自己的鞋走自己的路，让别人说去吧！可是细细想来，觉得自己是穿着别人的鞋走着别人的路，让自己无鞋可穿、无路可走。

几天来张胖娃就一直处在这样的矛盾反复中。

陆虔副矿长拉张胖娃坐下又给他倒了杯茶水，问道："这几天下面有什么反应？"

张胖娃说："倒是没有听到多少特别的反应，只是大家都在猜测是谁把方矿长给告下了。"

张胖娃"咕噜"喝了一口茶水，停顿了一下接着说道："下面有人说自打方政来到矿上后，大家的收入比以前翻了一番还多；生活、居住条件也比以前改善多了，至于领导们在外面花销、吃吃喝喝大家早都见怪不怪了，何况那八百万元借款方矿长也没有装到自己腰包里去，还不是为矿上的发展办了事情。也有人说啦，现在的领导拉出来多少就有多少贪污犯，只不过是看谁撞到枪口上，谁撞上谁就自认倒霉吧。"

陆虔听了觉得都是些老生常谈，没有什么新的说法，于是打断了张胖娃，插话说："让他们议论去吧，越多人议论越好。调查组的人找你们四个谈话了？"

张胖娃说："是的，他们来的当天晚上就找我们了，是那个省上来的高处长和总公司纪委的胡兰兰副书记找我们谈的话，也没有多问什么，只是问我们反映的情况是否属实。我们都说属实，让他们可以去调查。"

陆虔说："好，就要这样回答他们。张主任，只要咱们团结一心，口径一致，就没有扳不倒的旗杆。这件事情做成了，我陆某人是不会忘记大家的。你告诉他们一要守嘴，绝对不能说是幕后有人策划；二要守心，绝对不能在这关键时刻掉了链子，打了退堂鼓。再告诉你一个绝密消息，过完春节总公司就要对二级单位的领导班子进行改组换届，掐指算来也就两个月时间，让大家咬死了把他拉下马来，到时就是咱们说了算的世事。"

张胖娃听了后血液沸腾，刚才的那一点点灰心丧气瞬间烟消云散了，他那肥肥的将军肚子又鼓起了勇气，把双手的指关节捏得咔咔直响，说："陆矿长，我张胖娃也是个血性汉子，请你放心，我这一辈子都跟定你了，你指到哪里我就跟着你打到哪里。"

四十一

周末下午，阳光把大地照得通亮，远处白色的雪线时隐时现，路边的残雪被覆盖上了一层黑色的煤粉末子，看上去像深咖啡色的冰激凌泡沫。

刘苹和乔迎春坐着越野车向城里驶去。车上，因为有司机，两个人都沉默不语，在这个非常时期多一张嘴，甚至多一只耳朵都会成为事态突变的隐患。刘苹心中在想，也许这就是那个成语"惊弓之鸟"的由来。

乔迎春正在拨电话，电话接通后他说："好的，好的，我们一会儿见。"

挂了电话，乔迎春对司机说："去世贸大酒店。"

他转身看到刘苹问询的目光，点了点头没有吭声，意思是已经联系好了。

尽管方矿长说不让去找貂总谈更换协议书的事情，刘苹还是拉着乔迎春一起过来找貂总经理。刘苹认为，这"以时间换空间"的协议既然是双方共同约定的，最好再搞个补充协议出来，现在矿方出了问题，对方是应该帮这个忙的，她是从方矿长个人方面考虑得多些；乔迎春却不这么看问题，他是从貂总个人方面考虑得多些，他觉得貂总不会愿意蹚这浑水的。他要探一下对方的口风，不能因为此事影响到双方的合作，如果那样的话，矿方的八百万元即使追了回来，对矿方、对方矿长都不会是最好的结果。

常说男人的思维是理性的，女人的思维是感性的，从这两个人的出发点和想要达到的最终目的就可见一斑。但是他们都犯了一个致命错误，因

为他们忽视了一个人，而这个人让他们此行的目的成了授人以口舌的把柄。这个人正是陆虔，他既是一个幕后参与者和策划者，又是一个冷眼旁观者。

两个人前脚离开矿上，陆虔就得到了消息。他马上猜测到刘苹和乔迎春一定是找貂总去了。后副矿长是要把水搅浑的，水越浑对他越有利，这个道理他是再明白不过了。于是，刘苹和乔迎春一离开矿上，他便让张胖娃找一个可靠的人去调查组汇报，说方矿长已经安排人去找合作方貂总经理串供去了。这样一来，就把调查组的调查方向引到对方政不利的方面上来，而从大局着眼，水自然就浑了。

刘苹、乔迎春和貂总是在世贸大酒店的茶馆见的面，谈到矿上出的事情，貂总说，他也听到了一些风声，只是不知道具体是什么事情。

刘苹想既然貂总已有所耳闻，索性直截了当地告诉他也许更好沟通，于是开门见山地说道："举报信的事情主要是针对这八百万元借款而来的。现在省纪委的调查组就在矿上追查这八百万元借款的来龙去脉。"

貂总听了刘苹的解释，沉吟着没有说话。乔迎春说："当然，这应该说是我们矿方的事情，从法律角度上说是与你方无关的。"

貂总听到乔迎春这么说，赶忙接过他的话茬说："这件事情因我们而起，咋说与我无关呢？不管咋说我们现在是集装箱站的共同受益者，风险共担也是应该的。乔部长，你把我老貂看成甚人了？"

乔迎春在心中暗自佩服起貂总来，想起不久前总工潘晓说他对毛乌素人爱吃肉的研究结果。那结果表明毛乌素人为甚爱吃肉，而且吃了那么多肉还能很快把它消化掉，原因是毛乌素人的肠子比关中人的肠子短，毛乌素人都是直肠子，这就利于肉食在体内的消化和排泄。看来这貂总经理骨子里正是蕴含着牧马民族的血性，倒没有关中人那么多的弯弯肠子。

刘苹毕竟是女人家，听到貂总如此豪爽，她伸手捋起一绺披肩长发，又把它甩在背后激情地说道："能听到貂总如此豪言，我想貂总肯定也是个爽直的人。"

貂总摇头道："刘部长是在恭维我还是在激将啊？"

乔迎春看到刘苹一时语塞，便插话说："我们在矿上经常议论，与毛乌素人打交道，认准人了就实言直说，这样双方反倒更好相处。"

貂总经理笑了，觉得大矿上的人就是会说话，到底是高素质的人，不像一些粗人，一语好上了便在一起大口吃肉大碗喝酒，一语不合了便彼此怒目相对，甚至大打出手。他说："刘部长、乔部长，你们说吧，需要我做什么、怎么做？"

话说到这份儿上，两个人相互对视了一眼，一时间不知道该如何向快人快语的貂总开口。稍加思索后还是乔迎春首先开了口："我们这次来的目的，应该说是不代表矿上，也不代表方矿长，只代表我们个人来和你沟通交流一下。眼下事情已经走到这一步了，协议书是签订了，而且这份协议书现在正在省纪委调查组的手中，如果我们按照上周的说法更换协议就会有彼此串供的嫌疑，授人以把柄，所以我和刘部长来主要是想要貂总一句话。"

貂总插进话来说："甚话？"

乔迎春说："合同继续有效，第九十天上把八百万元资金打到矿财务的账号上，咱们依法按合同办事。"

貂总拍着胸脯说："没啦问题，我土生土长在毛乌素地区，结交朋友无数，还没有人说过我老貂说话不作算的，我看你们方矿长也是直爽人，我也是直爽人，我还会害下个他？"

听了貂总的这一番话，刘苹正端着茶杯的手颤抖了一下，同时她的心也着实放进了肚子里。起初来时她还有所顾虑，考虑到貂总可能会为了保全自己、为了自己的利益把责任都推卸给矿方，或者百般推脱把自己洗个干净，却没有想到貂总如此仗义。这才是男人！毛乌素的男人，真正的男人啊！她在心里慨叹。

刘苹说："貂总我好佩服你。这样吧，今天我以个人的名义掏钱请你吃饭。"

乔迎春在一旁打趣说："都说女人啬皮，搞财务的女人更啬皮，刘部长是自己掏钱吗？"

刘苹伸手拍了一下乔迎春的手臂，认真地说："当然是自己掏钱。"

两个大男人都笑了，貂总说："走到哦（我）门上还能让刘部长出钱？这样吧，你请客哦（我）掏钱，咋样？"

刘苹说："这样不行，貂总，要是掏钱我们就不吃了，这就走。"

说着就要起身向门外走，乔迎春说："貂总，你就给美女一次请你吃饭的机会吧，要不然——"他想说要不然美女生起气来会很难看的，嘴却被刘苹用一张展开的餐巾纸堵住了。

夜幕降临，世贸大酒店楼前霓虹灯闪烁，人来人往，公路旁边、人行道上以及绿化带里到处都停满了高档小车。

刘苹和乔迎春酒足饭饱后被貂总的部下送出玻璃旋转大门。貂总又被刘苹给灌倒了，没能出来送他们，两个人在车前与貂总的部下握手告别。

不远处张胖娃手里举着摄像机，把这边的一切全都录了下来。

沙枣树煤矿职工教育中心位于矿部西边，是一个独立小院，内有一座三层仿欧式建筑的平板小楼。职教中心东边与矿部之间有一个人工湖。正值隆冬，湖面上结满了厚厚的冰，远远看去像一面明亮的大镜子，在灯光的掩映下反射出周围倒立的景观。

晚上七点钟，方矿长向职工教育中心走去。以往为了方便，人们从矿部到职教中心都是从人工湖面的冰层上直接穿过，因为湖面上的冰层很厚，都能过汽车。可是去年十一月份，湖面上刚刚结起一层薄冰，就有矿工从上面走，结果掉进了湖水里，好在湖水并不是太深，人无大碍。但这也给以安全为己任的矿管理层提了醒，提醒他们要防微杜渐，时刻不能松懈。

因此，为了安全起见，矿上花钱在湖的四周围起了好看的木质花栏杆，还做了许多警示标志。

方矿长沿湖边弯曲的石径小蹊一边走一边想着今天给职工讲课的内容，看到路边的警示牌就想到应该给新工们上一堂"安全为天"的企业文化课，于是想到了掘进队的高进才队长，让他来现身说法，从"三一四"矿难谈他的亲身经历。想到这里，他拿出手机打通了高进才的电话，说了他的想法，高进才二话没说，向他保证五分钟内赶到职教中心。

上完课已经是晚上九点钟了，方矿长回到宿舍打开电视，看到凤凰卫视《时事直通车》栏目正在播报山西省特大透水矿难的新闻。从新闻上看上去营救现场井然有序，身穿橘黄色服装的救援队员在镜头前来回穿梭，他不自觉地从鼻孔中"哼"了一声。现在这些新闻一上镜头都是报喜不报忧，你看矿难发生了，新闻宣传导向都是政府和矿方如何如何重视，重视程度如何，如何如何措施得力，营救及时，却都轻描淡写地把矿难发生的原因一句话带了过去。这种舍本逐末的宣传导向，从主观上放任了公众对事故本身的批评，也让管理者和肇事者放松了警觉性。

这时，乔迎春打来电话，问他在不在宿舍。

他回答说："在。"

不一会儿，乔迎春和刘苹敲门来到了他的房间。他们俩也是九点钟回到矿上的，一到宿舍楼下，乔迎春就要给他打电话，刘苹嗔道："才从外面回来，一身酒气一头一脸的沙尘，风尘仆仆的，你也容人家回去收拾一下，这个样子咋见领导？"

乔迎春开她玩笑，说："又不是大姑娘掀起红盖头第一回见到婆家人，谁还不知道我们刘大美人长啥样？"

刘苹不再和他纠缠，说道："你回去等我，我拾掇好叫你。"

乔迎春嘴里嘟囔道："女人真是麻烦。"

他话还没有说完，刘苹已经走进了宿舍楼的旋转门，所以并没有听到他的话。

乔迎春向方矿长简单地述说了他们去见貂总的经过，刘苹时不时插上一半句话作为补充，方矿长则坐在会客厅的单人沙发上一言不发地听着。

听完乔迎春和刘苹的叙述后，方矿长平静地说："既然你们已经去找了貂总，我也不说什么了，从内心来说我是反对你们去的，这样会授人以口舌，这两天都是人心惶惶，全矿上下已经翻江倒海了，你们又出去刮回来一阵风。"

说到这里，方矿长感觉自己话说得有些不近人情，他们两个毕竟是出于一片真诚之心才去找貂总，出发点还是好的。于是他放缓语调说道："但愿你们此行不会有人借题发挥，这几天再不要去见貂总他们了，因为真的假不了，假的也真不了，咱们就等着调查组的调查结果吧。"

以静制动，以不变应万变，看清对手所出的招数，然后再有所动作，这是方矿长这两天来一直思考的对策。可是刘苹却没有他这样的城府，她是心急心焦呀，好人咋就这么难做呢？当然她也明白心急是起不了多大作用的，但你至少得找见隐藏在背后的对手吧？所以她要动起来，查找出那只幕后的黑手，最好是"短、平、快"地把它斩断。

她怒气冲冲地对方矿长说道："如果我们不找出幕后的那只黑手，就永远不会有宁静的一天，不能再四平八稳左顾右盼了。"

乔迎春也是这个意思，他点点头表示同意刘苹部长的看法。

方矿长不无忧虑地说："关键是我们现在面临来自两个方面的压力，一个是调查组方面，这是明的，我们要积极配合；另一个是那只黑手，这是暗的，暗的难对付，你知道那只黑手是谁，他到底还会使出多少可以混淆

大家视听的招数？"

乔迎春觉得方政分析得也有道理，他困惑地问："那我们应该怎么办呢？"

"还是那句话，凉拌。"方矿长口气幽默地说，然后他又补充道，"只要我们不犯错误，关键时候对手就会跳出来，只要对手跳出来就会有漏洞可觅。"

一番玄机说得乔迎春云山雾罩的，但看到方矿长胸有成竹的样子，就把心放进了肚子里。听领导的是不会有错的，领导永远正确，这就是时下的官场逻辑。想到这儿乔迎春不再多思考，天塌了有大个子顶着呢，在他的心目中方矿长就是那个大个子，听大个子的就是了。

刘苹还是气咻咻地想不通，可她又没有什么好的办法，也只好全听方矿长的了。

第二天一早，貂总经理开着他的奔驰越野车来到北煤台，停好车后，沿着铺满煤粉末子的狭窄的石阶来到杨主任黑乎乎的办公室。两个人一见面就把头凑到一起，议论起了沙枣树煤矿和他们"以时间换空间"的协议书来。

貂总说："当初就想咱们独自干，你非要拉上个国有煤矿，这国有煤矿办起事情来真是麻烦死了。"

杨主任开导他说："这你就不知道了，现在国家正在整顿煤炭市场秩序，不和国有企业合作，我怕这事早晚会黄掉的。你知道现在只要沾着煤炭的事情，上面的手续有多难办？只有撑起国企这把保护伞，我们才能安下心来挣到大钱。"

貂总担心省纪委会查到他们头上来，杨主任说不会的，我们手续齐全，各证照都有，又没有违法乱纪。

说到这里，两个人又为方矿长感慨了半天，都认为方矿长的政治生命怕是不保。于是，貂总经理的心中便生出了惭愧之心，老方人是不错的，觉得很是对不起他。

杨主任便开导他说："人的命天注定，也该着他有此一难吧！"

紧接着两个人把话题从方政扯到了陆虔身上，貂总经理直话直说，道："我看这陆虔年纪虽然不大，人却是阴得很，心眼也歪歪的。这件事一开始就他前后最欢实，现在突然就不见了踪影。难道矿上发生的这么些个事情与他有直接关系？我看也说不定是他在背后捣鬼哩！"

听到貂总经理如此看待陆虔，杨主任便开始喝他的茶水不再言语，心想：陆虔人虽然年轻，却有着很好的后台背景，很有可能以后会主政大矿——沙枣树煤矿，和他打交道的时日也许还长，最好在背后少议论他的是非，隔墙有耳。

两个人又扯了会儿闲传，貂总说他还有事情，便起身告辞了。

四十二

郜新闻向安山书记请了病假，一大早乘飞机回省城，一路上都在郁闷着，他倒不是怕方政对他的误会，而是心里总有那么个心结，好好一个"国内一流，世界领先"的大矿，怎么就生出这无端的事情来？那天他去向安山书记请假，安山书记倒很痛快地准了他的假。临走时，安山书记语重心长地对他说："老郜呀，回去把身子养养就回来，别在省城家中守着老婆就忘了我们的毛乌素。"

听得出来安山书记说这话有玩笑成分，但是仔细想来，却另有深意。

郜新闻和安山书记虽然也很熟悉，过去在一起也共过事，但是碍于自己是陆光明总经理提拔上来的人，他总是要与安山书记保持着距离，毕竟人家是顶头上司嘛，敬而远之才能让领导对自己不反感。所以说，他人虽然回到了省城的家中，心还是在毛乌素那片沙土地上系着。

郜新闻中午在省城一家酒店和老朋友们相聚，吃罢午饭回到家中，看到老婆正在房间里摆弄着那些瓶瓶罐罐的沙画颜料，见到他回来就嘟囔上了，他听了好一会儿才弄明白是怎么回事情。

原来老婆在那家公司学做工艺沙画被骗了，起初说好的，交一千二百元的材料押金，跟公司的老师免费学做工艺沙画，学会后就把材料拿回家中自己做，做好的工艺沙画经公司验收合格，由公司支付手工费；那家公司还承诺，如果不做工艺沙画了就给她退这一千二百元押金，为了保险起

207

见，她还和那家公司签订了合同。一开始由于经验和水平都不行，她总是通不过验收，一段时间下来，勉勉强强通过了，眼看着每做一幅工艺沙画公司给她支付三十、五十块钱的手工费，心中便生出几分艺术家的成就感来，盘算着一个月收入五六百元补贴家用。可没想到上周她去那家公司交画时已经人去房空，一千二百元人民币才收回来了一百三十元，其他就打了水漂。她给工商局打电话举报，工商局的工作人员立刻赶了过去，经查后说那家公司根本就没有办营业执照。她对工商局的工作人员说，明明看到了墙上挂着营业执照的。正说着又来了几个被骗的人，有人手里还拿着营业执照的复印件，工商局的工作人员把复印件翻过来倒过去地看了半天，最后确定营业执照是伪造的。

花了一千二百块钱，到头来只买下这一堆材料。

郜新闻听完老婆喋喋不休的述说，笑道："吃一堑长一智吧，最怕的是吃了一堑又少了一智的人。"

老婆生气地骂他说："人家都难过成这样子了，你还在一旁说风凉话，没心没肝的老东西。"

看着老婆在家里倒腾她的那些工艺沙画，郜新闻就没了在家里闲待着的心情，于是又走出家门信步来到了城墙边的环城公园。

正值下午茶时分，省城冬日的阳光照在人身上暖洋洋的，那些退休后没有事情做的老头老太太们，聚在环城公园里打牌、锻炼、散步、聊天、听戏，显得十分悠闲。郜新闻自然是去戏曲茶社中享受那份原汁原味的秦腔。

茶社里的人并不算太多，大都是上了年纪爱好秦腔的老年人，郜新闻进去后找了一个空位坐下来，一个看上去四十多岁的女子正在戏台上唱折子戏《四郎探母》，声音沙哑，是那早已失了圆润的歌喉。

茶社老板走了过来，问他需要些什么点心小吃，他摆摆手说："拿瓶康师傅矿泉水，其他的一会儿再说吧。"

虽然不是常见的客人，茶社老板从他的表情和口音判断，来的一定是个老戏迷，便对他十分客气地说道："那您随便，需要什么招个手就行。"

说完转身便忙去了，不再理会他。

郜新闻闭目坐在那里惬意地听着秦腔戏曲的鼓点和旋律，一直到夕阳快要落下时，看看时间不早了，便起身与茶社老板打招呼。茶社老板客气

地说："闲了再来，权当是听戏消磨时光。"

郜新闻说："一定来。"随后走出茶社装修得很古典的大门朝家中走去。

回到家中，老婆正在案板上擀面，看到他回来了就说："知道你爱吃手工面，这就给你擀面吃。"

看着老婆在面案前上下起伏的背影，郜新闻想起前一阵子在矿上流传的一个笑话，说一个矿工在矿上待了两个月，好不容易轮到休假回到家中，只见老婆左手拿着擀面杖，右手抓着裤腰带对他说："你是先吃面还是先办事？"

想到这里便忍俊不禁地笑出声来，老婆一边擀面一边骂他说："傻子一样的，你笑啥？"

郜新闻就给她讲从矿上听来的这个笑话，老婆听完后"咯咯"笑着说："那就先吃面。"

却一边说着一边就撂了擀面杖向他走过来。

……

郜新闻说："这会儿感觉肚子真的是饿了。"

老婆就用手抚摸着他白花花的肚皮说道："伺候了下头还要伺候上头，好吧，我这就起身给我们家的摇钱树做面吃去。"

第二天清晨醒来，郜新闻拉开窗帘看到外面的天已变了脸，昨天还是阳光明媚春天般融融的暖冬，今天却是乌云笼罩，阵阵寒风侵袭着灰暗的城市。

他穿上防寒服，打算出门买两份早餐回来和老婆一起吃，走出楼道口，感觉西北风嗖嗖地刮在脸上，便想，也不知此刻的毛乌素该是怎样的天气了？

在早餐店排了半天队，买了两份肉夹馍和两份肉丸胡辣汤出来，外面却已飘起了零零星星的雪花，就又想起整个冬天都被冰雪覆盖的毛乌素沙漠来。原来他的大脑早已被那片沙土地打下烙印了，他已经忘不掉那儿的红柳、柠条和沙漠了。

吃罢早饭，郜新闻就想去看一看宁子宁。

宁子宁现在已被转到了省城的一家精神病医院，自从三个月前送他去了精神病院后一直也没有再见到过他，不知道他的病情是否有了好转。

于是他对老婆说："我们去医院看看子宁吧？"

老婆对宁子宁是有感情的，跟在这个从小没有双亲的孩子背后拉扯他长大，这孩子没少给她增添麻烦，听到郜新闻说要去医院看望宁子宁，就一边抹着眼泪一边收拾着带上些吃的、用的东西。

宁子宁那天是被郜新闻书记糊里糊涂拉上救护车，又糊里糊涂送进了精神病院。原本以为是给郜书记看抑郁症，没承想自己去了就没有再回到矿上。这才知道不是郜书记病了，倒是自个儿病了，可是自己好好的呀，矿上的人为什么非要说自己病了呢？而且害的是精神病？想来想去没有个答案出来，后来他逐渐琢磨出味儿来了，一定是矿上要提拔人力资源部的部长，看他站在那个位子上碍事，才把他一脚踢开。

在毛乌素精神病院住了两个多月，看看病情不见好转反而有加重的迹象，医院说他犯的是妄想型精神病，得转院治疗。

于是矿上又联系把他转到省城一家精神病医院里来了。

宁子宁在精神病院的生活很有规律，每天清晨起来吃罢早饭后就一个人走到花坛前兀自遐想，时常忘记了吃午饭，在那里一待就是一天，盯着花池里的花花草草，他的眼前就有了立体的画面——毛乌素王国。

在宁子宁的心目中，沙枣树煤矿就是毛乌素王国的皇城，皇城里有说一不二的女独裁者一把手方政矿长，于是方政矿长就有了武则天的嘴脸。在她的身边整天围着周俊、来俊臣还有上官婉儿，他们正在帮着她杀人放火。就想到自己是王国里反对他们暴政的狄仁杰，或者是骆宾王；皇城里还有说二不一的二把手郜新闻书记，他打扮成女尼姑的模样，整天高坐在宽大的庙堂上，念着她的唐僧经等着众香客去烧香参拜；皇城里当然也少不了说三道四的三把手陆虔副矿长，他把自己装扮成花枝招展的妓女，恍惚间陆虔副矿长的嘴脸就变成了穿着花衣在唐玄宗面前跳舞的安禄山，在暗地里大搞恐怖主义活动。

生存在这样的一个王国里，宁子宁觉得生命无聊和悲哀，自己向往的地方应该是海市蜃楼般的人间天堂，可以展翅翱翔，随心所欲，又能遂了心愿。他一阶一阶地沿着天梯爬上理想的王国，而那理想的王国就在不远处的天空，是他伸手就能触到的天空，于是他展开双臂幻想自己是那庄子《逍遥游》篇中一只巨大的鲲鹏，舒展开双翅向着理想的王国飞去。

飞翔中，看到郜新闻书记和爱人在他的脚下不远处提了水果走来……

宁子宁身穿一身洁白的礼服，穿过繁华的都市街道，呼吸着清新自由

的空气，感觉到前所未有的身与心被释放的轻松，于是自言自语道："自由的味道真好！"

走在人流涌动色彩缤纷又宽敞的大街上，宁子宁的眼睛漫无目标地巡视着，他的大脑却回到了儿时的记忆里。"文革"后期的他，每天戴着一条红领巾，蹦蹦跳跳地在学校和家之间来回穿梭，教室的明亮和家庭的温馨，老师的和蔼和父母的溺爱让他感到自己是无限幸福的。

让他永生难忘的是那个星期天，父母带着他去公园游玩。这是老师专门给大家安排的周末家庭作业，作业的题目就是"我和父母逛公园"。

天空飘着一朵朵白云，树枝上小鸟们在欢快地歌唱，小子宁一只小手牵着爸爸的衣襟，一只小手拉着妈妈的左手，在街道上一蹦一跳地走着闹着要吃雪糕，于是三个人句公路对面的雪糕摊点走去。

突然间天阴了，风住了，树上的小鸟也凝固了它们的歌声，整个世界瞬息间就翻了脸面。小子宁的脑海中只记得有一辆粗笨的丑陋不堪的草绿色北京吉普车野蛮地向他们一家三口冲了过来，人们甚至都来不及惊呼，车头已经撞上了正在横穿公路无辜行走的一家三口人。就在这一刹那，走在公路左侧的母亲出于人性的本能，她把自己的儿子小子宁一把推开，北京吉普车撞倒了父亲，紧跟着车的前保险杠又无情地扎进了母亲的腹腔，站在跟前早已被吓傻了的小子宁目睹了这一切。

从此，他恨星期天，更恨被涂成草绿色的机器，一生中再没有吃过一根雪糕。

往后的日子，成了孤儿的宁子宁的世界一片暗淡，语文课本上高玉宝讲的《半夜鸡叫》的故事，让他感觉到自己就是生活在那个暗无天日的万恶的旧社会里。

宁子宁一边走一边回忆自己的童年和少年时代，脚下发飘。

那时的他是吃着百家饭看着百家人的脸色，一天一天度日如年地长大成人的。由于孤独和贫穷，他没有像其他同学一样，上了初中上高中，上了高中再冲刺大学；而是初中一毕业，在组织的照顾下，被招工到煤矿成为一名煤矿工人。后来是化刻苦学习、自学成才走上了干部岗位。

人的有意识和无意识往往都是命运的安排，冥冥中的人生轨迹是早已被上天注定了的，该受多少磨难、该吃多少辛苦，最后的句号如何被画圆满都不是个人意志所能决定的。其实单个人在大千世界中的作用是微乎其微，可以忽略不计的。

想着走着，宁子宁便走到了街道的尽头，该拐弯了，下意识这样告诉他。

拐过弯来，看到一群人正围在那里看着什么，于是宁子宁也跟着凑上前去，挤进人丛，看到地上铺着一张白色的床单，床单下面好像是个人形，那是一个人吗？宁子宁的大脑在飞速转动，抬头看到邰新闻书记也正站在那里围观，他上前去拉了一下邰新闻书记肉乎乎的大手，问道："是谁躺在这里呀？"

邰新闻书记仿佛没有知觉似的，两只眼睛依然盯着地上的白色床单。

宁子宁又看到邰新闻书记的爱人站在一旁，就伸手拉了一下她，问道："婶婶，谁躺在这儿？"

婶婶似乎感觉到了什么，回过头来瞅了瞅，又把头转了过去，没有理会他。

这时从前面走过来两个穿白大褂的人，看来像是医生，宁子宁正打算上前去问问他们，这儿到底发生了什么事情？只见那两个穿白大褂的人来到跟前，其中一个弯腰掀开白色床单的一角，露出一张苍白而熟悉的脸。

宁子宁一下子惊呆了，木木地站立在那里，那不是自己吗？

原来自己的灵魂早已离开了躯体成了游魂，他再一次低头看自己身上，白色礼服却是地上的白色床单……

宁子宁的后事是在他和邰新闻书记原来工作过的、距离省城一百多公里的矿上操办的，宁子宁的媳妇和孩子现在都居住在那里，丧葬后事由邰新闻书记一手操持办理。

在宁子宁跳楼的当天，邰新闻就在电话中把事情的原委经过告诉了方矿长。方矿长听后也是唏嘘不已，委托他全权代表矿上处理好宁子宁的丧事，并委派矿工会和后勤人员去协助他处理善后事宜。

邰新闻则立刻找车把宁子宁的遗体拉回去存放在矿医院的太平间里。因为宁子宁是英年早逝，属于凶兆，又是凶死，所以头天晚上矿上就安排人在宁家所在单元的各家各户门前撒下三道白灰，又在每户的门把手上系了红布条，有人还在单元楼的一层门洞里摆放了一面大镜子，民间传说是为了辟邪。

第二天一大早，宁子宁的家中设起了灵堂，灵堂正中置放着供桌，供

桌上摆放着用黑丝绸缩绾成的菊花缠绕着镶黑色相框的遗像，遗像左右是两支燃烧的蜡烛，正前面摆放着水果、点心等各类供品。

宁子宁的媳妇和他正在上初中的女儿披麻戴孝跪在灵堂前。

邻居和矿上的同事们听到此事后纷纷前来吊唁。俗话说人走茶凉，而民间不同官场，许多事情是人走仇怨也就自然消了，所以矿上凡是认识宁子宁的人几乎都来了。来人一进门，在专门负责收礼的桌案前拿出份子钱聊表心意，桌案边就有专门记账的人在一张礼单上记下行礼人的姓名和礼金数额，然后那行礼人又到灵堂前向宁子宁的遗像三鞠躬，嘴里说些个"子宁走好""子宁安息"的话语以表达悼念之情。

每当这个时候，宁子宁的媳妇和女儿都是要跪在一旁磕三个响头，表示谢意。

一个上午矿上前来吊唁的人流时断时续，屋中也就时不时传出子宁媳妇和女儿悲伤的哭号声，惹得前来帮忙和吊唁的女人们也跟着流下同情的泪水。

郜新闻书记是这次"过事"的总管，负责来人的接待和吃饭。他让人在楼下搭起帆布棚，从矿上食堂借来厨师和锅灶桌凳等。郜新闻书记打内心对宁子宁和他的家小感到难过和愧疚，五年前是自己一手把宁子宁从原来的矿上调到沙枣树煤矿的，谁又会想到五年后的今天，竟然又是自己亲手为宁子宁操办后事，送他走上不归路。

眼瞅着人们来来往往吃着流水席，来了一拨坐下吃完喝完起身离去的场景，他感叹道：子宁一生孤苦，临走风光这么一回，也算是郜叔对你的一份心意。又想到自己已快花甲之年，免不得叹息人生无常，生离死别就是这么一瞬间的事情，不觉悲从心中来，竟然也落下几滴浑浊的老泪。

有人看到郜新闻书记在那里擦眼泪，暗自感慨郜书记真是个有情有义的好领导，宁子宁可以安心地上路了。

到了晚上，郜新闻书记两口子亲自陪着宁子宁的媳妇和女儿守灵堂，一直到第二天黎明。

这样连着折腾了两天，到了第三天总算把宁子宁的骨灰寄放到了殡仪馆，丧事才算结束。

回到家中，郜新闻从头天下午一觉睡到第二天的正午。这一大觉让他如梦初醒，觉得自己好像陪着宁子宁到阎王殿走了一遭，想到英年早逝的宁子宁，感觉人生不过如此，内心便萌发出大彻大悟的遁世想法。

他起来洗漱完毕，随便吃些东西，和老婆打了招呼说是出去散心，便走出了家门，下楼来听到谁家的收音机里正在播放着秦腔：

祖籍陕西韩城县，杏花村中有家园，姐弟姻缘生了变，堂上滴血蒙屈冤。姐入牢笼她又逃窜，不知她逃难到哪边？为寻亲哪顾得路途遥远，登山涉水到蒲关！

真是如泣如诉，字正腔圆，不由让他想起唱戏的嫣红来。他招手叫过出租车，上车向南门方向而去。

郜新闻一走进南城墙边那家熟悉的戏曲茶楼，正好看到嫣红坐在戏台前无所事事地在那里嗑着南瓜子。嫣红一见郜新闻书记进来，便和戏老板一起迎了上去，嫣红抢在戏老板前跟他打招呼，戏老板随后笑道："看到大老板来了，你看把嫣红喜兴的。"

嫣红就红了脸，向他们做了个鬼脸便拉郜新闻到一边坐下，忙着给他倒茶水、取干果拼盘……

郜新闻瞧着步履轻盈的嫣红来回走动，内心自语道："还是年轻好啊！"

等到嫣红忙完坐在他的身边，郜新闻就叫来戏老板，从钱夹里掏出一沓百元钞说："给嫣红搭红，唱全套本子戏，嫣红你唱什么都行。"

戏老板乐呵呵地接过钱去，一数竟有三千块钱，便大声对场内的围观者说："这位老板搭红三千块点嫣红唱全本。"

场内响起鼓掌声，有人高声吼叫："好！"

嫣红兴奋地凑上前来，在他的脸颊上温柔一吻，场子里传来一片哄笑声，倒是把他惹了一个大红脸，不好意思地忸怩起来。

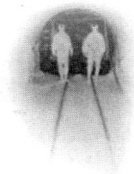

四十三

省纪委调查组高一清处长和安山书记在办公室谈论方政的案子。

高一清处长说："安书记，就目前所掌握的材料，已经查明方政挪用公款的事实，其他比如在井下搬家设备招标过程中是否有问题，还在进一步的查实当中。我的意见是为了不影响矿上的正常工作和生产，减少调查取证的难度，建议矿业总公司暂时停止方政的矿长职务，接受调查组的审查。"

安山书记听到高一清处长的意见，没有马上表态，他从兜里掏出一支香烟来，下意识地递向高一清处长。高一清处长拒绝了，说："我不会抽烟。"

安山书记深吸一口气，低下头看了一眼那支香烟，又把它装回口袋中，没有吱声。他在思考让方政停职接受调查，会不会给矿上的领导班子和矿工们造成思想上的混乱，同时也在思考让谁暂时来接替方政的矿长职务更合适。

到矿上几天来，安山书记做了大量的走访工作，从一线工人到基层干部、中层干部，再到领导班子成员，了解到大家对方政矿长的工作能力和工作作风还是认可的，也基本掌握了矿上所谓"以时间换空间"的八百万元借款的来龙去脉。他感到省纪委张远副书记有点小题大做，挪用公款是应该查处，也必须查处，但挪用公款与贪污受贿在性质上还是要有区别的。作为纪检部门更应该把握好这个度：我们不能放过一个贪污犯，也不能想当然地把一个人的政治生命就这样给毁掉。安山书记曾经把他的这一态度与张海清董事长进行了沟通，张海清董事长的意见与他基本相符。于是，安山书记口气和缓地对高一清处长说："目前这个矿的情况比较复杂，人心浮动，已经影响到了正常的生产经营工作，一下子还真找不出来一个能代替方政稳住阵脚的人。我看这样吧，明天我回矿业总公司一趟，与张海清董事长、陆光明总经理在一起碰个头，然后再给你答复。"

说罢安山书记说他还有些事情要处理，起身走了出去。

望着安山书记离去的背影，高一清处长摇了摇他那已是两鬓斑白的头颅，无奈地叹了一口气自言自语道："看来阻力不小哦！"

第二天上午，安山书记回到矿业总公司，与张海清董事长、陆光明总经理在一起商讨沙枣树煤矿的人事调整问题。

安山书记首先介绍了他掌握和了解到的沙枣树煤矿的情况，然后表达了他的意见。他认为，方政在八百万元拆借资金方面，没有向矿业总公司汇报并及时沟通，仅仅是几个矿领导班子成员开会通过，属于严重违纪，但是要说到违法还算不上，就不要上纲上线了。因为方政毕竟不是为他个人谋取私利，建议如期追回资金，通报批评以儆效尤，再严重些给个纪律处分，考虑到矿上的稳定因素，眼下还是不要动方政为好。

陆光明总经理听后不以为然，他直言这方政胆子也太大了，八百万元的公款招呼也不打，吭都不吭一声就借给了私人老板，这不是挪用公款又是什么？如果借款方不能按照合同时限还款怎么办？真是胆大妄为，头脑里还有没有组织观念？发完脾气，陆光明总经理的意见是方政停职接受省纪委的调查，调查完毕后，如果认定性质是违法乱纪，就送交法律部门处理，如果属于情节较轻就由矿业总公司做出处理。

两个人的意见一上来就针尖对麦芒，这让张海清董事长有了新的思考，他原本也不想因为这件事情闹得人心惶惶，影响矿业总公司的形象，也影响正常的安全生产和经营；但看到两个人截然不同的意见，张海清董事长的心中倒是有了谱。从矛盾走向矛盾，在斗争中解决斗争，是他从政多年来一贯的工作方法。宦海多年让张海清董事长历练出了"以历史为镜可以观社会，以人为镜可以照自己"的辩证思想。面前这两个人的态度，让他想到了康熙皇帝与大臣和珅、纪晓岚的故事，于是他笑眯眯地说道："既然意见不统一，我就说一说我的个人看法吧。"

两个人听到董事长发了话也就不再争执，一齐扭过脸望着张海清董事长，等着他继续说下去。

在短暂的停顿后，张海清董事长斟酌了一下他的讲话方式和语气，说："昨天晚上省纪委张远副书记给我通了电话，就沙枣树煤矿方政的问题和我交换意见，张远副书记要求我们配合省纪委调查组严肃认真查处，我的意见是——"

说到这里他再一次停顿下来，看看两个人的表情，安山书记表情严肃，双目微微眯起，嘴巴稍张，仿佛在等待一个关键性的进球；陆光明总经理上仰头颅，双目向天，望着天花板，嘴角向下撇成八字形，一副胸有成竹的模样。

张海清董事长就像足球场上的裁判一样，用不容置疑的口吻接着说道："我的意见是方政的矿长工作暂时停下来，让郜新闻书记代理矿长。"

张海清董事长明明知道郜新闻正在家中养病，陆虔是顺理成章代理矿长的不二人选，这也是陆光明极力要拿下方政矿长职务的私心所在，而他偏偏不让陆光明的想法实现；至于安山书记也是同样，他是想保住方政的矿长职务，这当然也是保住他自己的面子。张海清董事长突然提出让郜新闻出来代理矿长，对于安山书记来说是退而求其次，让郜新闻出来维持局面，表示方政还有希望重新回到矿长的位子上去。而对于陆光明总经理来说，却是螳螂捕蝉，黄雀在后，费了一整的劲儿，陆虔没能代理矿长一职，证明阻力很大。看来陆虔眼下在仕途上还不能走得更远，这就给了郜新闻一次机会，让郜新闻钻了空子，下山来摘了个大桃子。

张海清董事长是让他们两个人的目标都达不到，同时也还都有一线生机，这样一来，他就可以稳坐钓鱼台，坐山观虎斗了，也就是说二人争斗，真正的受益者是张海清董事长。

郜新闻每天吃罢晌午饭所做的第一件事情，就是哼着秦腔调子去南城墙根儿听戏。坐在戏台前，让省城冬日的阳光照在他那被毛乌素沙漠强烈的紫外线晒得黑红的脸膛上，他感到无比悠闲、十分惬意。

每次到来，嫣红都是早早地为他摆放好小圈椅，小圈椅前面也必定有一张长条茶几，茶几上一把茶壶、一只茶杯，还有一碟儿陕北炒南瓜子，都是必备的。这陕北炒南瓜子必须要用粗盐炒制，看上去沾满了疙疙瘩瘩的白色盐粒儿，郜新闻最爱吃的就是这一口，他想也许是打小这粗盐吃习惯了，那盐粒儿入得口中有一股久违的香味，能够勾起他味蕾儿时的记忆，令人回味无穷。

正是中午一点来钟，南城墙根儿一家挨着一家的戏摊子相继开了张，大多数都是老龄的戏迷们悠闲自在地转来转去，他们这家坐坐听听，那家站着看看，碰到自己爱听的戏免不了跟着唱戏人摇头晃脑哼上两句。这时就会有戏老板凑上前来，拉凳倒茶让座，听到高兴处还会有戏迷从兜里掏出钱票来搭红，这搭红的钱是唱戏人和戏老板三七开的，所以这戏老板自然是积极主动拉了人来听戏，同时也能挣几个茶水、干果和香烟钱。

郜新闻每天来都有固定的摊场，戏听得高兴了也就三十、五十，有时还一百、二百地搭红，惹得邻近唱戏的戏子们常过来客串几出折子戏，戏老板自然高兴，可是嫣红却嘟起小红嘴不乐意了。戏老板明白，最险女人心，这市井中的女子嫉妒心上来了可是不得了的事情，经常听戏词唱说王熙凤、潘金莲、李瓶儿之流勾起妒忌心肠，如何如何发狠。于是时常过来开导嫣红，说钱是挣不完的，不要因为这事情闹得大家都不愉快，你看郜老板出手多大方呀，只要哄得他高兴了，你还愁没有钱赚？

一番话语引导嫣红开了窍，把郜新闻巴结得舒舒坦坦中了邪似的整天往南城墙根儿跑，嫣红自然挣得是盆满钵盈，就有了想要勾引郜老板的心思。因此她看郜新闻的眼神中就有了几分轻佻的殷勤，这一点郜新闻当然也是看到了，但他并没有太去在意。

郜新闻一边嗑着南瓜子，一边听着戏台上原生态的秦腔戏，嫣红过来为他倒水，问："茶水不太热了，我给你换换？"

郜新闻笑着说道："谢咯。"

他说的是方言，嫣红听了便也转了秦腔戏文回答："如此的客套，夫君呀！"

就在这时候，郜新闻的手机响起来，是陆光明总经理打来的。郜新闻拿起手机走得离戏摊子远一点儿，这才接起了电话。

电话那边，陆光明总经理问道："老郜，最近身体怎么样，我咋听到有人唱秦腔呢？"

郜新闻连忙回答他说："我在城墙边呢。"

陆光明总经理在电话那头"噢"了一声，接着说道："明天一早乘飞机回矿上。"并把上午矿业总公司开会做的决定告诉了他。最后，陆光明以

不容推卸的语调说，"我已让办公室给你订了明天上午十点钟的机票。"

郜新闻手中拿着电话，后来就不知道陆光明总经理还说了些什么话，他的大脑从一片空白开始慢慢有了思想，对方不知道什么时候早已把电话挂掉了。

以前是争着抢着当官，却怎么也当不上，当上了却出事了又失去了。现在倒是没有那个想当官的心劲儿了，不想争了也不想抢了，官帽子倒飞来自己落在他的头上了，真是应了那句话：争是不争，不争是争。

不知道什么时候嫣红走到他的跟前拽他的衣襟，郜新闻这才缓过神儿来，看着嫣红说："嫣红，我们过去唱一段《王宝钏》吧！"

四十四

省纪委调查组分成两个小组，一组由高一清处长负责，与胡兰兰一起继续审查方政在设备招标采购过程中是否有受贿行为；另一组由马文林、武海涛负责，对方政实行隔离审查。

高一清处长从毛乌素市调来审计人员，从沙枣树煤矿井下设备招标采购程序以及整个过程开始逐一调查，并对设备的厂家质量、价格进行对比。

胡兰兰把他的这一做法叫秋后算账，高一清处长说要想人不知，除非己莫为，不管是谁干了违法乱纪的事情，结果都会是一样的：不是不报时候未到。

再说马文林、武海涛把方政安排到宾馆，包了个大套间，他们盘算这将是一块硬骨头，如果舍不下几斤肉方政这块硬骨头是很难啃下来的。于是，他们计划首先给方政来个下马威，压一压方政的锐气，然后看情况再说。

这天晚上，方政正在他的宿舍里睡觉，马文林和武海涛敲门进来，让方政收拾一下随身物品跟他们走。到了宾馆后马文林宣布，由于方政问题重大，对他实行隔离审查。

方政一头雾水地问："那八百万元借款不是已经查明了吗？又没有装进我的腰包。"

武海涛直杠杠地说："你的问题还严重着哩，难道做了什么你自己不知

道吗？"

方政回答："我不知道，你给我讲明了。"

马文林比武海涛年长，说话也老到一些，他让方政坐下来，口气和缓地说："老方，我们也是为你好，事实查清后会给你和你的上级一个交代的。"

方政就不再言语了，心想你们就查吧，我又没有做什么亏心事。

看到方政不吭声了，武海涛的脸上有了得意的神情：做贼心虚了吧！你方政不要以为做的事情多么保密就没有人知道，在我武海涛眼里还没有人能躲得过去。武海涛决定从今天晚上起，他和马文林换班对方政进行审查，不给方政睡觉和喘息的机会，直到把问题都交代出来为止，就不相信你方政是铁做的！

方政被调查组带走，第一时间知道消息的人是公寓楼门口的一个小个子保安。方政提着旅行箱和马文林、武海涛下楼时小个子保安正在大门口执勤，他目睹了方政被一辆挂省城牌照打着双闪尾灯的黑色小轿车带走后，便把这一消息告诉了来换他班的大个子保安，说他刚才看见方矿长被一辆省上来的黑色小轿车带走了，还看见矿长提着一个皮箱子低着头，那皮箱子里不知道装的什么东西，看上去沉甸甸的。

等小个子保安走后，大个子保安赶忙就给张胖娃打电话，报告了这一情况。他说："表舅，刚才方政被一辆省上来的警车押走了，好像是说从方政的房间里搜出来好多钱，被装在一个大皮包里一起带走了。"

张胖娃欣喜道："是真的吗？"

大个子保安说："千真万确，刚才我来门卫换班，上一班保安亲眼见了。"

张胖娃放下电话立即就给陆副矿长打电话过去："陆矿长，刚才我外甥在门卫值班，亲眼看到方政被省检察院来人带走了，在他房间里还搜出来一个沉甸甸的大皮箱，里面装满了现金，据保安说看箱子大小至少也有好几十万！"

这一天大的"马路消息"从保安队开始迅速在全矿传开，不一会儿"马路消息"就被传成了千真万确的新闻，有人说方矿长是接受调查，有人说是隔离审查，后来就有人说方矿长被"双规"了。

第二天一早，消息传到正在矿上蹲点的安山书记耳朵里，就成了方政承认了受贿，在他的房间里搜出来好几十万元现金，证据确凿，已经被省检察院带走开始进入司法程序了。

一时间谣言四起，感叹、愤怒、惋惜、窃喜、骂娘的都有，搅得全矿上下人心惶惶。

安山书记找来陆虔，让他通知矿中层以上干部到顶层会议室开会。陆虔眼睛里悲喜参半，他用力点头随后又有气无力地说："我这就安排办公室通知大家。"

陆虔心道，明明有办公室不让办公室通知，却让我去通知，这不是给人难堪嘛！他的这一表现当然没能逃过安山书记那双敏锐的眼睛，看来陆虔早已经知道了郜新闻代理矿长的事情。

安山书记在会上宣布由郜新闻书记代理矿长，大家都是心知肚明，看来一大早的传闻是真的，方矿长真的出事了。

会后，刘苹和乔迎春找到潘晓，潘晓安慰他们俩说："不会有事的，以我对方矿长的了解，外面传的都是谣言。"

总工程师潘晓虽然这样开导他们两个人，其实他自己心中也觉得不靠谱，无风不起浪的。

折腾了一晚上，武海涛从方政嘴里也没有套出来一句他认为有用的话。这一夜武海涛和马文林不知道问了方政多少遍，让方政回答在貂总那里得了多少好处费，方政也是一遍一遍不停地重复一句话："没有，不相信可以去问老貂。"

马文林说："我们不用问别人，只问你，如果从别人嘴里说出来那问题的性质可就变了，主动交代还有个宽大处理的余地。"

武海涛则问得更直接："你拿了多少钱？还有谁拿了？不要以为你不说我们就不知道，你不说有人会说，你要变被动为主动，想想吧，我们能把你请到这儿来，手里没有更可信的证据会这样做吗？"

天蒙蒙亮了，天大亮了。

马文林和武海涛两个人轮班休息轮班讯问，方政一眼还没有闭过。经验告诉马文林，如果黎明时分方政还没有主动交代他的问题，等到天一放亮方政就会缓过劲儿来，他是什么也不会再交代了，因为方政已经熬过了人的生理极限，这一晚上的功夫看来是白下了。于是，马文林就让方政睡上几个小时，吃完午饭后，让方政写借款的经过，等到晚上十点以后再继

续审查。

中午时分，安山书记和高一清处长在职工灶上一起吃自助餐，安山书记说："高处长，矿上传的谣言你听到了吧？"

高一清点头表示听到了，安山书记接着说道："这风刮在树梢却起于树根。从法律上讲，对事物的判断不能做有罪再推理，应该假定无罪推理。你就方政一案来说，如果先假定了方政违法，那在没有掌握确凿证据前，就先认定了他肯定有事情、有问题，那么没有的事情也会整出事情来，没有的问题也能整出问题来；我们换个思路，如果假定方政没有违法，那我们就应该从旁证上证明他没有违法。"

高一清想：你这是在为方政开脱，方政有没有事情、有没有问题很快就会见分晓。他只是低头吃饭，表面上"嗯嗯"地应付着，安山书记看看两个人话不投机也就不再说什么了。

晚上，马文林、武海涛陪着方政又熬过了一个通宵，依然一无所获。武海涛有些气馁，从来还没有人在他面前这样硬气过，那些个贪污犯只要一进入省纪委的视线，一个个很快就扛不住不打自招，而且是痛哭流涕、越招越多，最后就招成了大案要案。可是这方政挪用八百万元公款——况且这八百万元公款还是矿领导集体做出的决定，又没有装入个人腰包——顶大算个违纪，谈不上违法，仅此而已，他们从方政的口中就再什么也掏不出来了。

难道真的是冤枉了他？武海涛这么想，马文林也这么想。两个人向高一清处长做了汇报，并谈了他们的看法。高一清处长这边几天下来也是没有什么大的进展，他在想，难道真的是冤枉方政了？如果不是那就是集体作案订下了攻守同盟。方政隐藏得有那么深吗？是他们判断错误吗？高一清处长在大脑中打下几个问号，但是他还是对马文林和武海涛说："不妨发动群众继续查下去，只要有蛛丝马迹就一定会暴露出问题来的，都是纪委的老人手了，工作多年啃下过无数硬骨头，这么点儿困难还能被难倒喽？"

马文林说："那就继续查下去。"

武海涛也说："我就不信方政是铜墙铁壁。"

刘苹和乔迎春来到貂总的办公室，貂总热情地接待了他们，问起矿上和方矿长目前的情况，刘苹部长就把矿上最近一段时间以来发生的事情告诉了他。貂总一边听一边搓着他粗大的手掌，等刘苹部长说完，他停止了搓手，道："原本是想拉上你们国有企业合作，对我们和你们双方都有利，现在出了这样的问题，是谁也没想到的。要不这样吧，哦（我）后半晌就去找邰新闻书记，既然他现在主持工作，哦（我）就去和他说个分明，咱们的协议不作数，哦（我）把这八百万元退还给你们矿上，这样咱们就两清了，哦（我）不愿意再诵洼（掺和）这件事情。"

刘苹佩服貂总真是有着毛乌素人的血性，她在想如果貂总把钱退还给了矿上，不就把方矿长洗脱了，就可以说明方矿长是清白的了吗？

可乔迎春不这样认为，退了款证明双方订的协议不作数，矿上定下的"以时间换空间"的方案就落空了，以后矿上的上站煤又成了大问题，于是赶紧说道："貂总，既然双方订下协议，为了保证法律的严肃性，还是遵照协议的条款执行吧。"

刘苹拿眼看他，乔迎春明白她的想法，刘苹是急于为方矿长洗脱嫌疑，他装着没有看见。貂总听了乔迎春的话后也觉得有道理，可就是觉得对不起方矿长。他想了想说："哦（我）后半晌去矿上见见邰书记，看能不能和他说清楚。钱我已经准备好了，随时可以退还的。"

邰新闻书记代理了矿长，这对他来说不算什么，又不是没有当过沙枣树煤矿的矿长，因此他思谋好要低调行事。当下矿上的时局和矿业总公司的动向，他还是能够揣摩到的，最好是做一个维持会会长，让潘晓主抓井下一线工作，维持矿上正常生产，直到调查组把问题搞清楚，澄清事实。俗话说的好啊，长江后浪推前浪，后浪把前浪拍在沙滩上。他自己这个前浪有几斤几两，他还是能自己把握住的。

对于貂总经理的到来，邰新闻书记倒没有太在意，他觉得自己眼下主持矿上的工作，作为合作方的貂总经理前来拜访也是正常的。

当貂总谈到解除协议，并且愿意退还这惹事的八百万元资金时，代理矿长邰新闻先是吃惊接着是为难：退款大家都好，不退款问题说不清楚，矿上时下的混乱局面还得继续下去；退款，方政矿长定下的"以时间换空间"的计划就会泡汤，不退款，调查组纠缠着这个问题上不放，搞得全矿上下人心惶惶，影响正常工作和生产。

他找来陆虔副矿长和总工程师潘晓商量，潘晓认为最好不要退，这关系到矿上今后的销售，陆虔也是这么认为。于是，邰新闻去见了安山书记，把大家的意见向安山书记做了汇报，安山书记听完后表态："同意矿上做出

的决定。"同时让郜新闻找貂总经理详细谈一次，给貂总吃一颗定心丸，并向貂总阐述矿业总公司领导的意见：继续合作，至于八百万元资金的事情，属于矿方内部问题，与双方合作无关。

郜新闻的复出让陆虔没有想到，他更没有想到的是郜新闻这次复出后，竟然和总工程师潘晓打得火热，反而把他晾在了一边。这让陆虔感觉到极不舒服，你郜新闻这不是忘恩负义吗？如果没有老头子的提携，你现在还不知道在哪儿掏炭呢。你现在长好翅膀了，那么大的年龄真不怕把翅膀给鼓捣折了？

本来陆虔算计得好好的，把方政整下去这代理矿长的职务非他莫属。代理一段时间后，他就可以顺理成章成为新一任大矿的矿长了，怎么也没想到半路杀出来个程咬金。陆虔一直以来都认为，他生来就是为政治而活的一个政治人，就像"二战"时期的巴顿将军天生就是一名军人一样，既然郜新闻出来挡了他的道，那就怪不得他了。

"在军事上叫攻克一座山头，在政治上叫移开一个障碍物。"这句名言是政治家、军事家拿破仑说的。陆虔从中学时代就崇拜拿破仑，拿破仑的这句名言曾经是他上大学时期的座右铭，被他用小刀刻在学生宿舍的床头上，每天早晚面对着激励自己……

四十五

适逢周末，陆光明起了个大早，穿着棉睡衣撅着屁股在阳台上打理着花卉。顾小菊从外面锻炼回来，放下手中红绿相间的丝绸折扇，又换了一身质地考究的棉衣，在镜子前照了照，感觉自己身上贵妇人的气息还是少了一些，于是打开妆奁，从里面取出一条金灿灿的足金项链，顺手挂在她白皙的有些细密皱纹的脖颈上，又在镜子前左右照照，感觉满意了，这才冲阳台上正在修整花草的陆光明说："那个谁，一会儿咱们家虔虔就回来了，我们去超市买些东西，家里好几张超市去年的购物卡都还没有用过呢。"

陆光明一边给花浇水一边说道："等我一下，这就好。"

十分钟后两个人一前一后相跟着走出了小区的大门。

中午时分，陆虔驱车回到了毛乌素市的家中，一进门就嗅到了从厨房飘出来的香味儿。陆光明坐在沙发上正在看今天的《华商报》，看到陆虔拿钥匙开门进来，高兴地说："你妈和我一大早就去超市买了海鲜，正在厨房做呢。"

陆虔说："那我要看看买了啥好吃的。"

说着便走进了厨房，一会儿陆虔嘴上油乎乎地走了出来，说："好吃。"

陆光明看着报纸嘴角流露出笑意来，说："现在的报纸净刊些个稀奇古怪的事情，好好的一张报纸都成花边新闻的阵地了。"

226

陆虔走过来坐到他的身旁，随手用遥控打开电视机，说："现在的报纸全凭这些个内容及引读者眼球哩。"

陆光明鼻子里"哼"了一声没有再言语，陆虔接着说："现在的报社也不好办，大部分报纸都在亏损，《华商报》还算效益好的。"

陆光明就把手头的报纸撂到面前的茶几上，随后摘下金丝边老花镜搁到茶几上，嘴里说道："你妈一天爱看这些个，我也是随便翻翻。"

父子俩一边看电视一边闲聊，自然就说到沙枣树煤矿的事情上来了，陆虔问："爸，郜叔咋又回矿上主持工作了？"

陆光明眼瞅着电视屏幕，沉吟了一会儿说："过渡一下，是总公司会上决定的。"

陆虔就不再问什么，父亲的这个语言信号告诉他，郜新闻是不可能几上几下，他只不过是一个短暂的符号。高手出招最忌讳把事情做到尽头，留下回旋余地看谁跳得最高，这样才能看清楚每个人，或许这就是著名的"百花齐放"策略的仿版。

饭菜上来了，一家三口坐在饭桌前，陆光明看着一桌子的好菜，假装皱起眉头不满地对顾小菊说道："今天虔虔回来，咱们多少来点儿酒吧？"

顾小菊说："虔虔开车呢，喝点儿洋酒是个意思就行了。"

说着转身从酒柜里取出一瓶人头马来，说："这还是去年你爸到法国去，外国友人给送的一瓶，不会有假。"

陆虔就笑着说："法国人也学会送礼了？"

顾小菊说："礼尚往来呀，法国人也是人，这点儿礼数还能不懂？"

陆光明和陆虔都笑了，用中国人的传统思维去看法国人，有时也能说到向上（点子上）呢！

吃饭当中陆虔说他下周一回省城休假，顾小菊就说她给孙女准备些吃的让陆虔带回省城。陆光明看了一眼墙上的电子挂历，好像想起什么似的念叨说："今天是星期天，明天周一，股市开盘。"

顾小菊说："你嘴里叨咕甚，什么开盘闭关的？"

陆光明说："前天临下班前，张海清从省上回来，带回了省里的批复，省上同意矿业总公司提出的借壳上市收购 W·C 股份的意见。"

顾小菊不满地说："你连虔虔当矿长的事情都做不了主，还操心厕所的股份，以后工作上的事情不要在家里说，让人心烦。"

陆虔插话说："爸，你是说矿业总公司很快就要收购 W·C 的股份了？"

陆光明点头。

"那明天一开市我们就去买进 W·C 的股票，肯定能赚一大笔钱。妈，这就叫炒股。"

顾小菊问："真能挣钱？"

陆光明还是点了点头。

顾小菊说："那明天咱们就去买上些那个厕所的股票。"

在她的记忆里，W·C 不就是厕所的意思？办厕所也能股票上市，而且还能挣大把的钱，让她想不通。

周一一大早，陆虔和母亲顾小菊一起来到银行，从自己的工资卡上汇出二十万元现金到父亲陆光明的户头，又从母亲顾小菊的存折里转出三十五万元汇入陆光明的户头，共计五十五万元，当天他们一共买进九万股 W·C 的股票。

下午陆虔乘飞机回到省城，一到家中他就给妻子打电话，问家里的存折上还有多少钱，妻子回答："还有五十万元左右。"

陆虔在电话中问："存折放哪儿了？"

妻子以为家中出了什么大事，就说："在书柜的一本书中。"

陆虔取了存折直奔交易大厅，在交易大厅，他向妻子的户头转入四十余万元一次买入 W·C 股票。在接下来的几天里，陆虔在收购 W·C 股票利好发布之前，先后投入一百五十万元买进 W·C 股票，又在矿业总公司发布收购 W·C 利好公告之后，一次性卖出，一进一出从中获利十五万元。

当陆虔把十五万元净利润交到妻子手中时，她却怎么也高兴不起来，她当然清楚这样做已经触犯了刑法中的"内幕交易罪"。

很快，W·C 股份新控股股东矿业总公司总经理陆光明及其亲属大肆买卖 W·C 股票，造成 W·C 股价异动，引起了证监会高度关注并迅速立案展开调查。

一周后，陆虔休完假从省城回到沙枣树煤矿，听到的第一个消息就是张胖娃告诉他说，方政已经出来了，调查组的结论是：举报信的内容除八百万元公款被挪用属实外，其余均查无实据。

在陆虔的心目中，能如此也就足够了，他的目的是让方政下台当不成矿长，至于方政坐不坐牢对他来说无关紧要。

四十六

　　方政从宾馆出来后没有回矿上，而是径直去了矿业总公司见了安山书记。他向安山书记汇报了调查组给他做出的结论，安山书记听完他的叙述后，意味深长地说："有则改之，无则加勉，吃一堑长一智，要认真吸取这次教训，有些人的话可以听，有些人的话是要反着听的。"

　　方政点头表示接受安山书记的批评。

　　接着，安山书记口气舒缓地问道："你是来向我要工作的吧?"

　　方政说："既然调查了没有问题，我的工作还是得要安书记给安排。"

　　安山书记问道："那你是还想回矿上继续工作?"

　　方政回答："是的。"

　　看到安山书记面色凝重，方政连忙接着他刚才的话又说："一切听从组织安排。"

　　安山书记笑了，心想这小子现在也学会韬晦策略了，不过还没有学到位，于是便说："最近一段时间把人搞得神经紧紧张张的。我看这样吧，下周一开始在省委党校有个煤矿企业文化研讨班，你去参加吧，给自己充充电，也让自己放松放松。"

　　方政心中明白，恢复他的矿长职务不是一个人一句话说了就算的，安山书记还得与张海清董事长、陆光明总经理进行沟通，让自己去党校学习是最好的时间缓冲，这也是安山书记特意的安排，否则自己灰灰地回到矿上，情何以堪？想到这儿内心免不了感激和佩服安山书记想得周到。

方政来到省委党校报到后，接到的第一个电话就是老同学王天顺打来的。王天顺问他在哪儿，他说在省委党校学习。

王天顺一听就在电话那头乐开了，说："要提拔进党校，你是不是因祸得福了呀？"

方政骂他道："你小子嘴里甚时能吐出一颗大象牙来，我就烧高香了。"

王天顺在电话那头言归正传道："你的事情我也是才听说，正打算去找你呢，你就来了。晚上给你接风，顺便给你引见一位大文豪。"

于是，两个人在电话里约好晚上在坊街一起吃羊肉泡馍。

坊街位于省城中心钟楼偏西一公里处的子午线上，一千多年前隋朝建都时，是以南山子午岭为中轴线，历经三百年繁华后毁于唐末黄巢的农民军之手。

五代以后，城市规模急速萎缩。

又过去了四百多年，到明代重建新城时，设计者把中轴线向东偏移了一公里，即现在的钟楼南北大街一线。

如今又是六百年过去了，城的规模依然延续了明朝时的格局。

下午六点钟，方政来到钟鼓楼广场，正是下班高峰期，广场上人头攒动，穿行在人流中，方政感觉到了极度的不适应。在毛乌素沙漠中的沙枣树煤矿，他每天面对着的都是熟悉而恭敬的笑脸，可是在这里，每一张美女的脸部看上去尽管漂亮却很冷漠，尽管养眼却很陌生，就禁不住在内心感叹，大都市的铅华之气已经离自己很远了。

隐约感觉到裤兜里的手机轻微颤动起来，他从兜里掏出手机，看到是王天顺打来的，刚一接通王天顺就在电话那边大为不满，埋怨说："一连给你打了六个电话，干吗不接？"

方政说他在广场上，满都是熙熙攘攘的人头和嘈杂的声音，手机调成了振动模式，所以没有听到。

王天顺说："你以为是在人迹罕至的毛乌素呀？把手机调到户外模式！"又怕他听不明白，像老师教小学生一样补充说："就是振动带响铃。"

方政乐了，心想真把我当天外来客呀！

王天顺问他在广场上的什么位置。

方政左右看看，眼前一排身穿蓝色制服、个头高挑的美女们，手里拉着各色皮箱正从他的眼前走过，挡住了他的视线，脑海里想着应该是一群刚下飞机的空姐吧。

　　听到电话那边王天顺不耐烦地问："你跟前有什么明显标志没有？"

　　等到空姐们拉着皮箱从面前呼呼啦啦地走过去，他才看清楚自己正站在一家星巴克咖啡馆门前，于是说："在咖啡馆门口。"

　　王天顺"噢"了一声像是在回想他的位置，片刻后说："你抬头看有一家老字号的羊肉泡馍馆，往西走有楼梯可以上来。"

　　一走进古色古香的泡馍馆，方政就看到王天顺和一个戴金丝边眼镜的学者模样的中年人，坐在原色原木制作的桌凳前，桌凳看上去朴拙厚实，被磨得锃光瓦亮，像是很有些年头了。

　　两个人已经要了饼子和碗，坐在那里一点儿一点儿地用三个指头精心掰着饼子。方政走过去，王天顺给他介绍说："这位就是我电话里给你说的大文豪雍人，他的书房也是以他的名字命名的，叫雍村散人。"

　　又侧过身去给雍人介绍说："方政，方矿长，我省著名企业家，我的老同学。"

　　方政便忙伸手和雍人相握，嘴里说道："真个是大文豪呀！久仰大名。"

　　雍人没有伸出手来与他相握，仅是双手抱拳撇着秦腔味十足的普通话说："我没有与人握手的习惯，方矿长原谅啊！"

　　方政干干地收回伸出去的右手握在左手中，与对方一样抱着拳头拱了拱手算是见面礼。

　　方政与雍人面对面、和王天顺并排挨着坐下，这才把雍人细细打量着，比常在电视上见到的雍人看上去要苍老些，脸上的皱纹像一把折叠起来的扇子，沟壑绵延。长长的寿星眉耷拉在眼角，一双瘦瘦的暴着青筋的干巴小手看上去倒是很柔弱。方政心里嘀咕：就是这么样的一双小手却能写出来惊世巨作，真是不可思议的事情。

　　雍人在对面开了口："这羊肉泡馍在古城是历史久远，据说是唐贞观年间传下来的。我没有具体考证过，只是闲聊时听师大历史系的教授们说过，不过这掰馍吃馍的学问我还是仔细琢磨过的。"

　　讲到这里他咽了下口水，接着说道："这馍要用三个手指头一拧一拧地掐出来，掐多大呢？一般要保证和蝇头楷书一样的大小，而且要均匀，古代文人说的蝇头小楷就是那么个意思。坊上的师傅们在后厨煮馍也是要看你掰馍有没有真功夫，他从掰好的馍上一看便知你是不是吃泡馍的行家。如果是，他一般不敢偷懒，会给你煮得很精到。所谓精到就是这煮馍的汤不能一下倒进锅中，要一点儿一点儿地煨出来，这样才入味，最后吃家子吃完煮馍碗中就剩下一口口汤，再把这口汤一饮而尽，便能感觉出口舌生香、余味无穷的味道来。在咱们古城，别看好些个吃才成天吃泡馍，却是不懂得泡馍咋吃，一来就向老板秦腔一样地吼："汤宽！一看就是外行愣娃的吃法。"

雍人讲到这里便停下来，看到旁边邻桌的几个顾客都停止了手里掰馍的动作望着这边。雍人看那几个人碗里已经掰好的馍，哪里是羊肉泡馍的"蝇头小楷"，比烟头还大，都成馍块了，吃水盆羊肉还差不多，一定是头一次慕名来吃羊肉泡馍的外地人，于是便振作了精神，继续用他那夹杂方言的醋熘秦腔普通话讲他的美食经，这时他讲话的方向已经不是方政和王天顺而是邻桌的外地人了。

"这吃泡馍也是大有讲究的，不懂行道的人在吃之前把香菜和辣酱一并放在碗里搅和开吃，岂知这刚上来的煮馍肉香都在碗中，一搅和香味就跑了。真正的吃法是这样的，把刚端上来的泡馍碗对到口边，在碗里放一点香菜和辣酱，吃多少放多少，不能一下都放进去，然后轻轻搅匀，用筷子刨到嘴里，嚼出泡馍的混合香味来。吃完一口后，再沿着碗边把周边的泡馍用筷子拨拉过来，重新撒上香菜和辣酱刨到口中，这样的泡馍吃出来才是地道的正宗味道。"

雍人讲完，伸手端过面前的带盖茶碗，只见他拇指和中指把茶碗拈起来，用食指轻轻一扣茶碗盖，碗口就裂开一线不大不小的缝隙，雍人把嘴凑到茶碗口，吱溜一下抿进一小口茶水后放下茶碗，微微闭目享受起茶水的馨香来。

方政和王天顺对望了一眼，心想还真是个异人，行为做派与常人不同的异人。邻桌那几个外地人看到他不再继续讲下去了，便照着雍人说的方法掰起了馍，一边还在感叹古城人真的是很有文化哩！

三个人吃完羊肉泡馍出来，方政说："听雍人讲中国文化真是一种精神享受，我还没有听够呢，咱们再到茶馆坐坐聊会儿？"

雍人今天看来心情很好，便说："第一次见到方矿长，搭眼一看就是儒

商，和我投缘，我最喜欢和方矿长这样的儒商交朋友。前面不远处就是我的工作室，方矿长赏脸，咱们去我的工作室聊会儿吧。"

于是，三个人散步向雍人的工作室走去。

路上，王天顺拉着方政说起了矿上的事情，王天顺说他听到了一些风声，也不知道是不是传言，并埋怨方政咋这么不小心，让人抓了把柄。

方政笑笑说："不怕贼偷就怕贼惦记，人家要是惦记上了你，你在明处他在暗处，你的一举一动都在他的视线内，他做什么我可是不知道，早晚是要着了他的道的。不过这不一定不是好事情，早来比晚来好，让他早暴露比晚暴露好。"

王天顺说也是这么个理儿，又问对手是谁，现在看清楚了？

方政点头表示当然看清楚了。

"那你打算如何反击呢？"王天顺问道。

方政摇摇头说："狗要是咬了你一口，你是不是也要咬它一口才解恨？我想没有这个必要，打狗的最好方法是把它培养成一条疯狗，像过街老鼠一样人人喊打。"

王天顺明白了，看来老同学自有高招哩，这么多年的官场历练没有白耗，于是打住了话头，转身和雍人聊起来。方政走在两个人后面，看着大街上眼花缭乱的景致，便想起一百里外的妻子和孩子，随即拨通了家里的座机。儿子接了电话，儿子说妈妈正在做饭，便放下电话大声喊起妈妈来。方政感到难过，和孩子撂开的时间久了，已经有距离了。妻子接过电话，方政告诉她说他在省党校学习，问他们娘儿俩能来不。妻子说："孩子马上要期末考试，每天晚上都在补习，怕去不了。"

方政说："好吧，我看能抽出空了就回去一趟吧。"

雍人的工作室在书院门里，三个人用了十分钟时间就走到了。

走进书院门的仿古门楼，脚下是一水儿的青砖铺地，那些个卖古玩玉石字画的门面正在收拾摊子准备打烊。

三个人穿过关中书院，又拐了两个弯，就弯进一条古树环抱的小巷，在连路灯看上去都散发着文气息的林荫道上走了不远，就被一棵千年古槐挡住了去路。雍人从兜里掏出钥匙，开了锁，拉动门闩，推开双扇的黑漆大门，门轴吱吱呀呀地转动着，仿佛正在述说着它的年轮。

随着门开处，雍人伸手拉了一下灯绳，借助昏暗的灯光，一座有山有水假石垒就的精美院落便展现在了方政和王天顺的眼前。

方政思想，唐朝鼎盛时期，这城里统共有一百零八坊，"百千家似围棋局，十二街如种菜畦"，看来在这书院门里还真就保留下来了大唐坊间的居住风格。走进小院，绕过假石山，面前是一座两层的仿古小楼，雍人的工作室在二楼，两个人随着雍人拾级而上，走进那间足有六十平米的工作室。在顶灯的照射下，方政看到挂在迎面墙壁正中间的书斋牌匾——"雍村散人"四个气势雄浑的大字，落款处盖着朱红印章，写着"自题"二字。

牌匾正对着一张宽大的雕刻精美的红木书案，书案上摆放着好几个砚台，精致的笔架上挂着各种错落有致的毛笔。桌面上，两个楠木制作的镇纸正压在一张洁白的宣纸上，宣纸舒展地铺在桌上，保持着主人刚刚离开时的样子。

雍人给方政和王天顺让了座，又忙着给两个人沏茶，方政说："雍老师，你这工作间太豪华了。"

王天顺就在一旁笑着说道："他不姓雍，你说的雍老师实际姓姬，姬发的姬，要叫姬老师。"

雍人也跟着笑道："都一样，出了门好多人都以为我姓雍，称我雍老师，出门胡叫乱答应。"

雍人一边说着话一边从柜子里拿出一包茶叶来，对他们说，这茶叶是他去年秋上在汉中茶园里带回来的午子仙毫，绝对绿色环保。说到这儿，雍人叹了一口气，叹息里大有人心不古之感慨，接着说道："时下国人的社会道德极度败坏，我们古人还有个纲常伦理，还知道'老吾老以及人之老，幼吾幼以及人之幼'。毛泽东时代也还有个革命道德，人们都还知道什么是革命的，什么是反革命的，革命的事情可以去干，反革命的事情是死也不敢去干的。再看时下，老百姓吃的染色馒头、农药蔬菜、地沟油、瘦肉精猪肉、三聚氰胺奶、猪骨膏牛骨膏制作的化学火锅，另外还有黑心棉、重复使用的医疗器械、甲醛材料等，凡是与人有关的食品和生活用品都有造假。我说句难听些的话，咱们中国十三亿老百姓每天都在吃着恶水、用着有毒的东西，政府的监管在哪里？而贪官污吏却一抓一大把，其实那些个贪得最多的官员，也是把这恶水和毒东西吃得用得最多的人。古人说：无商不奸，依我看来这是良心的沦丧，道德的缺失，更是种族的堕落……"

听着雍人愤世嫉俗的詈骂，方政和王天顺两个人都是半张着嘴，却也

说不出来什么，因为雍人虽然说的悲观，可他讲的都是事实。

方政端起茶杯饮了一口茶水，想到由茶叶引起雍人这么一通长篇大论，可见中国人文文化的类比性是互通的。

三个人聊了大约有一个半小时，方政看看表说："不早了，姬老师早点儿休息吧。"

他起身和王天顺一起向雍人告辞，临出门时，雍人亲热地拉着方政的手说道："方矿长，现在煤炭行业最红火，煤老板的名气比银行行长的知名度都高。啥时候邀请老兄到你们矿上采风去，我给你带一个书画团队，为矿上的企业文化做些贡献。"

方政嘴里答应着："好，好，欢迎欢迎。"

心里想这世态真是炎凉，像雍人这么有知名度的大文人，不也是端起碗来吃肉，放下碗就骂娘，说得天花乱坠到头来也还不是离不开一个钱字！不给你付钱你和你组织的那个团队能去毛乌素那个荒僻的地方吗？时下这人与人的交往早已没有高古时候"高山流水"的风雅了。

于是不免为这世风日下、人心不古感叹不已……

四十七

惊蛰过后，冰雪开始消融，来了一场倒春寒也没能挡住毛乌素沙漠春天的脚步。

人们开始脱去捂了一冬天的棉衣，换上春装，一街的人看上去也不那么臃肿了。年轻的姑娘和少妇们早已按捺不住爱美之心，穿起了紧身衣裤，婀娜多姿地走上大街，让街道上的色彩更加鲜艳起来。

方政从省委党校学习完毕回到矿业总公司，他首先找到张海清董事长，汇报了最近一段时间以来的工作和学习情况，并提出重新回到矿上工作的想法。

张海清董事长听完他的汇报后笑着问道："方矿长是什么属相？"

方政回答："属虎。"

张海清董事长说："不错，正是最能干事的年龄。不过你也不用太着急，先在公司待着，作为二级单位的主要负责人，熟悉一下上级公司的情况是你学习回来上的第二堂课。"

方政心里焦急，这不是冠冕堂皇地把自己挂起来了吗？

其实张海清董事长也有难处，安山书记早就为方政的事情和他交谈过，他也和陆光明总经理进行了沟通，陆光明总经理的态度很强硬，认为方政的问题还没有个了结，不能恢复原职。至于沙枣树煤矿领导班子调整问题，陆光明总经理表示，到六月份换届时一并解决。由于意见不统一，所以关

于方政恢复工作的问题矿业总公司开了两次会都没有得到通过，这也是张海清董事长让方政先挂在矿业总公司的原因。

方政尽管内心纠结，但是遇到这样的现状也是很无奈，他想到了陆光明总经理的私心，想到部新闻年龄大了就要到站了，不可能再任一届矿长，陆光明总经理打压自己，目的不就是想要把自己的儿子陆虔副矿长扶正吗？

方政在矿业总公司一待就是一个多月。在这一个多月里，方政除了和公司的同事们聊天，就是找安山书记要工作。安山书记开导他说："这也是在磨你的性子，好钢不磨就不会有好钢口。"

后来再见了安山书记，他就干脆不提工作的事情了，省得闹心，也乐得清闲。

当然，在这一段时间里，方政也在做着自我反省，他把在矿上任职三年来的过程放电影般过了一遍，觉得自己是有些做事急躁的毛病，因为工作上的事情骂了不少手下，有人不会记仇，也有人会记仇。近一年来他很少听到反对意见了，大家嘴上不说其实都记在了心里，"防民之口，甚于防川"啊！又想到这三年来另一个主要问题是在人事上提拔的干部少了，没有开源节流，一个成立不久的新煤矿，那么多空缺岗位却得不到填补，自然会有一些有能力和条件却得不到提升的人发牢骚和不满意了，看来自己在干部任用上思想还不够开放，胆子也还不够大，过于小心谨慎，反而束缚了自己的手脚。

一大清早上班，方政打扫完办公室，给自己倒了一杯茶，平时在矿上这些个事情都是由办公室的人来做，他只要上班去直接坐到办公桌前就行了。现在不同了，这些事情都得自己亲自做，失去了权力也就失去了享受特权的待遇，两千年来中国就是这么个"官文化"体制，想到这些他不免无可奈何地摇了摇头。

他正坐在桌前拿着报纸看当天的新闻，安山书记的电话打了过来，叫到他办公室去。

一进安山书记的办公室，方政就嬉笑着从兜里掏出中华烟来递了过去，安山书记故意板起脸说："少来这一套，我早就戒烟了。你来公司一个多月，你说你最近到我这儿来过几次？"

方政依然嬉笑着说："领导忙嘛，怕打搅领导工作。"

安山书记就笑了，说："你小子现在也学会油嘴滑舌了。"

方政问："是不是我的工作领导有了安排?"

安山书记脸色凝重地说："这沙枣树煤矿现在成了矿业总公司的是非窝点了。昨天省纪委张远书记那里督办下来一个案子,是举报沙枣树煤矿现任党委书记、代理矿长郜新闻在'三一四'矿难中推卸责任,隐瞒了一个关键电话的内容。"

方政嘴里"哦"了一声,没有言语,心想这都是哪儿跟哪儿的事情嘛!

安山书记两眼盯着方政,方政说："你看着我干吗?又不是我举报的,发生矿难时我又不在沙枣树煤矿工作,没有发言权。"

安山书记就笑了,说："是谁不是谁都没有关系,澄清事实真相,还历史本来面目,告慰死难者的亡灵才是关键。"

方政摇着头说道："是署名举报吗?"

安山书记没有回答,转换了话题说："昨天晚上公司开会决定,由公司纪委派调查组下矿找有关人员了解电话内容和相关情况,郜新闻的工作暂时由你来接替,你有什么意见没有?"

方政听到这里便乐了,说："沙枣树煤矿成了烧红的铁鏊子了,谁在上面也跳腾不了几天咯?"

安山书记就又板了脸道："哪来那么多怪话,收拾一下,一会儿就和我到矿上去。"

方政重新回到矿长位子的消息很快传遍了沙枣树煤矿。

第一个来找他的就是总工程师潘晓。潘晓一见方政就诉苦,最近一段时间把他都快忙死了,生产技术安全都由他一个人负责,郜书记只是想着维持现有局面,也不安排人手。原来方政在时生产方面的事情由方政负责,他只负责技术,现在他是眉毛胡子一把抓,心里督乱成一锅粥了。

方政只是笑,听潘晓把牢骚发完后这才说了话："这段时间把你历练成全才了吧?还是郜书记用人用得扎实啊!"

到了晚上,高进才、乔迎春、刘苹几个部长非要给方政矿长接风,说是欢迎方政矿长归队,不过是他们请客,方矿长买单。

刘苹部长说的好,她说方矿长在省城这么久把花花世界都装在眼里了,得请大家客,让大家也沾染点儿大城市的铅华之气。

潘晓说："我那里还存着几瓶茅台酒,叫上郜书记和陆副矿长,一起去热闹热闹。"

晚宴设在矿上干部餐厅最大的包间里，方政找来张胖娃给了他三千元钱，说："今天晚上这一桌饭我请，酒由潘总管，没有酒了你就找他要。"

大家哈哈大笑，谁不知道餐桌上酒是大头，何况喝的还是茅台酒。

方矿长上任后所做的第一个大的举动就是干部任用，经过前一段时间的沉寂和观察思考，他认为是该提拔重用一批干部了，尤其是在生产方面，加强安全生产技术力量是煤矿工作的重中之重。于是，第一批提拔任用的干部确定在生产一线上。在矿领导班子认真研究后，报总公司同意，任命掘进队队长高进才为沙枣林煤矿生产副矿长，总工程师潘晓兼安全副矿长，吴尧尧接替高进才当上了掘进队队长等，一共提拔了八名干部，全都是生产岗位上的骨干人员。

折腾过来又折腾过去，最郁闷的人就是陆虔副矿长了。

原本想着方政下台了，郜新闻跟着也下台了，自己应该是最有力的竞争者。谁会想到方政还能杀回来，不仅恢复了矿长的职务，还代替郜新闻主持党委工作。而方政一回来就开始收买人心，提拔了一批亲信骨干，自己冒风冒险地忙活了一整，这不是在为他人做嫁衣又是什么？

自从方政回来后，张胖娃和那三个联名告状的人显然是对他很不满意了，这让陆虔如坐针毡，如果这几个人反水，指认自己就是幕后指使，那样的话这问题就严重了。

于是，他决定找张胖娃谈谈，得给他吃一颗定心丸，免得张胖娃为了减轻自己的过错，在方政矿长跟前把他给供出来。

和张胖娃的谈话是在陆虔的宿舍里，那里相对安静些，不会有人打扰。张胖娃一走进门来，便是一脸沮丧的表情，陆虔故作乐观地开他玩笑道："张主任，你的将军肚还是那么坚挺着。"

张胖娃苦笑："唉，快挺不起来了。"

说完便沉默了。

陆虔干干地一笑，打开电视，电视中正在播放电视连续剧《长征》，看到唐国强扮演的毛泽东在艰苦卓绝岁月中消瘦的脸部特写，陆虔说道："雪山草地走泥丸，咱们现在就好比万里长征走到最艰难的时候，坚持就是胜利。"

张胖娃嗓音低哑地说："他们是胜利者，你看那天的晚宴，明摆着就是庆功宴嘛！那么多溜须拍马的人，还有他那些个铁杆们，汉奸似的，都快忘乎所以了。"

陆虔依然笑模笑样地开导他说："这并不奇怪，毛主席说过，只要是有群众的地方就会有斗争，只要是有人群的地方在任何时候都会被划分成左派、中间派和右派，而中间派永远都是占大多数，谁的势力强他们就跟谁跑，这一事实早已被十年'文革'所证实。"

陆虔嘴里突然冒出这样一番大道理，倒让他自己吃了一惊，这样的分析很精辟，至于是不是毛主席真的说过这样的话也就无关紧要了。

张胖娃抬眼望着陆虔副矿长，觉得自己是不是太过于悲观，在矿上这几天，他连走在路上都觉着看到的人全是方政一伙的，如果再这样下去，他也会像宁子宁一样崩溃掉的。

看到张胖娃的眼睛珠子开始活泛起来，陆虔副矿长接着说："当年曹操百万大军，为何败给孙刘十几万联军，除了战术上败于火烧连营外，曹军一个致命的弱点就是……"讲到这里，他停顿了一下睐着张胖娃，张胖娃也看着他，眼神中有了期待的神情。他这才继续讲道："就是因为曹军太得意忘形了，所以就忽视了许多细节性的常识，比如蒋干盗书那么凑巧、庞统的连环计献得正是时候、敌人截了粮道致使百万大军后勤补给困难等等，这些都给了曹操速战速决、战即能胜的错觉，从而忽视了骄兵必败、哀兵必胜的军事大忌。事实告诉我们，在对手最得意的时候，也是他们内部矛盾和自身缺点最容易暴露出来的时候。"

张胖娃面部的表情开始活泛起来，伸手在茶几上拿起一个橘子剥开来，给陆虔递过去。

陆虔接过橘子掰了一半又递还给张胖娃，两个人一人一半吃起来。陆虔一边吃一边继续开导张胖娃，说："再有三个月就要到矿领导班子换届的时间了，你想想看，方政在这届矿长的位子上，出了这么个惊天动地的大事件，他还有连任的可能吗？我家老头子还有张海清董事长会继续使用他吗？只一个安山书记在一心保着他，能起到多大的作用？"

听到这里，张胖娃连忙从嘴中吐出一粒橘子核，脸上便绽开了孩子般天真的笑容。

陆虔也是如释重负地暗自出了一口气，说道："回去给弟兄们解释一下，忍字头上一把刀，现在是最艰难的时候，就好比长征走到了雪山草地、曹操百万大军心高气浮不把孙刘联军放在眼中的关键时刻，让大家沉住气，

沉得住气才能看到敌人的弱点，打他一个措手不及的翻身仗。"

张胖娃用力点着头，又从嘴中吐出一粒橘子核，脸部表情活跃地说："我明白了，您真是高人，有政治家的气势哩！我这就回去叫大家好好沉住气，都听您的，陆副矿长，不，陆矿长！"

送走了张胖娃，陆虔想方政刚回来正是春风得意之时，你看把他嚣张的，又是吃又是喝地摆庆功宴，又是肆无忌惮地提拔人，不能和他明着干，他想到三十六计中的第十九计：釜底抽薪。

必须让方政的强劲势头减弱下来，打击一下对手的嚣张气焰。

于是陆虔打开电脑建立了一个新文档，想着如果后院失了火，你方政不得不转过头来去救火吧？

四十八

陆虔的妻子于小薇最近一段时间以来一直心神不宁。丈夫陆虔回到省城一周时间，在股市上倒腾股票，竟然挣了十五万元。她是学国际贸易专业的，现在又在海关上从事这方面的工作，她深知证监会在股票市场上的监管程序是很严密的，陆虔用她的户头买下矿业总公司即将收购的W·C股票，应该说已经属于内幕交易。

为此，她还专门翻阅了《刑法》，《刑法》第一百八十条明确规定："犯内幕交易罪，处五年以下有期徒刑或者拘役，并处或者单处违法所得一倍以上五倍以下罚金；情节特别严重的，处五年以上十年以下有期徒刑，并处违法所得一倍以上五倍以下罚金。"

于小薇毕竟是受过高等教育的人，她清楚在时下社会道德急剧下滑的今天，能够自觉遵纪守法的人已经不多了，但是她不愿意自身也不愿意家里的人连这么一点儿道德底线也守不住。想想五年前，陆虔在外贸公司工作，她在海关工作，两个人的收入在同龄人当中算是很高的小家庭，可是陆虔为了自己升官发财，竟然自私地抛下妻女，一意要去那个鸟都不愿意去的毛乌素沙漠。为这事两个人当年不知道打了多少回嘴仗，再加上背后有婆婆顾小菊的撺掇，几年过去让两个人婚后培养出的那点儿感情早已淡漠了下来。自己一个人带着孩子雯雯孤守在省城，尝尽了长夜的寂寞，而寂寞又让她有了外遇。

为此，她常常深深自责和自愧。

　　如今遇上这样的事情，又不好向别人去倾诉，她该怎么办才好？

　　这是近来一段时间一直困扰于小薇的一件大事，把她想得头疼也没有想出来个好办法。

　　适逢周末，于小薇的手机里接到一条信息。是他，约她吃饭，因为女儿雯雯没有人照顾，她本不想去，可忽然想到，他不是在大学里教法律的教授吗？不如咨询一下他，或许会有办法的。于是，下了班后她谎说自己晚上要加班，就把女儿雯雯送回父母家中，说晚上回来早了她就过来接雯雯回去。

　　老爸说："忙就不用来接了，我明天一早送雯雯上学就是了。"

　　安顿好女儿，她就匆匆驾车向约会的那家酒店赶去。正是下班高峰期，车子蜗牛般一辆挨着一辆向前爬行着。

　　好不容易来到那家酒店门口，已经快七点半了。门前没有停车的位子，等了十几分钟，保安才给她找到一个空车位。把车停好后她急匆匆走进酒店，看到他正一个人在那儿翻看着菜谱，便走过去在他的对面坐下，抱歉地说："对不起，让你久等了，路上塞车来晚了。"

　　他温文尔雅地微笑着说："我也是刚来一会儿。"

　　两个人相识一年零五个月，是他温文尔雅般的儒士风度深深吸引了她，让她对他从网恋初始又一头扎进了情网不能自拔。

　　在于小薇的眼中，男人和女人一样都可以分成四种类型：外面的、厨房的、客厅的、卧室的。刚认识他时，她这样对他说。

　　他饶有兴趣地笑着问她："那在你的眼中我是什么样的男人呢？"

　　她调皮地给他做了个鬼脸，说道："以网上聊天我对你的了解，你应该是那种在外面是英国公爵——威严，在厨房是上海男人——勤快，在客厅是法国教授——温存，在卧室是美国大兵——凶猛。"

　　他听了后哈哈大笑道："可我是这样看你的，你在外面是官窑的花瓶——精美，在厨房是干净的主妇——利索，在客厅是宫廷的贵妇——雍容，在卧室是埃及的艳后——妖冶。"

　　她被他逗得"咯咯"地笑了，想这个男人反应挺快，机智幽默，而且也不惹人讨厌，于是他们就一直交往着了。

　　男人递过来菜谱，温和地说："想吃点儿什么？"

服务生立刻站在了她的旁边，手里拿着笔和点菜单，向她推荐酒店新推出的菜品。

于小薇感觉自己没有多大的胃口，所以看见什么菜都不想吃，正犹豫不决着，男人开了口，说："你平时不是爱吃黄辣丁吗？来两斤怎么样？"

让男人这么一说，于小薇真就想吃黄辣丁了，说："好的。"

就把菜谱递还给他，说："还是你来点吧，最近一直没有胃口，也不知道吃啥合适。"

男人便微笑着接过菜谱翻了几页，点了一个广东烧菜心，又点了一个小炒皇，于小薇便说道："好了好了，我看够吃了。"

男人说："那就再加一份煲汤。"

服务生不失时机地插话进来："我们最新推出了一种菌汤，两位不妨品尝品尝。"

男人就说："电视上说喝菌汤防辐射。听人劝吃饱饭，那就听你的，来一份菌汤。"

服务生离开后，男人关心地问她："是不是有什么犯难的事情了？说说看，或许我能给你帮上忙，就是帮不上忙也可以给你出出主意、当当参谋，总比一个人闷在心里强。"

菜还没有上来，于小薇就把她近来的苦恼向他倾诉出来。

男人听完于小薇的叙述后，并没有立即回答她，只是陷入了沉思当中。毕竟是教法律的，他首先考虑的就是法律准绳，想问题的严重性，然后想到了如何规避风险，最后推断出后果会是怎样的。

于小薇望着对面这个温文尔雅的男人，看他表情淡定，神态自若，眉宇间的一缕温情油然而生，心口突然就怦怦跳动起来，好想好想扑到他的怀里被他亲吻。

这时间服务生把菜端了上来，男人放弃了思考，语调和蔼地说："先吃饭，再大的事情也得吃饱饭不是？"

男人抬头看到她的神情，面庞绯红，脸颊红绸子般丝滑，那是动了情的少妇才会有的表情，于是伸出右手抓住她的左手，用力捏了捏说："一会儿我会帮你从法律角度分析，也许会有更好的办法，来，吃菜。"

说着男人用筷子夹起一条肥嫩的黄辣丁放进她的盘子里，于小薇便低了头吃起了那条鱼。

男人有欲望会随时冲动，其实女人也会的，于小薇一边吃一边这样想。

第二天早晨，于小薇起来送女儿雯雯上学，看着女儿走进了学校的大门，就给单位领导打电话，说她家中有事请半天假，然后驱车向证监会而去。

到了证监会大楼前她却有些徘徊了，该不该进去自报家丑？又想那男人是大学教法律的教授，在这方面应该是有经验，不会说错的。

昨天晚上两个人吃完饭，上楼开了房间，一阵如胶似漆的缠绵悱恻后，她听到男人粗重的呼吸在耳边愉快响起，又与自己的娇喘声缠绕混杂在一起，后来是男人进入女人身体欢快的愉悦……

房事后，两个人光着身子躺在床上，男人一边抚摸着女人光滑的乳房，一边帮她分析了证监会的监管程序，他肯定地认为，Ｗ·Ｃ股票异动，收购企业的高管家属以及被收购企业的高管家属的户头是不可能被监管漏掉的。最好先去说明情况，给监管部门来个不知情不懂规定，也许会被从轻处罚。她思前想后，整个晚上辗转反侧，最后决定来向证监会说明情况，也许这样社会影响面会小一些。

一周后，证监会调查组一行三人来到了沙枣树煤矿。

他们找到陆虔，就其亲属半个月前在毛乌素市和省城交易大厅大肆买进Ｗ·Ｃ股票，涉嫌内幕交易一事让他做出合理解释。

对于这件事情陆虔早已做好了充分准备，一周前妻子于小薇给他打来电话，告诉他Ｗ·Ｃ股票的事情，证监会已经有所察觉，她去了证监会向他们做出了解释。听到于小薇的话，陆虔的大脑"嗡"的一下就大了，后面于小薇再说什么他的大脑一片空白，什么也没有听进去。

放下电话后，他赶忙给母亲顾小菊打电话，告诉她事情外泄，他们已经涉嫌股票市场内幕交易，让她想想办法。母亲交往的人多，看能不能找到合适的人去证监会那里通融一下。

后来母亲打过来电话告诉他说，事情看来比较麻烦，她已经托人去说情了，说情的人说这种事情最怕被媒体曝光，如果让媒体把事情泄露出去，那就是天王老子也包不住的。

最后，母亲顾小菊说："虔虔，你还年轻，不能把你的政治前途毁掉了。这件事虽然你也参与了，但是户头是你父亲的，只要你咬定不松口，就说你不知情，谁也不会把你咋样的。"

因此，调查组来到矿上找他，陆虔也没有感觉多么意外，他口吻平静地对调查组的人说道，购买 W·C 股票之前他并不知情。

当问及为何他会在关键时点上从工资卡里取出二十万元现金，而当天他父亲陆光明的户头上就买进五十五万元 W·C 股票时，陆虔这样回答：他的账户一直都由他的父亲陆光明全权代理，其他自己一概不知情。

调查组三个人从陆虔办公室出来，直奔毛乌素市去了，看来问题焦点直指矿业总公司总经理陆光明，他们打算约谈陆光明。

在去毛乌素市的车上，调查组成员甲认为，陆虔结婚多年，有老婆也有孩子，已经不是小孩子了，他的账户还被父亲掌管着，又不是封建时代的大家庭，感觉没有可能。调查组成员乙也说："这是想把自己择干净，他没有想到他媳妇那边已经供认，他是摆脱不了在知情的情况下参与内幕交易干系的。"

调查组来到毛乌素市，直接约谈了陆光明，陆光明承认了利好发布前他透露消息出去并买进 W·C 股票的事实。当问及陆虔说他的账户是由陆光明全权代理的时候，陆光明沉默了。他没有想到自己培养出来的儿子，在这个关键时刻把责任全都推向了自己一边，是儿子陆虔为了他个人的政治前途把父亲陆光明推到风口浪尖上了，但是他又不能去辩白什么。想到自己竟然把儿子培养成了一个政治动物，作为父亲的陆光明心里很不是滋味。

停顿了一会儿，陆光明终于点了头，承认这一切都是由自己亲自操刀经手，与儿子陆虔没有多大干系。

证据确凿，调查组三个人带着笔录走了，下一步就是把材料移送司法机关进入法律程序。

四十九

记者王天顺驱车来到了沙枣树煤矿，他没有直接去见方政，而是找到了乔迎春部长。

王天顺此行的目的只有一个，就是写一篇内参，内容是国有大型煤矿在变革与发展中所面临的体制尴尬。

他打算从沙枣树煤矿那八百万元借款入手，进一步阐述在国有企业发展当中，作为"婆婆"的二级部门与政府如何放手与监管的问题。当然他的目的是为方政开脱，他曾经就这一问题与方政在省城交谈过，方政一口回绝了他，说："你不要再添乱了，是不是还嫌乱得不够？"

王天顺说："这怎么能是添乱呢？何况大乱才能得到大治，如果在企业发展的思路上'婆婆'听不到任何不同声音，那才是'婆婆'的悲哀，也是企业的悲哀。"

方政说："我不和你扯淡，你还是哪儿凉快去哪儿歇着吧，只要别去找我，我就烧了高香了！"

王天顺心里想不找你就不找你，大活人还能让尿憋死不成！于是他找到乔迎春部长，了解当时借款的情况。乔迎春和王天顺是老熟人，王天顺作为方政矿长的老同学，乔迎春自然是热情接待，把事情的经过原原本本地向记者王天顺诉说了一遍，其中也谈到了关键人物陆虔副矿长，只是没有深谈。

到了下午，乔迎春把刘苹叫到他的办公室与王天顺见面，又让刘苹从财务角度谈了她的看法和想法。

他们谈完话就到吃晚饭的时间了，方矿长下井还没有上来，乔迎春部长看看表说道："这时不上来肯定是在井下吃工作餐呢，估计方矿长升井也到晚上十一点左右了，我和刘部长就代表我们方矿长招待王大记者。"

王天顺听后龇着牙用浓重的山西家乡口音说："刘部长的大酒量我是见识过的，那个姓貂的煤老板都不是个儿，咱们晚饭能不能不喝酒？"

刘苹就抿住嘴笑，乔迎春说："无酒不成席，请客没有酒不是我们毛乌素人待客的风格。"

王天顺说："看来我这一百来斤的小身板又要倒在刘部长的面前了。"

说完三个人一齐乐了。

酒席上，刘苹一句无意的话语拨动了王天顺敏锐的记者神经。刘苹端着一杯酒敬王天顺，王天顺说："不带敬酒的，要喝咱们俩一起碰杯。"

乔迎春插话道："照规矩这第一杯酒是要先敬远路来的客人。"

王天顺端起酒杯又放下，放下酒杯后又被乔迎春拿起送到了他的手中，刘苹就冲着王天顺嗔怪道："看把你个王大记者难场的，一杯酒嘛推来让去的，像我们总公司收购的 W·C 股票一样起伏不定。"

乔迎春端着酒杯好像想起了什么似的，突然问刘苹："对了，我还说要问你呢，下午听说证监会的人来找陆副矿长调查 W·C 股票内幕交易的事了？"

刘苹点头说："我也是听说，我们会计认识来矿上调查的证监会的一个人，据说是在矿业总公司决定收购 W·C 股票发布利好消息之前，陆总经理的家人和亲属大肆买进 W·C 股票，被证监会查出，正在调查中。"

有心栽花花不开，无心插柳柳成荫。

这一重大新闻，对于身为记者的王天顺来说如获至宝，他两眼盯住那杯酒，心里盘算着他在证监会认识的朋友、哥们儿，想着怎样找他们了解更多内部消息，这样思想着，不知不觉就把那杯酒倒进了自己的嘴中……

第二天一大早，王天顺来不及向方政打声招呼，便开车径直奔向省城。在省城，王天顺凭着他记者的敏感触觉以及广泛的社交网络和才能，很快掌握了矿业总公司陆光明总经理及其亲属涉嫌内幕交易的第一手材料，并且在第一时间把稿子发回了报社。

当天晚上报社连夜加班加点排版校对，第二天就见了报。

一石激起千层浪。国内各大报纸和网站纷纷转载这一重大爆料新闻，并通过社会效应迅速膨胀，一时间社会上闹得是沸沸扬扬。

方政是在王天顺到矿上的那天晚上十一点三十分才升井的，第二天一大早听乔迎春说王天顺来了矿上，于是打电话问王天顺怎么像日本鬼子一样悄悄地就进村了。

王天顺回答说他已经在返回省城的路上了，方政就骂他："你小子真是属兔子的，来无影去无踪，说来就来说走就走，招呼都不打，你把我们大矿当旅店呢？"

王天顺就在电话那端"嘿嘿"地笑，说："报社有急事得赶着回去，我在开车，事情经过以后见了面和你详谈。"

说罢就挂断了电话。方政放下电话，笑着摇头，这小子永远都是风风火火的，是块当记者的材料。

当天下午晚些时候，方政的妻子——身为教师的丁红霞也和王天顺一样，风风火火地来到了沙枣树煤矿。

她到来时，方政正在参加下午四点钟的调度会，办公室的张胖娃直接把她引到了方政的宿舍。丁红霞一进宿舍就打扫起了房间，张胖娃说："嫂子你不用管的，这儿每天都安排专人进行清理。"

丁红霞打鼻子里哼了一声说："我不管，我再不管这里以后就用不着我来清理了。"

张胖娃听到嫂子的口气不太对劲儿，像是吃了 TNT 炸药，便吐了吐舌头悄悄退了出去。

等张胖娃拉上门出去后，丁红霞把方政的宿舍里里外外清扫了一遍，最后打开壁柜，把方政的衣服重新归置、叠整齐，看看也没能找到什么蛛丝马迹，便打开电视坐下来，有一眼没一眼地看着电视画面等方政回来。

方政开完调度会已经是下午六点半了，他回到宿舍见着妻子丁红霞，吃了一惊道："你怎么跑来了？"

妻子坐在沙发上眼睛盯着电视没有理会他，方政问："还没有吃饭吧？"

妻子开了口："不吃，气都气饱了。"

方政好奇道："谁又惹你生气了，是孩子不听话吗？"

方政知道，最近一段时间以来，儿子的年龄许是到了青春叛逆期，经常和他妈妈对着干，或许妻子丁红霞的岁数也是到了更年期吧，两个人在家中是针尖对麦芒，已经叮叮咣咣好一阵子了。他还说最近忙完了回去和儿子好好谈一次心，可是矿上的事情一件接着一件，总是忙得脱不开身。他正要上前去拥抱妻子，想着安慰一下她，妻子却站起来，从兜里掏出一封信摔在他的面前，说："这上面都是你干的好事，好好看看吧！"

方政打开信，看着看着他的脸上没有了表情，愤愤地说："这是谁这么无聊，写些无中生有的事儿，真是让人哭笑不得。"

妻子"哼"了一声说道："无言了吧？只要你做了亏心事，就会有鬼找上门来的。"

方政也火了，大声说："你这人怎么这样，听风就是雨，我没有做亏心事我怕什么小鬼老鬼敲门。"

正说着，乔迎春部长推门走了进来。他和丁红霞很熟悉，见了面不叫嫂子而叫丁姐，他是听说丁姐来了才过来的，刚走到门口就听到两个人在吵架，觉得不管是为了什么事情，在单位上吵吵闹闹总是不好，这会影响方矿长在矿上的威信。于是走进来劝道："方矿长，我丁姐刚来你就惹她生气了，这可是你的不对啊！"

丁红霞看到乔迎春进来，便转身进了套间拿毛巾擦眼泪去了。方政指了指桌子上的那封信，没有言语，意思是让乔迎春看。

乔迎春犹豫了一下，吃不准信上的内容，思量着看人家的私人信件是不是合适。正在左右为难时，方政看到了他的模样，明白了他的意思，便说："叫你看你就看嘛！我就不信还能死下人不成。"

乔迎春这才拿起信件，打开来看：

丁红霞同志，我是沙枣树煤矿一名普通职工，虽然普通但是我却是一个有着正义感和伦理道德的正派人。我要告诉你一件事，请你看到后千万保重身体，该来的总是会来的，希望你能正确面对这件事，我们都会站在你这一边的，因为你是受害者，我们同情你……

方政矿长是个好人，但是他因为在生活上的不检点，会影响到他在矿上的个人威信和大好前程，我敢保证一定是财务部部长、小寡妇刘革勾引了他，希望你劝说方政矿长能够知错就改……

看到这里，乔迎春不再往下看了，嘴里恨恨地骂了一句："哪个狗日的这么无聊，这不是无中生有嘛！"

方政苦笑着说："什么卑鄙手段都使出来了，你说这些人有意思没意思？"

妻子丁红霞从里屋走出来接过话头说："当然有意思啦，方政我告诉你，要想人不知除非己莫为，我丢不起那人。"

说着又禁不住哽咽起来。

乔迎春无奈地摇摇头，在他的印象中丁姐不是一个不讲道理的女人，更不是一个胡搅蛮缠的女人，想想也许是她太爱方政的原因吧，女人如果一心一意爱上一个男人，是容不得别人进入的，就会什么都不管不顾的。

乔迎春只有开导她，向她解释这是别有用心的坏人的诡计，就是要让方政矿长后院失火，顾前顾不了后，以达到把他从矿长的位子上拉下来的目的。

经过一番劝说，把乔迎春说得是口吐白沫，总算是把丁姐的火气给劝下去了。看看两个人的表情和态度都和缓了许多，乔迎春抬起手腕看表说："都快八点了。说了那么多话，我早就饿得前心贴后心了，走吧，吃饭去，今天我请客，给我丁姐接风，方矿长你就跟着沾光混个肚子圆吧。"

丁红霞虽然生气，但是从内心来说，她还是疼爱方政的，再加上刚才听乔迎春把矿上最近一段时间以来的是是非非、起起伏伏、恩怨纠葛，还有方政承受的压力和委屈说了一遍后，觉得自己是太容易被人蛊惑了，心里面倒感觉对不起方政了，认为自己给他帮不上忙，还给他添这些个麻烦，心中便生出几分歉意来，说："听我兄弟说的是有些道理，不管咋样说咱们还得先吃饭，坐了一天的车我真的是饿死了。"

乔迎春听到她这样说，知道她心中的气算是消下去了，便高兴地说："餐饮城新开了一家川味火锅店，是个汉中人开的，味道很不错，咱们去品尝品尝。"

第二天上午，刘苹来到了方矿长的宿舍，她是在听到乔迎春对她讲的匿名信的内容后，觉得她必须找丁红霞谈谈，以便消解她们之间的误会。

刘苹敲门，丁红霞打开房门，刘苹自我介绍说："嫂子，我就是刘苹。一上班我就听乔部长说你来了，我也知道了匿名信的事情。"

刘苹的开门见山，让丁红霞在感觉到意外的同时，又为自己的不够开明不好意思起来。毕竟丁红霞是教师出身，有着良好的品德素养，在这一点上与一般家庭妇女是不一样的，只是看到信后失去了理智一时想不通，现在心结打开了，又看到刘苹专程上门来主动向她示好，心中仅存的一点儿醋意也就消解了。

于是，她把刘苹让进屋里，刘苹坐下后坦言，自己是从内心欣赏方矿长，但是她决不会做出不道德的事情来。眼下沙枣树煤矿成了是非窝，原因就是有人想把清水搅浑，然后浑水摸鱼妄想坐上第一把交椅。

看到丁红霞认可了她说的话，刘苹就接着说："嫂子，在这个关键时候，你更应该站出来支持方矿长，做他的坚强后盾。嫂子，我也不瞒着你，我现在虽说是孤身一人，但我也是受过高等教育的女人，我懂得女人要自尊、自重、自爱。嫂子你放心，我刘苹是不会做出偷鸡摸狗的事情来的，我也是女人，我体会过女人失去情感的那份苦。"

说着说着刘苹禁不住潸然泪下，她想到自己这几年的孤独与辛酸，想到自己一个寡妇任人肆意攻击，却没有人站出来为自己的清白辩解，不觉就伤心起来。

听到刘苹的倾诉，丁红霞的心跟着她也就碎了。是呀，一个女人，一个没了丈夫的女人，一个这样优秀又自强的女人，自己又有什么理由去指责她，甚至诋毁她呢？

人说三个女人一台戏，两个女人也是一台戏，一台同为女人相知相怜的戏。

丁红霞回去了，她说她还要回去上班，也放心不下家中的孩子，方政不在跟前，教育孩子是她的头等大事。

她是带着对方政的理解和信任，带着对沙枣树煤矿的深深感情回去的。还是乔迎春说的好："我们的矿嫂丁姐不仅是一个孩子伟大的母亲，是一个丈夫骄傲的妻子，更是一个纯粹的、大写的女人！"

五十

晚上下班后，陆光明总经理神情沮丧地回到家中，最近一段时间以来妻子顾小菊利用她的夫人外交，整天忙着到处找人、托人打点关系，甚至到处给人许诺：只要我们家那个谁能平安度过这个坎，升官发财任你挑选。她为了能保住陆光明的职务不惜大把大把地到处送钱，反正钱出去了只要我们家那个谁还在位子上就能挣回来，对这一点身为官太太的顾小菊是深信不疑的。

陆光明开门走进客厅，意外地看到顾小菊正坐在沙发上发呆，并没有出去四处活动。陆光明把手里提着的公文包顺手挂在衣架上，又换上拖鞋，来到沙发前一屁股坐了下去，顾小菊却依然木木地坐在那里无动于衷的样子。他随口问道："咋了，哪儿不舒服吗？"顾小菊从嘴里轻轻叹了一口气，说："时下这人的眼窝子都浅得很，找咱们家办事时你看把他殷勤的，现在找到他门阶上了，一个个脸挺得平平的跟门板一样，总像沾上咱们家会给他带来晦气似的。"

陆光明坐在那里只是听顾小菊喋喋不休地诉说，一声不吭，世态炎凉对陆光明来说是很能理解的事情，难道自己在任上的时候不是这样吗？在所谓的官场上，谁又会去帮助一个与自己命运毫不相干正在走背运的人，为他去浪费时间呢！鲁迅先生不也说过，浪费他人的时间等于图财害命吗？

所以说在官场上是不会有人去照顾你的，如果有人真的关照了你，那一定是对你有所图谋，在仕途圈子里浪迹大半生的陆光明是再明白不过这个道理了。看到顾小菊还在那里喋喋不休地唠叨，陆光明开始不耐烦了，多年从官场上磨砺出来的涵养一下子便荡然无存。他怒吼道："你能不能把你的嘴闭上一会儿，让人安静安静！"

顾小菊被他这么一吼，猛然间愣在了那里。自从陆光明走上领导岗位十多年来，她还是第一次看到他冲着自己发这么大的火，紧跟着就是呜呜地哭泣。陆光明的心情糟透了，也烦透了，他没有像以往那样过去安慰顾小菊，而是站起身来走到门口换鞋，拉开门走了出去。

毛乌素的夜晚还透着丝丝的寒意，陆光明算了算节气，现在应该是谷雨时分。马上就要到立夏时节了，这里的树木还没有完全变绿，看上去干巴巴的。

他深深地吸了一口清凉的空气，心中有了吐故纳新的感觉，以往都是车来车往忙忙碌碌，几乎很少这样独自清闲地在外面徜徉，这让他感受到许多年前上夜大时读过的朱自清先生所作的《荷塘月色》里的清幽。

今年五十八岁的陆光明第一次感受到大自然赋予他的慷慨——不求索取只有给予。

宽敞的林荫道上行人越来越少，小贩们在路边摆着小摊，因为没有人买东西，便支起扑克牌场在那里捉起老麻子来。

陆光明漫步从他们身边走过，听到一个人正在埋怨另一个人牌打得臭，另一个人却不服气，他们一边争吵一边洗了牌重新开始。做一个平民老百姓虽然整天为衣食而忧，但少了官场上的钩心斗角，活得也是另外一种洒脱啊！

陆光明在内心暗自感叹。

夜渐渐地深了，街道上没有了行人，一些路边小贩开始收拾起摊子准备回家。风吹透了陆光明单薄的外衣，让他感觉到了寒意，他禁不住瑟瑟地抖了起来，于是返身往回走。前面路灯下，看到老婆顾小菊正拿着一件风衣站在路边等着他，她微微发胖的身躯看上去苍老了许多，脊背也在不经意间有些弯曲了。

"老喽，我们都老喽！"陆光明打心底发出一声感叹。

……

一大早上班，张海清董事长和安山书记正在办公室里商量着今年整个

矿业总公司的人事调整问题。

安山书记说道："以往换届，到这个时候所有人选都已经基本定下来了，今年由于这种种原因的耽搁，眼看马上到五月份了，特别是沙枣树煤矿的换届人选还没有个眉目出来。"

张海清董事长颇有同感地说："是啊，人事安排问题是当前工作的重点，要尽快解决才是。"

停顿了一下，张海清董事长问道："上周你和方政谈了没有？"

安山书记说："谈了，他没有意见，服从安排，我让他推荐一个能接替他工作的人，他推荐了矿上的总工程师兼安全副矿长潘晓。我的意见是就目前沙枣树煤矿的风风雨雨和是是非非，很多矿上的干部都无形中被牵扯上了，容易形成山头和宗派，还是从外部调一个矿长去更合适。"

张海清董事长听后合掌笑道："不谋而合，我和邵新闻谈了话，他也认为还是外来的和尚好念经。"

安山书记说："恐怕老陆那边工作不好做吧？"

张海清董事长说："他现在困于股票门事件，被媒体炒得焦头烂额，哪还有心情插手这些个事情。日薄西山喽！"

安山书记想想也是这么个道理，点头表示同意他的看法。

两个人正说着陆光明，陆光明便敲门走了进来，两个人相视会意一笑：说曹操，曹操到。

陆光明说："刚好你们都在，我正找你们俩！"

说着把一封折叠得齐齐整整的信递到了张海清董事长手中。张海清董事长接过信打开，安山书记在一旁用眼睛的余光扫了一眼，看到顶格的三个字：辞职信。

五十一

当了掘进队队长的吴尧尧和未婚妻玉珍定下了结婚的日子——五月十八日，两个人这段时间以来，整天在电话中商量着如何筹备婚礼。

适逢周末，吴尧尧午睡起来，打算到镇上买些毛乌素的地方特产带回关中去，像红枣、土豆粉、南瓜子、小米、绿豆之类。他来到矿门口，看到出租车司机整齐地把车排在公路上，等着出去闲转的矿工们过来打车。

出租车司机们都很精明，他们算计好了，跑到城里一趟拉四个人每人十元，回来时每人三十元，在这儿守候一天，跑上五六个来回，一天的收入少说也在五六百元，比在城里累死累活地瞎跑挣得又多而且轻松。

吴尧尧上了一辆绿色的比亚迪汽车，很快四个人就凑齐了。

来到镇上，吴尧尧先是在街道上逛了一个来小时，最后来到农贸市场，买了些特产装在一个大塑料袋中，拎着袋子走出农贸市场，谁知天公不作美，竟然淅淅沥沥下起小雨来。四周阴沉沉的，看看表才四点来钟，却像天快要黑下来的样子，吴尧尧一只手拎着袋子，一只手遮在眼前，小跑到平时停车的广场上，却没有车。

看到下雨，大家都急着往回赶，那些平时来往于矿上到镇上的出租车也就显得不够用了。好不容易来了一辆白色的昌河面包车，呼呼噜噜地往上挤人，吴尧尧拎着袋子费劲儿地挤了上去，外面还有一些人没有上来，就冒着雨还要挤上来。车门终于关上了，车里面不大的空间塞得严严实实，

吴尧尧数了数，一辆限乘六人的昌河面包车竟然塞进来十一个人，严重的超载。司机早已习惯了这种场面，乘车的人好像也对这种场景习以为常，见怪不怪。

吴尧尧被挤在后排最左边的角落里，怀里抱着那个大塑料袋子，一下也动弹不得，就像井下塌方被埋在煤下面似的。他在心中暗自发狠，老子一会儿回去就在网上看个小轿车，明天就买一辆回来，看还挤不挤！

到了晚上回到宿舍，吴尧尧真就打开电脑，上网搜索车辆信息。两个小时后，他看上了一款北京现代生产的价值十多万元的车，于是连夜在网上和经销商联系，确定下来车的颜色和价格，想到矿上综采队的袁队长这两天正在省煤校参加井下作业资质培训，于是打电话问他什么时候回来。

袁队长说："后天就回矿上。"

吴尧尧一听正好，就在电话中对他说："袁队长，麻烦你明天到南郊的北京现代专营店跑一趟，给我提一辆小轿车开上来。明天一早我就从银行把款给你打到卡上，销售商那边我已经联系好了，你明天去只管付钱开车走人。"

袁队长在电话那端乐了，他没有想到现在的年轻人还有让捎汽车的，天下奇闻！

一时间，掘进队队长吴尧尧让人给他从省城捎带买小汽车的新闻不胫而走。

消息传到了方政矿长和高进才副矿长的耳朵里，高进才副矿长骂道："看把这小子烧的，真是有钱了臭显摆，连汽车也让人捎一辆回来。"

他拿出电话就要给吴尧尧打过去，打算先臭骂他一顿再说。

方矿长笑着拦下了他，说："好哇，这说明什么？这说明我们煤矿工人生活富裕了，年轻人挣下钱就应该享受。以前姑娘们弹嫌我们煤矿工人，叫我们煤矿工人"煤黑子"，不愿意嫁给煤矿工人，不就是说我们煤矿工人又穷、干的活又脏又累又危险吗？我们就是要改变世俗对于煤矿的看法，让他们看看现代化矿井的气派，看看我们当代煤矿工人的风采。"

郜新闻清楚地记得这一天正是农历的立夏，矿业总公司纪委副书记胡兰兰找他谈话，告诉他有人举报"三一四"矿难那天生产副矿长李成给他打电话请示一事已经有了结论。

经查，李成当时确实打了一个电话，但不是打给郜新闻的，而是打给妻子刘苹的，这事刘苹已经出来做证。

胡兰兰书记还说，一会儿矿上召开党政联席会议，安山书记来宣布恢复他的党委书记职务。

郜新闻听后流下了热泪。他感谢组织为他查清了事实真相，还给他清白，同时也感谢刘苹能够站出来为他做证，洗清了他的冤屈。要不是刘苹，他就是有八张嘴也说不清楚，他会把这个黑锅一直背到退休，背到棺材里去的。

那天在会上，安山书记宣布由潘晓副矿长暂时主持沙枣树煤矿全面工作。同时，方政矿长与陆虔副矿长调回总公司另有安排，郜新闻书记在恢复工作的同时，光荣退休。小道消息传闻，方政矿长要被调到总公司新建的另一座千万吨大型矿井担任矿长并筹备建矿工作；陆虔副矿长调到了总公司下属的一家煤矿装备厂担任厂长一职。有消息透露：陆虔的厂长职务是乃父陆光明辞职时向张海清董事长提出的唯一要求，算是丢车保卒。

三个月后，记者王天顺写了一篇内参，质疑这起涉嫌内幕交易案件的当事人除了陆光明外，其亲属陆虔、于小薇亦不能摆脱内幕交易的嫌疑。

这份内参摆到省纪委副书记张远的案头，张远副书记做出批示："如果牵扯到国家干部违法乱纪，要一查到底，决不姑息。"

五十二

吴尧尧开着新买的现代小轿车回去和玉珍结婚。他们的新房在省城的北郊，那儿有飞机场、新建的北郊火车站，还是未来建成后的地铁终点站，交通十分便利，玉珍对那儿的居住环境非常满意。

在安山书记宣布方政矿长工作调动的当天下午，吴尧尧听到了消息，就要赶着回去为方矿长送行。眼看还有十天时间就是两个人大喜的日子，玉珍着急了，从来说话温柔的玉珍对他赌气说："结婚的日子定下了，亲戚朋友都通知到了，你要逃跑，是不是你根本就不想和我结婚？"

吴尧尧说："哪儿的话，我做梦都想和你结婚。"

于是，他向玉珍说了他要回矿上给方矿长送行的理由：三年前，他一个大学一毕业就失业的穷小子来到沙枣树煤矿，那时工资不高，不到一年时间，恋人嫁给了别人。独自承受着失恋之痛，他当时真的是自暴自弃，想着自己这一辈子也就这么混下去了。自打方政当了矿长，矿工的工资收入连年增长，现在能在省城买下房子，买下小轿车，还能娶上这么温柔贤惠的媳妇。人常说：吃水不忘挖井人。现在方矿长被人诬告，虽然没有告出个名堂，却要调走了，你说能不去送送方矿长吗？

吴尧尧一边说一边深情地紧紧抱住玉珍吻着她，玉珍被他的有情有义所感动，又被他抱得直喘气、吻得腿发软，忙不迭说："我们一起去毛乌素，这一辈子你走哪儿我就跟着你去哪儿。"

　　吴尧尧开车带着玉珍赶回沙枣树煤矿。他把掘进队的全体人员召集到一起，给他们讲话："三年前，我们的收入如何，我不说大家心中自有一本账；自从方矿长来到矿上后，三年来我们收入又是如何，大家心中也会有一本账。"说罢，吴尧尧提议："我们吃水不能忘记挖井人，大家集资为方矿长送行。"

　　集资的消息很快在矿上传开，一天时间内综采队、机运队、矿机关，包括地面人员等纷纷解囊，到了傍晚，全矿一千多人，竟然集了八十五万元。当吴尧尧带着人清点完现金后，把钱交到生产副矿长高进才的手中时，高进才副矿长百感交集：有这样深得人心带领大家致富的好矿长，是沙枣树煤矿的骄傲啊！同时，他也为这八十五万元现金犯了难，交给方矿长，他会收吗？后来高进才想了个主意，他让人把钱送到了主持矿全面工作的潘晓副矿长那里。潘晓副矿长望着这么一大摞子人民币也是百感交集，他想到了自己肩上担子的沉重，方政交到他手上的是权力，也是责任和鞭策啊！

　　于是，他把方政请到他的办公室，说："八十五万元人民币，是大家为你送行的一片心意，方矿长你可以买一辆豪华小轿车了。"

　　方政看着这一堆钱只是摆手，说："这钱我坚决不能拿，都给退回去。"

　　潘晓苦着脸说："你不拿，让矿上咋办？"

　　两个人扯来扯去也没扯个结果出来，后来还是方政想了一个办法，他说："要不这样吧，一共八十五万元，我个人再添上十五万元，在矿上成立一个'矿长基金'，每年年终时拿出十万元，用来奖励那些表现突出的先进集体和个人，你看咋样？"

　　潘晓佩服地竖起大拇指说："高，实在是高！"

　　晚上，郜新闻书记拎着一瓶五粮液酒来到了方政的宿舍，两个人拿着大玻璃杯一人倒了半斤，就着花生米和粗盐炒制的南瓜子对酌起来。不一会儿酒劲儿就上了头，郜新闻借着酒劲儿对方政说："今天咱们俩坐在一起说些掏心窝子的话。小方呀，一起共事三年，谁是啥样的人彼此都清楚，说句不中听的话，在矿上大家都骂我是个滑头，其实我心中有苦向谁诉去，我不滑头行吗？我能担当什么？在这沙枣树煤矿，陆虔上头有他父亲陆光明罩着，你上头有安山书记罩着，我有什么呀？多年的苦劳而已。我夹在中间很难受、很难受。"

在两个人碰杯又咕嘟喝下去一口白酒后，紧接着他又轻叹了一声，仿佛感慨又仿佛是自语道："唉！我是在错误的时间，错误的地点，被搅进了一场错误的争斗中，身在旋涡不能自拔啊！"

方政接过他的话茬说道："郜书记，你是明事理的人，咱们在一起共事三年，我最佩服的就是你在大事上看得远，不糊涂，不像有些人……"

后来，两个人说的都是醉话，也许第二天醒来，谁都记不清说了些什么了。

在乔迎春和刘苹的倡议下，经主持沙枣树煤矿全面工作的潘晓副矿长同意，在方政、郜新闻、陆虔临走前，邀请他们的家属和矿职工的家属们到毛乌素来，一起去参观大草原，也算是给三位领导送行。

五月的内蒙古高原，一眼望去，绿意盎然，一辆旅游大巴车穿梭在鄂尔多斯大草原上。车上，吴尧尧悄声对玉珍说："你不是一直都想来草原吗？今天愿望实现了，咱们这也算是旅行结婚。"

玉珍温柔地把头倚在他的肩膀上，羞红了幸福的脸颊。

来到大草原，人们下了车，看到远处的蒙古包掩映在翠绿色的沙柳丛中，一阵微风吹过，有几匹枣红马在不远处的草丛中显现出它们的背脊来，惹来人们一阵欢呼。

蓝天白云下，青草的香气随着和煦的暖风缓缓吹过来，钻进人们的鼻孔中，跑到人们的眼睛里，于是人们的鼻孔中就有了大自然的清香，人们的眼睛里就有了大草原的色泽。

潘晓副矿长望着一眼看不到边际的大草原，抒情地吟诵：

敕勒川，阴山下，天似穹庐，笼盖四野。
天苍苍，野茫茫，风吹草低见牛羊。

大家鼓掌，然后潘晓副矿长扭转身子看着刘苹，说："刘苹的清唱是沙枣树煤矿的一绝，大家欢迎刘苹部长来一个草原歌曲好不好？"

乔迎春、高进才和吴尧尧就在一边起哄，鼓捣着让刘苹给大家唱一曲。

刘苹抬眼望过去，不远处方政一家三口正在一丛红柳林边站着合影，她清了清嗓音，开始了清唱，甜美嘹亮的歌声顿时在草原上空回环响起：

因为我们今生有缘，让我有个心愿，等到草原最美的季节，陪你一起看草原，去看那青青的草，去看那蓝蓝的天，看那白云轻轻地飘，带着我的思念。

陪你一起看草原，阳光多灿烂，陪你一起看草原，让爱留心间。

因为我们今生有缘，让我有个心愿，等到草原最美的季节，陪你一起看草原，去听那悠扬的歌，去看那远飞的雁，看那漫漫长长的路，能把天涯望穿。

陪你一起看草原，草原花正艳，陪你一起看草原，让爱留心间。

陪你一起看草原，阳光多灿烂，陪你一起看草原，让爱留心间，让爱留心间……

方政听着刘苹充满深情、悠扬的歌声，却没有回头，此时在他的耳边也响起了一首歌：

你到我身边，带着微笑，带来了我的烦恼，我的心中，只有一个她，哦，她比你先到……

方政右手拉着儿子胖乎乎的小手，左手牵着妻子丁红霞，一起走进草原，像一幅美丽的风景画成为定格！

> 2011 年 5 月 12 日初稿于神木县红柳林煤矿；
> 2011 年 9 月 30 日二稿于西安碑林；
> 2011 年 11 月 11 日定稿于府谷县南梁煤矿

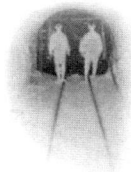

后 记

终于落下最后一笔，我坐在电脑前，透过窗玻璃望着眼前的红柳林煤矿——一个年产一千多万吨煤的大型矿井——长长的栈桥，深深舒出一口气。

今年二月下旬来红柳林煤矿时，这里还是冰天雪地，现在已是春暖花开的五月中旬，掰着手指算来快三个月了。在这当中，我除了清明节父亲逝世三周年时回去了几天，给父亲在坟前磕了头，烧了纸钱，其余时间都是在毛乌素沙漠的煤矿里和我书中的人物朝夕相处的。

每天早晨，坐在宽敞明亮的办公室里，阳光照射在办公桌上，看着东边长长的栈桥，望着西边矗立着的斜井口，面对南边一眼望不到边际的毛乌素沙漠，感觉到书中的人物就生活在我的身边，一不留神就会碰到他们，他们也会礼貌地和我微笑着打一声招呼，说声没关系。在这段日子里，对于我，最快乐的时间莫过于每天凌晨起来，坐在电脑前和我书中的人物待在一起一整天，和他们一起奋斗、一起欢乐、一起愤怒、一起悲伤……

今后，我还会继续关注这片热土地上的人物，像方政、潘晓、高进才、刘苹、乔迎春、吴尧尧，以及陆虔（尽管他被称为"政治动物"）、张胖娃的命运；关注他们的生存空间和喜怒哀乐……

这里，特别感谢薛元发先生，把他在红柳林的办公室给了我，为我提供了一个很好的写作场所，这加快了我的创作速度；同时，感谢史明章、张永林、冯建民先生和矿山救护队的队员们给予我的热情帮助，在此深表感谢！

2011 年 5 月 12 日中午时分